KB026973

세
번
째

집

세 번째 집

이경자 장편소설

문학동네

ː 차례 ː

1. 아버지 고향

성옥은 비어 있는 두 개의 좌석 안쪽으로 들어갔다. 배낭을 벗어 바닥에 뉘었다. 몇 번의 호흡 사이로 깊은숨이 쉬어지곤 했다. 깔고 앉은 안전벨트를 빼서 허리에 맸다. 두 개의 버클이 금속성을 내며 틈을 메울 때 성옥은 이제 다 끝났다, 라고 생각했다. 상상조차 닿지 않는 경계를 느낄 때면 '끝'이라는 의미에서 마음이 주저앉곤 했다. 돌아갈 수 없다는 걸 안 뒤로 생긴 버릇이었다. 다시 깊게 숨을 내쉬자 끝의 느낌이 사라졌다. 성옥은 다리 위에 가지런히 얹힌 작은 숄더백을 자꾸만 쓰다듬었다. 하지만 인조가죽의 감촉은 손끝에도 스며들지 않았다. 평일 이른 아침의 후쿠오카행 비행기엔 빈자리가 많았다. 성옥의 옆도 아직은 비어 있었다.

성옥은 아무래도 인사를 남겨야겠다고 생각했다. 공항에 도착한 뒤로 내내 이 생각이 떠나지 않았다. 그런데도 참고 참았다. 이제 숄더백의 지퍼를 열어 핸드폰을 꺼내들었다. 문자가 와 있었다. 집 짓는 남자. 성옥이 지은 발신자의 이름이었다. 잘 다녀와요. 이곳은 잊고. 단 두 마디의 말. 성옥은 문자가 사라질 때까지 들여다보다가 다시 불러서 들여다보았다. 아무래도 단순하고, 단순해서 무작정 복잡했다. 여기를 잊고 잘 다녀오라…… 여기를 잊는다는 것…… 잊음으로써 잘 다녀온다는 것인가.

성옥은 그날을 생각했다. 그날, 인호가 아니었다면 아버지 고향으로 가는 일은 언제나 예정으로만 남아 있을 것이었다. 바람 소리가 더 크게 들리던 어머니와의 감질나는 통화에서 아버지의 사망 소식을 듣고 성옥은 아르바이트로 나가던 커피 전문점을 사흘이나 쉬었다. 나흘째 되던 날 커피를 마시러 온 인호가 성옥의 창백한 얼굴을 보고 왜 그동안 안 나왔느냐, 어디 아팠느냐고 물었다. 그런데 그 단순하고 의례적인 관심에 성옥은 주르륵 눈물을 흘렸다. 놀란 건 인호였다. 그가 자꾸 캐물었다. 할 수 없이 아버지가 돌아가셨다고 흘려 말했다. 인호는 고개를 갸웃하다가 병환이었느냐 물었다. 어머니가 말한 사인은 뇌혈전이었는데 성옥은 자신도 모르게 '영양실조에 뇌혈전'이라고 기억했다. 그러나 인호에겐 병명을 말하지 않았다. 그는 계산을 하고 돌아가다가 일부러 성옥에게 다가와 위로의 저녁을 대접하겠다고 말했다. 후쿠오카로 가는 길은 바로 그 순간 열린 셈이었다.

성옥은 울컥 목이 메었다. 눈에 물기가 어렸다. 창밖으로 시선을 감췄다. 아무것도 보이지 않았다. 빗날이 드는 흐린 오전 여덟시지만 아무것도 보이지 않을 리는 없었다. 소리도 들리지 않는 것 같았다. 보이지도 않고 들리지도 않는 공허 속에서 성옥은 그림자처럼 문자를 만들었다. 고맙습니다.

문자는 여기서 끝났다. 그래서 성옥은 다시 고맙습니다, 라고 되풀이해서 썼다. 보냈다. 문자는 잡을 수 없이 날아갔다. 문자가 날아가는 짧은 순간에 후회와 부끄러움이 일었다. 옹졸하긴. 뻔뻔스럽긴. 성옥은 자신을 책망했다. 평생 은혜를 잊지 않겠습니다, 이래도 상관없었을 것이라고 생각했다. 평생과 은혜와 잊지 않겠다는 의미들을 감당할 수 없다 할지라도.

이제 탑승구의 문을 닫겠다는 안내방송이 들렸다. 승무원들은 승객을 향해 앉아 비행기의 이륙을 기다렸다. 기내에 긴장감이 감돌았다. 성옥은 눈을 감았다. 감은 눈 속으로 슬며시 그 사람이 나타났다.

"난 야근이라 함께 차도 못 마시겠네. 다녀와서 이야기나 잘해줘."

비행기표와 지불이 완료된 호텔 예약 서류가 든 봉투를 내밀며 그가 말했다. 그는 대학교 이학년 여름방학에 시모노세키항을 다녀온 적이 있다고 했다. 건너편에 모지항(門司港)이 있다는 건 알았지만 시간에 쫓겼고 정보도 부족해서 가보지는 못했다고 말했다. 성옥은 그 남자의 친절에 숨이 막혀 아무 말도 하지 못하고 탁자 위의 봉투도 집어들지 못했다. 그가 잘 다녀오라고 아무렇지 않게 말하고 나간 뒤에도 수십 초 동안 움직일 수 없었다.

안전벨트 사인이 꺼졌다. 그래도 기류 변동이 심할 수 있으니 벨트를 느슨하게 매고 있으라는 안내방송이 들렸다. 성옥은 창에 붙은 벌레처럼 눈을 떼지 못한 채 잠결인 양 안내방송을 들었다. 그러나 정신은 맑고 밝고 예민한 상태였다.

비행기는 동해를 지나는 중이었다. 성옥이 비행기로 바다를 건너는 게 처음은 아니었다. 하지만 몽골에서 서울로 들어올 땐 서해였다.

동해니까…… 성옥은 생각했다. 집삼 바닷가는 한반도의 동북쪽에 있었다. 모래는 곱고 조개껍데기는 청결했다. 집삼 바다보다 더 맑은 바닷물이 세상 어디에 있을까, 날이 가면 갈수록 이렇게 맘이 굳어졌다. 그리고 동해의 끝이 닿은 동남쪽 육지는 모지항이라지…… 동해를 사이에 두고 대각선으로 마주한 육지의 이름은 집삼과 모지항. 성옥은 아랫입술을 물었다. 두 개의 땅 사이에서 확인해볼 몇 개의 운명 때문에 성옥은 비행기를 타야 했다.

어젯밤, 성옥은 다른 날처럼 자정이 넘어 집에 돌아왔다. 아르바이트를 끝내면 언제나 그맘때였다. 하지만 잠이 오지 않았다. 피로는 몰리는데 정신은 말똥거렸다. 2박 3일의 짧은 일정을 위한 여행 준비는 간단했다. 작은 트렁크를 꺼내려다 말고 배낭에 여벌옷 한 벌, 속옷 두 장과 양말 두 켤레를 챙겼다. 샘플로 받은 로션을 세면도구와 함께 넣었다. 삼단 접이 우산 하나를 챙겨넣는 것으로 짐 싸기는 끝이었다. 성옥은 여권과 비행기표와 봉투 안에 들었던 일본돈을 여러 번 꺼내보고 세어보면서 고마워하고 미안해하고 두려워했다.

성옥이 잠든 건 새벽 세시나 되어서였다. 핸드폰으로 설정해둔 모닝콜은 다섯시 삼십분이었다.

기차역이었다. 햇빛을 반사하는 철로는 반짝거렸지만 군데군데 녹이 슬어 보였다. 기차역의 승강장은 텅텅 비었고 밝은 옷차림의 아버지와 엄마는 평화로울 때의 모습이었다.

"어디 가든 잘살아라."

아버지였다. 그런데 말소리는 아득한 허공에서 들려왔다. 성옥은 말소리를 따라 먼 데로 시선을 던졌다. 푸른 소나무와 참나무가 빼곡한 산이 휙, 하고 다가왔다. 소나무마다 솔방울이 다닥다닥 붙었고 주렁주렁 달린 도토리의 무게로 참나무 가지는 휘어 보였다. 산에 풍년이 들면 땅엔 흉년이 든다고 했던가, 바다가 흉년이라고 했던가, 성옥은 아득한 기분으로 이런 생각을 했다.

한참이 지났다. 기차가 오지 않았다. 기차가 오지 않아 조바심치던 성옥은 엄마와 아버지가 서 있던 자리가 텅 빈 것을 알았다. 그뿐만이 아니었다. 무섭도록 풍성하게 열매를 매단 나무들도 모두 사라졌고 민둥산만 거기 있었다. 성옥은 이게 다 무슨 일인가, 더럭 겁이 났다.

성옥을 깨운 건 꿈이었다. 잔뜩 겁먹었던 꿈에서의 감정은 비린내처럼 남아 있었다. 잠깐 멍하게 정신을 놓았다가 머리맡을 더듬어 핸드폰을 보았다. 다섯시 이십오분. 모닝콜을 오 분 앞둔 시간이었다. 하지만 성옥은 자신을 깨운 것이 비린내로 남아 있는 두려운 감정이 아니라 가족이라는 것, 바로 엄마와 아버지라고 생각했다. 순간 눈물이 주르륵 흘렀다. 아버지가 다 아셨구나, 내가 아버지 고향에 간다는 걸. 성옥은 이를 닦고 옷을 입으며 울었다. 잘 다녀오겠다고 중얼중얼거렸다.

비행기가 착륙했다. 후쿠오카 공항이었다. 공항 청사의 입국장 벽에 붙은 규슈의 관광지, 온천과 민속 공연과 음식의 광고판을 보는 순간 성옥의 가슴이 출렁거리기 시작했다. 터무니없는 기대감이 마음에서 떠나지 않았다. 출국장의 사람들 속에 자신을 마중할 누군가가 있을 것 같은 착각이 사라지지 않았다. 어서 빨리 입국심사대를 나가서 자신을 기다리고 있을 누군가를 만나고 싶어 안달이 났다. 그러나 곧 지문을 누르고 얼굴을 찍는 입국심사를 할 때, 이유 없이 얼굴이 굳어졌다. 일본인이 기계적으로 내미는 여권을 받으면서 속으로 말했다.

'시작은 이렇지 않았어.'

성옥은 속에서 울리는 자신의 목소리를 생생하게 들었다. 셔틀버스를 타고 일본 국철이 연결된 국내선 역사로 이동하는 동안에도 그 생각이 떠나지 않았다.

시작은 할아버지로부터 생겨났다. 조선인 노동자를 짐짝처럼 싣고 온 배는 관부연락선이었다. 이십대였던 할아버지도 그런 배들 중의 하나를 탔다. 열다섯 살의 어린 소년에서부터 마흔을 갓 넘은 장정들이 함께였다. 함께 살던 할머니의 장례를 치르고 삼우를 겨우 지낸 뒤 성옥의 할아버지 김정남은 동네 이장을 찾아갔다. 하늘땅 천지에 의지하고 살던 단 하나의 혈육인 할머니가 세상을 떠난 곳에서 혼자 살 이유도 그럴 맘도 없었다. 소작농은 지어봐야 보릿고개 넘기기가 어려웠고 머슴살이는 해봐야 하인이었다. 북해도나 북간도나 남양군도 어디든지 끌려간대도 고향보다 더 쓸쓸하지 않겠거니 믿었다. 사실 남들 끌려가는 것으로 하자면 김정남은 열 번도 더 갔어야 했다. 이장과 사돈인 할머니 덕에 여태 집을 지키고 있었던 터였다.

김정남에게 혈육이 아주 없지는 않았다. 부잣집 첩실로 시집을 간 어머니. 정남이 다섯 살 때였다. 이십 리 산길을 걷고 개울을 건너고 신작로를 따라가면 어머니가 있었다. 어느 하루 어머니가 그리워 맨발로 찾아갔다가 대문 밖에서 뺨을 맞으며 쫓겨난 이후 단 한 번도 입에 올린 적이 없던 어머니. 마음에서 지울수록 깊이 박히던 어머니. 관부연락선 맨 아래칸 바닥에 누워 토악질을 참으며 김정남은 어머니를 지우려 애썼다. 배에는 김정남 말고도 사연이 가득했다. 서울에서 고보를 다녔다는 읍내의 청년들, 심지어 잔칫날 잡혀온 신랑까지 배에 가득 탔다. 배는 칸을 막아 출신지로 나누었고 그 안에서 간부를 뽑아 일본인의 연락책으로 삼았다. 삼촌과 조카가 만나 그동안 못 나눈 인사를 하고 머슴과 주인이 만나 여전히 머슴과 주인으로 행세했다. 밤을 지새워 시모노세키항에 닿도록 주먹밥 한 개가 전부였다. 식민지 조선의 장정들은 모두 불안과 분노와 절망에 겨워했지만 어린 나이에 자존을 잃었던 정남은 아무렇지 않았다. 그는 되레 고향을 떠날 빌미가 된 징용이 좋았고 일본인들이 원수로도 보이지 않았다.

셔틀버스 앞쪽과 뒤쪽에서 물수제비뜨듯 한국말이 들려왔다. 단체 관광객들이었다. 성옥은 새삼 한국말이 반가웠다. 그들을 놓치지 않으려고 신경을 썼다. 하지만 지하철을 갈아탔을 때, 눈여겨봐두었던 한국 사람들을 모두 놓쳤다. 이제 알아듣지 못하는 말들 속에서 혼자였다. 혼자인 것이 새삼스럽지는 않았다. 갈 곳이 다르거나 같은 사람들의 발걸음이 엉키듯 복잡한 환승구에서 성옥은 역 이름과 운임료가 적힌 표지판 아래 섰다. 가슴이 두근거렸다. 심호흡도 한숨처럼 더러 쉬어졌다. 성옥은 오종종한 인상을 가진 학생들과 어른들을 붙잡고 길을 물었다. 고쿠라로 가는 기차는 어디서 타며 표는 어떻게 사야 하는지, 서툰 영어와 눈짓과 손놀림으로 겨우 해결했다.

오래 기다리지 않아 성옥은 고쿠라행 기차를 탔다. 기차 안은 거의 비어 있었다. 성옥은 언제부턴가 완강하게 잡은 배낭끈을 놓지 않은 채 맨 뒷자리에 앉았다. 선선한 가을날 오전인데도 성옥의 이마엔 진땀이 기름처럼 엷게 배어 있었다. 마음이 자꾸 출렁였다. 솟구치는가 하면 하염없이 가라앉기도 했다. 기차가 몇 차례 역에 멎었다 다시 떠나는 사이 드문드문 사람들이 자리를 잡았다. 아주 비어 있는 것보다 사람들의 뒷모습이 바라보이는 기차간이 맘에 놓였다. 이유는 알 수 없었다. 성옥은 휙휙 지나가는 풍경들을 바라보았다. 산인가 싶으면 터널이고 터널인가 싶으면 골짜기와 그다지 화려해 보이지 않는 도시들이 멀리 나타났다 사라졌다. 크지 않은 강과 호수와 공장 건물들도 보였다. 탄광은 저 산에 있었겠지. 성옥은 상상했다.

할아버지 김정남은 가네다 마사오로 불렸다. 1944년 2월, 봄기운이 겁없이 천지로 솟구치던 시절에 그는 후쿠오카의 탄광 한 곳에 배정됐다. 조선은 영원히 일본땅이 된다는 말들 사이로 해방이 머지않았다는 소문이 걱정처럼 떠돌 때도 김정남은 관심이 없었다. 그러나 무엇보다 그가 무관심했던 것은 자기 자신이었다. 그는 젊음과 슬픔이 주체할 수 없이 버거워서 잊고 싶을 뿐이었다. 감시와 감독과 혹독한 규율로 육신을 움직이던 징용자들 속에서 김정남은 조금 특별했다. 그믐의 어두운 달빛 아래, 김정남이 밤똥을 누고 나와 낮은 둔덕에 앉아 버들피리를 불자, 그 가락을 따라온 일본인 감독이 맘에 들어했다. 감독도 피리 부는 걸 좋아했고 전쟁중이 아니라면 무슨 악기든 연주하는 사람이 되었을 것이라고 했다. 그는 마사오에게 서류를 정리하도록 시켰고 여분의 피리를 주어 함께 불기도 했다. 이른 여름철이 되었을 때 조선인들 사이에서 김정남이 일본의 첩자라는 소문이 곰팡이처럼 퍼졌다. 그가 하는 일은 사나흘이 멀다 하고 낙반 사고나 자살,

혹은 공포와 영양실조로 죽어나가는 조선인 징용자들의 사망 서류를 작성하는 것이었다.

일본 천황이 항복 문서를 읽은 날로부터 탄광지대의 격정과 황홀과 흥분과 분노는 한동안 계속되었다. 옷을 찢어 거기에 피와 석탄으로 그려 만든 태극기를 휘두르고 만세를 부르는 징용자들. 절망과 치욕감으로 주눅이 들었던 조선인들 중엔 일본인만 보면 무턱대고 침을 뱉거나 그들이 알아듣지 못하는 쌍욕을 해대는 이들도 있었다. 해방은 낯설어서 어떻게 받아들여야 할지 모두 알지 못하는 것 같았다. 그리운 조국으로 돌아간다거나 가족을 만나겠다거나 식민지에서 해방되었다거나…… 흥분의 절정에서 모두 숨이 막힐 지경이었다. 조국으로 돌아갈 뱃삯을 받은 조선인들은 시모노세키 부두에 떼를 지어 몰려다녔다. 그들 중에 한 사람, 김정남도 있었다.

김정남은 현해탄을 건너갈 뱃삯을 술값으로 썼다. 딱히 돌아갈 고향이 없다고 생각했다. 자신을 반겨줄 사람은 아무도 없었다. 그래도 부산항 연락선이 오고가는 시모노세키까지는 갔다. 고향으로 돌아가야 한다고 울부짖고 만세를 부르는 거지나 다름없던 노동자들 틈에는 일본돈을 트렁크에 가득 담고 금의환향하는 조선인도 있었다. 그들은 끼리끼리 배를 사거나 빌려서 고향으로 떠났다. 시모노세키에 남은 조선인 중 일부는 일본인들이 살지 않는 똥고개로 올라가서 움막을 짓고 마을을 만들었다. 분뇨처리장과 사형장이 있는 곳이어서 일본인들은 눈길도 주지 않는 곳이었다. 대구 출신의 반장도 해방된 조선땅으로 돌아가고 싶어하지 않은 사람 중 하나였다.

빈털터리가 된 김정남은 반장과 함께 시모노세키 항구의 맞은편인 모지항으로 거처를 옮겼다. 모지항은 정이 느껴지는 곳이었다. 우선 구역이 작았다. 바다가 바로 앞이었다. 산등성이와 기찻길가엔 조선인의 집처럼 보이는 처마를 맞댄 판잣집들이 많았다. 서리가 내리기 시작했는데도 그는 맨발인 채 구걸을 하며 다녔다. 풍각쟁이가 된 그는 가게에서 피리를 불고 잔술과 밥술을 얻었다.

기차가 달린 지 거의 한 시간 가까이 되었다. 성옥은 다음 정거장을 알리는 방송에 귀를 기울이며 출입구 위에 붙은 역 이름들을 하나하나 살펴보았다. 고쿠라 역은 몇 개의 역을 지나면 되었다. 그리고 역 이름의 맨 끝에 이런 글자가 보였다. 모지항 역.

아, 모지!

성옥의 가슴이 쿵쿵 뛰었다.

'아버지! 모지항입니다!'

성옥은 소리치고 싶었다. 하지만 마음이 벅차게 부풀어오를수록 몸은 납작하게 가라앉는 기분이었다.

성옥의 아버지 김대건. 가네다 다이켄의 고향은 모지였다. 그는 모지에서 태어나 대학을 다니기 위해 도쿄로 갈 때까지 이곳에서 살았다. 다이켄의 어머니는 산중턱에서 돼지를 기르고 단속을 피해 숨어서 밀주를 고아 팔았다. 그래도 가난했고 다이켄의 학비를 댈 수 없었다. 그가 수학을 잘해서 일본인 담임의 특별 배려로 장학금을 받지 못했더라면 대학은 어림도 없었다. 더군다나 그는 북조선의 자금으로 세운 조선인 학교엔 다니지 않았다. 학비를 면제해주는 조선인 학교는 다니고 싶지 않았다. 그는 일본인 속에서 자신이 원하는 인생을 살고 싶었다. 조센징으로 차별받고 멸시받는 인생은 싫었다.

기차가 고쿠라 역에 멈췄을 때, 성옥은 온몸이 무너져내리는 피로감 때문에 택시를 탔다. 걸어서 삼 분 거리에 있다는 호텔을 택시로 찾아가는 것은 성옥에겐 용기를 내야 하는 일이었다. 호텔 프런트의 수수한 젊은 여성은 친절했다. 말은 통하지 않았지만 설명하려고 애를 썼다. 영어를 할 수 있으면 다른 종업원을 불러주겠다고 했지만 성옥은 알아듣는 시늉을 했다. 객실 열쇠를 받아들고 승강기 앞에 놓인 여러 종류의 관광 안내 포스터들을 챙겼다. 승강기는 비좁았고 성옥뿐이었다. 성옥은 바로 코앞에 비치는 어떤 얼굴과 마주치는 순간 깜짝 놀랐다. 그리고 곧 그 얼굴을 보며 말했다.

생이 죽음에 맞닿아본 적이 있는 사람…… 너.

거울 속의 얼굴이 웃었다. 성옥도 웃어 보였다. 거울 속의 얼굴도 그랬다. 승강기는 육층에서 멎었다. 복도는 고요하고 일인용 객실은 좁았다. 그러나 불편할 건 없었다. 배낭에서 짐을 꺼내놓고 성옥은 시계를 보았다. 아직 오전이었다. 운동화를 신은 채 침대에 벌렁 드러누웠다.

혼자구나.

성옥은 눈을 감았다. 일본에만 오면, 후쿠오카에만 내리면, 온통 아버지의 흔적을 만날 수 있을 것 같았던 벅찬 기대가 거품처럼 꺼져드는 느낌이 살갗에 소름을 지으며 지나갔다. 아버지는 물론 할아버지 할머니 어머니의 흔적도 느낄 수가 없었다. 어디 있는지 막막했다. 이 모든 것이 신기루 같았다. 순간 머리 한쪽으로 낙뢰 같은 전류가 스쳐지나갔다. 그래. 그랬어야지. 아버지 어머니는 후쿠오카에서 찾을

게 아니라 경성으로 갔어야지! 바보. 어리석긴! 성옥은 자신의 아둔한 머리를 힘껏 쥐어박는 상상을 했다. 아버지는 이곳이 아니라 경성에 있을 터였다. 아버지가 어머니와 함께 머리를 맞대고 속삭이던 모습이 눈에 선하게 그려졌다. 어린 날 성옥은 그런 부모님을 보며 사이가 좋다고 생각했다. 조금 자라서는 그들의 대화를 알아들을 수 없어서, 그저 궁금했다. 그러나 부모님이 사용한 언어가 일본어라는 걸 알았을 때 그들의 반동적 행동이 몸서리치게 싫고 창피했다.

오 분도 채 지나지 않아 성옥은 이렇게 시간을 낭비하면 안 되지, 생각했다. 두 다리를 벌떡 들어세우고 반동으로 일어섰다. 직사각형의 방에는 현관과 마주하는 데 작은 창이 있었다. 성옥은 창가에 섰다. 아래는 포장된 샛길이었다. 음식점과 가게의 간판들과 낡은 사오층 높이의 건물들이 보였다. 성옥은 바깥공기를 마시고 싶어 창문을 열었다. 그러나 꿈쩍도 하지 않았다. 투신이나 침입을 막는 장치 때문이었다. 성옥은 자신의 크지 않은 주먹도 들락거리지 않을 만큼 좁은 창틈에 얼굴을 댔다. 뺨이 닿은 창틀의 차가움에 질겁하며 피했다. 그래도 한동안 그렇게 밖을 내다보았다. 문득, 내 인생을 어쩌지? 이런 생각이 떠올랐다. 처음은 아니었다. 가끔 자기 존재가 막막하게 느껴질 때 인생을 어쩌지? 묻곤 했다. 그런데 지금은 좀더 구체적이었다. 자신을 돌돌 말아서 창 아래로 내던져버리는 상상이었다. 저 인생을 어쩌지?

2. 모지항에 남은 것들

　모지항 역은 가까웠다. 성옥은 종점을 알리는 게 분명한 남자 기관사의 안내방송을 들으며 기차에서 내렸다. 맑고 투명한 햇살이 내려앉은 승강장의 콘크리트 바닥에 발바닥이 닿는 순간 성옥은 정신이 아찔해지는 걸 느꼈다. 흡사 흰 무명을 깔아놓은 듯 정갈한 바닥이 모형처럼 느껴졌다. 사람의 자취가 보이지 않는 주변의 고요도 비현실적이었다. 성옥은 모지항 역 이름을 처음 보았을 때의 터질 것 같던 감동을 거짓말처럼 잊었다. 이제 어떻게 해야 할지 누군가 말해주지 않는다면 여기서 길을 잃을지 모른다는 불안감마저 스쳤다. 반가움과 낯섦이 팔랑개비처럼 성옥의 내면을 휘젓기 시작했다. 성옥은 여전히 제자리에 서서 사방을 두리번거렸다. 무엇을 해야 좋을지 알 수 없었다. 당에서 시키면 우리는 무조건 복종한다, 이런 슬로건이 떠오른 건 아니었다. 그건 이미 유전자에 입력된 본능 같았다.
　바로 이때 사십대로 보이는 남자가 십여 미터 앞에 나타났다. 낡고 어두운 색상의 옷을 입은 남자. 돋보이는 남루함 때문에 그랬을지 몰랐다. 성옥의 가슴이 철렁 내려앉았다. 순식간에 피할까? 말을 걸까? 여러 감정들이 요동쳤다. 놀라서 동공이 커진 성옥은 남자의 등뒤에 선 예닐곱 살 되어 보이는 자그마한 사내아이를 보았다. 그제야 성옥은 남자가 등에 멘 밝은 색깔의 어린이용 배낭을 이해했다. 그는 한 손에 작은 구형 카메라를 들고 있었다.

아, 저 남자를 어디서 봤지? 짧게 깎은 머리, 거친 표정, 오랜 가난의 켜가 낀 모습, 학습된 당당함, 도전성 등. 그래서 성옥의 가슴이 철렁 내려앉았을 것이다. 어디서 보았더라…… 열심히 기억을 더듬었다. 고향 어디서든 흔한 얼굴, 모습이었다. 아이를 한사코 철길가에 서도록 시키는 것 같았다. 멀리서도 성옥은 아이의 찡그린 표정을 그려봤다. 그는 아이에게 손가락을 V자로 만들라고 자꾸 손가락을 펴 보였다. 아이는 손에 든 과자 봉지에만 정신이 팔려 있었다. 성옥은 남자의 말소리에 귀를 기울였다. 그러나 일본말인지 조선말인지 잘 알아들을 수가 없었다.

'북조선에서 왔습네까?'

불현듯 성옥은 안달이 났다. 꼭 이렇게 물어보고 싶었다. 일본으로 돌아오는 귀국자들이 많다는 말을 들은 적이 있었다. 보나마나 저 남자도 자신처럼 이곳에서 태어난 부모님의 고향을 찾아왔을 거라고 믿어버렸다. 곧 아버지와 아들이 성옥의 시야에서 사라졌다. 그들이 보이지 않자 성옥은 북조선에서 왔느냐고 물어보지 못한 것이 못내 아쉬우면서도 다행이다 싶기도 했다.

성옥은 역사 안쪽으로 걸어갔다. 사람들이 여럿 보였다. 철도원 옷을 입은 어린 학생들이 개찰구에 서서 들어오는 사람들을 안내하고 있었다. 성옥은 잠시 학생들과 역무원들을 바라보다가 개찰구를 등졌다. 성옥은 이 안쪽에 더 머물고 싶었다. 무언가 봐둬야 할 것 같은 느낌이 영감처럼 끼쳤다. 모지항의 역사를 기록한 안내판엔 이곳이 명치 24년에 개통한 규슈 철도 기점이라고 쓰여 있었다. 규슈의 산업과 문화의 출발점이었던 철도 개통 백 주년을 기념해서 세웠다는 표석 곁엔 행운의 샘도 있었다. 샘의 반대편으로 어둡고 음습한 콘크리트 공간이 보였다. 성옥은 무턱대고 그쪽으로 걸어갔다. 개찰구의 역무원들의 시선이 등뒤로 느껴지긴 했지만 걸음을 늦추진 않았다. 콘크리트 바닥은 조금씩 낮아지고 습한 냉기가 마치 흡반처럼 성옥을 잡아당겼다. 물기를 가득 품어 거무스름하고 번들거리는 듯한 콘크리트 바닥으로 조심스럽게 내려갔다. 성옥은 곧 막다른 벽에 가로막혔다.

이 벽은 2차대전 시기에 배가 드나들던 관문을 막아놓은 것이었다. 오른편 벽에 네모꼴의 구멍이 하나 있었다. 전쟁이 끝날 무렵 군의 명령으로 설치한 감시구였다. 반대편에서는 안이 들여다보이지 않게 설계되어 도망가는 사람, 심문에 응하지 않는 사람 등을 감시할 수 있었다.

성옥은 그 앞에서 아연해졌다. 오래도록 잊고 있던 단어, '일본 제국주의'라는 말이 떠올랐다. 학교에서 항일혁명투쟁의 영웅담에 대해 들은 기억이 났다.

성옥은 그곳을 나왔다. 다시는 가보고 싶지 않은 음습한 곳이었다. 하지만 이곳은 일본인들에겐 관광명소였다. 매립하지 않고 남긴 이유는 그것으로 충분했다.

성옥은 드디어 개찰구를 나섰다. 학생들이 일본말로 인사하고 안내했지만 성옥은 알아듣지 못했다. 개찰구 바로 앞의 한쪽 방에선 붓글씨를 전시하고 있었다. 모두 모지항의 역사적 의미와 일본인의 정신 등에 대한 내용이라고, 성옥은 중국에 살 때 익힌 한문 실력으로 이해했다. 성옥은 역사를 나와 등을 돌려 건물을 바라보았다. 1914년에 지어진 단아한 일본식 건물은 이곳의 자랑거리였다. 크지 않은 역광장에도 하얀 볕이 가득 내려앉아 있었다.

성옥은 거리에 서서 할아버지를 생각했다. 조선으로 돌아가지 않은 할아버지 김정남은 조선인 가게들을 돌아다니며 피리를 불어주고 잔돈푼을 받거나 손님들에게 술을 얻어 마시는 풍각쟁이였다. 그런 풍각쟁이의 슬픈 표정이며 가난에 맘이 달아오르는 소녀와 처녀들은 많았다. 그들 중에 겨우 열다섯 살 난 어린 소녀도 있었다. 어느 날 소녀는 무슨 일이 일어났는지도 모른 채 애를 가졌다. 애아비는 풍각쟁이였다.

소녀의 배가 불러오기 시작할 때 김정남은 파렴치한 취급을 받으면서도 소녀의 집에 사위로 얹혀살 수 있었다. 더이상 아무 가게나 찾아가 닫힌 문 앞에 서서 피리를 불지 않아도 되었고 다리 밑이나 건물 추녀 아래, 돼지우리에서 새우잠을 자지 않아도 되었다.

김정남은 고향을 생각하면 언제나 서러움부터 밀려왔다. 그의 할머니 말대로 그는 사내아이로 태어나서 계집아이처럼 눈물이 많았다. 눈물이 많으면 서러운 팔자로 살게 되니 울고 싶어도 울지 말라고, 할머니는 그를 무릎에 앉혀놓고 거친 손등을 쓰다듬으며 말해주곤 했었다. 어머니가 어린 너를 두고 다른 곳으로 시집간 것도 다 눈물 탓이라고 말하는 것 같았다. 이럴 때면 정남은 다른 한 손을 할머니 적삼 속으로 넣어 할머니의 늘어지고 마른 젖무덤과 젖꼭지를 만지곤 했었다. 그러다 잠이 들었다. 사춘기가 넘도록 그랬다.

정남은 풍각쟁이로 하루하루 목숨만 이어갈 때, 단 하루도 할머니를 잊은 적이 없었다. 거지같이 살다가 아무렇게나 죽게 되면 할머니가 데리러 오는 것이려니 믿어 그는 죽음을 기다리는 청춘이었다.

성옥이 열여섯 살이 되던 해 할아버지와 할머니가 각각 딸네와 아들네로 거처를 옮겼다. 두 분은 이렇게 별거를 해서 세상을 떠날 때까지 함께 살지 않았다. 성옥이 할머니를 만나러 삼촌네 집으로 갔을 때였다. 앞가슴이 불룩해진 손녀딸을 바라보던 할머니가 말했다.

"성옥아. 인물 좋은 남자는 좋아하지도 말고 혼인을 해서도 안 된다."

성옥은 그게 무슨 뜻인지, 할머니가 왜 그런 말을 하는지 잘 몰랐다.

"왜 할마이, 난 얼굴 잘생긴 남자가 좋다."

성옥은 냉큼 이렇게 말했다.

"남자가 얼굴이 반반하면 여자 고생시킨다."

할머니가 말했다. 성옥은 할머니의 맘을 헤아리지도 못한 채 속으로 말했다. 할아버지는 잘생겼고 할머니는 못생겨서 그렇지?

성옥은 집에 와서 이 말을 어머니에게 했다. 어머니가 말없이 웃었다.

"엄마, 할아버지가 할머니 고생 많이 시켰소?"

성옥은 집요하게 물었다. 어머니가 성옥을 흘깃 쳐다보았다. 시집갈 때 됐니? 묻는 표정이었다. 성옥의 얼굴이 저절로 붉어졌다. 시집가자면 아직 멀었어도 남자란 언제나 생각만 해도 마음이 저릿저릿했다.

"할머니가 고생 많이 하셨단다."

"정말이요?"

성옥은 믿을 수가 없었다. 사이가 좋아 보이지는 않아도 고생을 시켰다곤 생각할 수 없었다. 비록 두 분의 맘이 맞지 않아 아들과 딸네로 갈라져 살지만 그건 생활의 편리를 위한 거라 생각했다.

성옥은 좀더 시간이 지난 뒤에 할아버지와 할머니의 불화가 예전, 일본에서 살던 때의 일이라는 걸 알았다. 왜 다 늙은 어른들이 예전의 불화로 아직까지 미워하는지 이해할 수 없었다. 그때까진 그랬다. 할아버지가 소문난 난봉꾼에 날건달이었다는 걸 어머니와 할머니의 입을 통해 알았지만 가슴엔 닿지 않았다.

성옥은 폭이 넓지 않은 모지항구의 네거리에서 모퉁이의 집들을 기웃거렸다. 할머니가 자랑하던 당신의 고모는 역사와 잇닿은 여관거리에서 가장 잘나가는 온천여관을 운영했다고 했다. 그 집은 찾아볼수 없었다. 난봉꾼 할아버지는 밖으로 돌아도 아이는 연달아 생겼다고 했다. 자식은 함께 만들지만 키우는 건 언제나 할머니의 몫이었다. 잠자는 시간 쪼개서 안 해본 일이 없었다. 그래도 늘 가난이 벗어지지 않았다. 다행히 큰아들 대건이 공부를 좋아해서 제 돈 안 들이고 공부할 수 있었다. 일본인 교사가 대건의 능력을 알아본 것이다. 수학 올림피아드에서 상을 받아 신문에 이름이 실리기도 했다.

할머니는 아직도 잊지 못하는 일이 있었다. 할아버지가 술집 여자를 데려와서 안방을 차지하려 할머니를 때리기까지 한 일이었다. 두 칸 다다미방에서 자식들을 우르르 몰고 잠잘 때 할아버지는 미닫이문 뒤에서 술집 여자와 거침없는 사랑을 나눴고 그런 밤을 뜬눈으로 새운 할머니의 눈에선 핏발이 가시지 않았다.

할머니가 조총련의 여성동맹 일에 적극적일 수 있었던 건 아마 이런 까닭일지 몰랐다. 조총련에선 학교를 세워 돈이 없는 조선인들에게 배움의 길을 열어줬고 멸시받는 여성들에게 평등한 세상을 선전했다. 할머니도 야학에서 한글을 깨쳤다. 조선에서 발행한 천연색의 화보는 지상천국을 보여주었다. 가난한 사람 부유한 사람이 따로 없고 배운 사람 못 배운 사람이 따로 없는 나라. 여자와 남자가 차별받지 않는 나라. 타고난 재능을 마음껏 펼칠 수 있는 나라. 옷과 음식과 집을 똑같이 나누어주는 나라……

할머니의 조국에 대한 긍지와 기대와 선망은 신앙이었다.

1960년 조선은 비참하게 사는 재일 교포의 입국을 환영한다고 선전했고 대대적인 모집에 들어갔다. 지역 조총련마다 할당된 인원이 있다는 소문도 퍼졌다. 할머니는 한 번도 가보지 못한 조국에 대한 그리움으로 숨이 막혔다. 하지만 번번이 할아버지가 반대하고 나섰다. 특히 큰아들의 반대가 만만치 않았다. 주말이나 방학에 집에 온 아들은 어머니가 보여주는 선전물들을 들여다보지도 않았다. 모두 거짓 선전이라는 것이었다. 전쟁으로 쑥대밭이 된 북조선이 그렇게 발전할 리 없다는 게 이유였다.

"그래도 남의 나라에서 천대받는 것만 하겠니? 동생들도 공부시켜야 하지 않니?"

할머니는 이렇게 화를 냈다. 하지만 차마 그곳에서 할아버지가 바른 생활을 하게 될 것이라는 말은 하지 못했다. 1965년 북송 바람이 한풀 꺾인 즈음에 만경봉호 승선을 위해 짐을 꾸린 건 변함없는 할머니의 노력 때문이었다. 그리고 할아버지도 자신의 삶에 지쳤을지 몰랐다.

하지만 만경봉호의 탑승수속을 하기 직전 큰아들 대건이 그곳을 탈출했다. 할아버지는 아들을 혼자 남겨두고는 떠날 수 없어 가족의 출발을 지켜보곤 일본에 남았다. 대건이 만경봉호를 탄 건 아버지의 눈물 가득한 하소연 때문이었다.

……다섯 살이 되던 해에 어머니와 헤어졌다. 가난한 소작농이던 아버지가 갑자기 죽고 할머니와 살다가 어머니가 다른 곳으로 시집을 갔다. 동네에서 이십 리 떨어진 마을이었다. 하루도 어머니가 그립지 않은 날이 없어 늘 할머니 품에서 울고 살았다. 어느 날 할머니가 그렇게 울기만 할 거면 어머니를 찾아가라고 종아리를 때려 집을 나섰다. 산길을 굽이굽이 돌고 신작로를 지나 어머니 집을 찾아갔다. 마당가에서 기웃거리는 나를 본 어머니가 달려나와 질질 끌고 가서 매섭게 뺨을 때렸다. 다시는 찾아오지 마라! 그리고 다시는 어머니를 만나지 못했다…… 고아가 무엇인지 너는 모른다. 더군다나 이번에 헤어지면 다시는 만날 수 없다. 부모 형제 없이 너 혼자 여기 남아도 행복하게 살 수 있겠느냐. 아무리 잘살아도 남의 나라에선 셋방살이다. 너는 조센징이다. 일본 사람이 될 수 없다.

설득의 핵심은 이랬다.

김대건이 아버지와 만경봉호를 탄 건 1967년이었다.

남다른 눈썰미에 붙임성 좋은 김대건은 도자기 공장에서 기계 수리를 맡았고 김정남은 공장의 식당에서 불을 때는 화부로 일했다. 누구나 놀지 않고 일할 수 있는 것도 좋았고 각자 몸에 맞는 일을 주는 것도 나쁘지 않았다. 특히 김대건은 열심히 일했다. 기계공업에 화학공업이 발달한 일본의 현실에 비춰 보면 아직은 발전이 더뎠다. 자동차를 두고도 운전할 줄 아는 사람이 없어서 그가 운전을 했다. 기계도면을 제대로 볼 줄 아는 사람도 극히 드물었다. 김대건은 자신의 쓸모가 많아서 행복했다. 이곳에선 당이 정한 규칙대로 하면 큰 어려움이 없다는 걸 알았다. 대건은 당원 자격을 얻기 위해 노력했다. 비록 고향에서 보았던 조선의 화보 같은 생활은 평양에서나 볼 수 있는 것이었지만 여행증이 있어야 다른 곳으로 갈 수 있는 조선에서 평양은 다른 나라였다. 그래도 그는 이곳 생활에 행복해지려고 애썼다. 인민의 기본적인 근심 걱정을 덜어주는 것만도 고맙고 고맙다고 생각했다.

그러나 수십 년 동안 누가 이곳으로 오자고 했느냐, 그 책임이 누구에게 더 많으냐, 맨 처음 북송을 제안하고 가족을 설득하고 닦달한 사람이 누구냐, 하는 것은 가족 사이의 꺼지지 않는 원망의 불씨가 되어 때때로 모습을 드러냈다.

성옥은 식량 배급이 불규칙해지기 시작한 뒤 어른들 사이에서 묵은 원망이 되살아나는 걸 보았다. 성옥에겐 상상도 안 되고 이해도 안 되는 감정들이었다. 조국이 고난에 빠진 건 미 제국주의의 오만한 경제봉쇄정책 때문이었다. 사회주의 형제 나라들은 기어이 무너졌지만 공화국은 인민들의 대동단결로 굳건히 버티는 중이었다. 홍수와 가뭄이 겹쳐와도 당의 수뇌를 믿고 따르면 반드시 이겨낼 수 있을 거라 믿었다.

그러나 일본에서 태어나 그곳에서 자본주의와 자유주의의 콧김을 쐰 경험은 무서웠다. 그래서 성옥은 아버지를 그렇게 멸시했다.

1989년부터 배급량이 줄어들기 시작하더니 배급 날짜도 자꾸 뒤로 밀렸다. 하루 한 끼 밥이 반으로 줄어들다가 하루 한 끼의 죽도 보장받지 못하는 날들이 가파르게 다가올 때 몸과 의식을 이루는 생명의 세포들은 괴멸하기 시작했다.

할아버지는 스스로 곡기를 끊어서 영양실조로 죽고 할머니는 주린 배를 움켜잡고 장마당에서 쓰러져 아사했다. 참고 참던 분노를 견디지 못한 대건은 뇌혈전으로 쓰러졌고 살아남은 몇몇의 육친들은 구루마를 얻어 시체를 싣고 산에 가서 파묻었다. 육친과의 이별로는 좋은 편이었다. 거두지 않은 길가의 시신들이 더러 발길에 차일 때도 있었다.

모지의 바다는 높은 산과 골짜기와 넓지 않은 시가지 앞에 있었다. 바닷바람이 불어오는 곳으로 걸어가는 성옥의 다리가 허청거렸다. 낮은 건물과 음식점과 상점 들 뒤로 바다가 느껴질 때 성옥이 울기 시작했다. 눈물은 아무 느낌이나 기미도 없이 흘러내렸다. 슬프지도 않고 서럽지도 않았다. 그런데도 눈물이 걷잡을 수 없이 흘렀다. 눈물에 가려 앞이 잘 보이지 않았다. 옷소매로 얼굴을 문지르고 다시 걸었다.

해변은 산책로였다. 벚나무 가로수로 나뉜 두 개의 산책로로 자전거와 사람 들이 지나갔다. 사람들은 많지 않았고 멀리서 웃음소리 말소리 들이 바람에 실려 여기까지 날아왔다. 성옥은 등뒤에서 울리는 종소리에 겨우 정신을 차리고 길을 비켜주었다. 짜증이 났을 일본인의 표정은 자전거의 속도에 지워졌다.

모지의 해변에는 집삼이나 온대진리 바닷가처럼 맑고 고운 모래는 없었다. 해변 가까이에 긴 나무의자들이 드문드문 놓여 있었다. 성옥은 그 의자 중의 하나에 앉아 사방을 두리번거렸다. 어디선가 귀에 익은 목소리가 들려올 것 같았다. 갈매기 한 마리가 끼룩거리며 성옥이 앉은 곳으로 날아왔다가 이내 바다 쪽으로 가벼이 쑥쑥 날아가 이윽고 모습을 감췄다.

한동안 성옥은 우두커니 앉아 있었다. 아버지의 환영이 가깝게 다가왔다가 사라지는 불가사의한 기미가 느껴지면 정신이 아득해지곤 했다.

'아버지!'

성옥은 아버지의 기미를 따라 두리번거리며 아버지를 불렀다.

'여기가 아버지 고향입니다. 성옥이가 아버지 고향에 왔어요. 아버지가 그렇게 오고 싶어했던 고향입니다……'

성옥은 속으로 말했다.

아버지는 모지에서 시모노세키를 거쳐 도쿄로 갔을 것이었다. 아버지가 걸어다녔을 길, 아버지가 바라보았을 풍경, 아버지가 좋아했을 거리와 건물 들. 아버지처럼 소박하고 아버지처럼 단정하고 아버지처럼 맘이 약한 고장이라고 생각했다.

바다 건너 시모노세키 해안도로 위로 햇살을 받아 반짝이는 자동차들이 지나가고 있었다. 산등성이로는 건물이 가득했다.

북송선을 타고 조선에 온 재일 교포들은 귀국자로 분류됐다. 성옥은 귀국자들이 배를 타고 바다에 나갈 수 없다는 말을 한국에 와서 처음 들었다. 하나원 동기 중에 함흥에서 왔다는 여성이 그런 말을 했다. 아마 귀국자에 대한 이런저런 이야기를 하던 중이었을 것이다. 그 자리엔 성옥 말고도 귀국자 출신이 두 명이나 더 있었다. 한 사람은 김책 공과대학을 나와 연세대학에 다니는 남자였고 다른 한 사람은 육십대의 아주머니였다. 성옥은 그 말을 듣는 순간 진저리를 쳤다. 막연하던 의문이 한꺼번에 풀리는 느낌이 개운하지만은 않았다.

성옥은 학교에선 수영선수였다. 아버지가 성옥에겐 수영이 좋다고, 수영선수가 되라고 했었다. 인민학교에서부터 수영선수로 뽑혔던 건 아버지의 이런 생각 때문이었다. 하지만 봄비가 장마처럼 내렸던 그해 4월, 물살 센 압록강을 건널 때 성옥은 아버지를 떠올리지 않았다. 중국에서 숨어 살 땐 수영 같은 건 까맣게 잊었다. 함께 헤엄쳐 건너던 여자가 떠내려갔지만 아무 생각도 없었다.

성옥은 하염없이 앉아 있었다. 세월 속에서 때를 놓친 진실들이 유령처럼 떠올라서 성옥은 견딜 수 없이 혼란스러웠다. 왜 그 모든 진실들이 아버지와 딸의 마음에도 닿지 못했는지, 그리고 오해와 미움으로 멀어졌는지, 생각할수록 가슴이 오물로 들끓어오르는 것 같았다.

해가 설핏 기우는 느낌에 성옥은 현실로 돌아왔다. 만의 건너편에 불빛 하나가 보였다. 곧 두 개가 보였다. 하나씩 하나씩 떠오르고 있었다. 성옥은 문득 뒤를 돌아보았다. 나뭇잎은 가을햇살을 제 살 속에 깊이 묻고 그늘을 덮는 중이었다. 그 사이로 잠자리와 작은 나비 들이 날아다니고 있었다. 그 순간이었다.

아부지!

성옥은 잠자리와 나비를 향해 아부지, 하고 불렀다. 눈이 척척하게 젖은, 생의 갈피를 잃은 사람의 표정이었다.

몇 초의 순간들이 지나갔다. 성옥은 나무의자의 등받이에 얼굴을 댔다. 한껏 풀이 죽은, 미안해하는 모습이었다.

그러나 속에서 자꾸만 아부지, 아부지, 불렀다. 아부지가 오고 싶어
했던 고향이야! 속으로 말했다. 왜 우리는 이래야 하느냐고, 투정도
부렸다. 화도 냈다. 하지만 그뿐이었다.

　이윽고 저물기 시작하는 바다를 등지고 돌아서 허청거리며 걷던 성
옥은 한곳에 붙박였다. 가로수 아래 늙은 개 한 마리가 웅크리고 있는
걸 보았다. 그러나 그것은 개가 아니고 머리가 하얗게 센 할아버지였
다. 그의 곁에 낡은 자전거 한 대가 엎어진 듯 뉘어 있었다.

　성옥은 제 입을 손바닥으로 틀어막았다. 하마터면 아부지! 하고, 그
를 향해 소리칠 뻔했다.

3. 거기에서 여기로

굿은비 내리는 후쿠오카 공항에서 비행기는 지친 듯 젖은 날개를 흔들며 비상했다. 날개 쪽 창가 자리에 앉은 성옥은 가슴이 찢어지는 통증을 느꼈다.

'아버지. 제 맘도 아버지 같습니다.'

성옥은 제 가슴팍을 찢는 아버지의 기미에 고백했다.

'아버지. 용서해주세요. 이제 아버지를 이해할 것 같습니다.'

비행기가 고도를 높일수록 성옥의 비현실적인 감정은 격렬해졌다. 입술을 깨물어 옅은 핏물이 괴도록, 성옥은 터져버릴 것 같은 격렬한 회한을 주체할 수 없었다. 작은 창을 깨고 가볍게 날아서 바다로 추락하는 자유로운 자신의 혼을 느낄 땐 눈물이 주룩주룩 흘러내렸다. 창에 이마를 대고 성옥은 저 아래 바라보이는 바다와 작은 배들을 부러워했다. 집삼 바닷가에서 시간 가는 줄 모르고 바다만 바라보던 아버지. 아버지가 바라보았을 저 모지항의 바다를 두고 몸이 떠나는 일은 견딜 수 없었다.

바다로 추락하는 상상대로 된 걸까. 성옥의 혼이, 찢어진 가슴에서 빠져나가 모지항으로 돌진했을까. 마치 허깨비처럼 혹은 수면 마취에 내던져진 육신처럼 성옥은 안전벨트 사인이 꺼질 무렵 잠이 들었다. 성옥이 잠든 사이 승무원은 더운 물수건을 들고 한번, 음료수와 간단한 음식을 들고 한번, 성옥을 살피며 지나갔다.

성옥은 비행기의 동체가 무너지듯 착륙할 때 눈을 떴다. 입가엔 흐릿한 침자국이 보였다. 본능적으로 입을 쓰다듬으면서 벌써 후쿠오카에 다 왔나? 생각했다. 느리게 움직이는 비행기 창밖으로 한글이 보이자, 성옥은 무언가 잘못되었다는 걸 깨달을 때의 공포에 가까운 절망감에 휩싸였다. 아직 아버지와 할말이 남았는데…… 흙이 뿌려지는 관을 감싸안고 필사적으로 울부짖는 자식처럼 성옥은 정신을 가눌 수가 없었다. 이래선 안 된다고 속으로 속으로만 외마디를 질렀다. 그래서 가슴은 빠개지고 타들었다. 비행기 출구를 나와 긴 복도를 걸어 세관신고를 마치고 출구를 나서도록 성옥은 정신을 놓은 사람처럼 멍했다. 습관처럼 찻길에 나와 공항버스를 탔다. 버스 속에서 성옥은 다시 아버지를 생각했다. 아버지의 나라에 다녀왔다고 고쳐 생각했다. 그리고 깨달았다. 모지항에서 느껴지던 아버지는 생생했는데 정작 국적을 가진 나라에 와선 아버지를 매장한 느낌이 들다니……

성옥이 인호에게 잘 다녀왔다는 전화도 못하고 문자도 보내지 못한 건 순전히 이런 기분 때문이었다. 집 근처에서 내린 뒤 가난한 집들이 모여 있는 달동네 길로 어기적어기적 걸어올라가는 동안에도 성옥은 인호를 잊었다. 성옥에게 인호라면 너무 고마워서 친절에 의구심을 품어야 했던 사람이었다. 하지만 지금 성옥은 자기 삶도 잊은 듯 황망한 얼굴이었다. 골목의 맨 위쪽에 지어진 사층짜리 다세대 주택 앞에 이르렀을 때 갑자기 공포감에 휩싸여 여기가 맞나? 제대로 찾아온 건가? 두리번거렸다.

가을빛이 가득한 오후 세시 무렵. 가파른 경사면의 턱에 올라선 건물은 잠든 것 같았다. 모든 세대의 출입구는 앞쪽이지만 성옥의 반지하방으로 들어가는 출입구는 뒤편이었다. 높은 축대 아래 소형 승용차 몇 대 설 수 있는 공간은 시멘트를 발랐고 일 년 열두 달 볕드는 때가 별로 없었다. 그래서 애당초 지하창고용이던 걸 개조한 성옥의 방은 늘 불을 켜야 했다. 비좁은 시멘트 계단 다섯 개를 내려가면 방문이 나왔다. 성옥은 높이가 고르지 않고 바닥도 고르지 않은 계단을 잠깐 바라보았다. 계단 모서리에 여러 가지의 마른 잎사귀들이 도망자들처럼 한데 모여 있었다. 살겠다고. 성옥은 낙엽을 보면서 생각했다.

현관문은 삐걱대며 열렸다. 문 안쪽은 어둡고 썰렁했다. 바깥보다 더 춥고 을씨년스런 안쪽. 방 안의 썰렁함이 섬뜩해서 도망가고 싶어졌던 경험. 각인된 느낌 중의 하나였다. 내 집이 생겼는데 내 집에서 드디어 외롭다는 걸 확인해야 하는 배반의 감정이 들었던 날은 하나원에서 나온 첫날이었다. 자원봉사자인 도우미 아주머니와 당국에서 나온 직원은 친절하고 따뜻했다. 그들의 안내로 몇 시간 만에 대한민국 관공서의 모든 절차를 끝내고 대한민국의 국민 자격을 얻은 뒤, 임대 아파트로 들어갔다.

"성옥씨 아파트니까 스스로 열어봐요."

도우미 아주머니가 열쇠를 건네주며 말했다. 성옥의 집. 성옥의 아파트. 내 집. 내 아파트. 그런 말들의 의미가 낯설었다. 이상한 일이었다. 한국이 성옥을 흥분하게 한 건 그곳에 가기로 결정한 뒤, 얼마 동안이었다. 그 복잡한 흥분들은 다 어디로 증발한 걸까. 물론 하루하루날이 가고 대학생이 되었고 고향에서라면 도저히 만날 수 없는 고위직의 남한 사람들을 만나기도 하며 여기서 꿈을 키우리…… 결심하지 않은 건 아니었다. 그런데 결심의 켜들 아래에서 고물거리는 슬픔이 감지되면 꿈 같은 건 순식간에 사라지고 차라리 죽어버릴까, 이렇게 살아 무슨 낙을 볼까, 생각했다.

물론 아주 가끔이었다. 그리고 그런 절망적 회의는 조금씩 엷어졌다. 대학을 졸업하면 중국을 상대하는 무역회사에 취직하는 게 꿈이라는 남혁의 씩씩함이 순수한 건지 강건한 생활력인지 의문이 들 때가 있었다. 그리고 부러웠다. 왜 난 자꾸 회의하고 자신을 믿지 못하고 슬픔이나 불행과 조우하는 쪽으로 생각할까, 책망했다.

그날 성옥은 문에 달린 열쇠구멍에 열쇠를 밀어넣을 때 손이 와들와들 떨려서 숨을 몰아쉬다가 간신히 문을 열었다. 성옥이 그렇게 하는 동안 한 걸음 뒤의 도우미 아주머니와 당국 여성은 성옥이 알아듣지 못한다고 생각했는지, 한국 사람들은 이런 아파트 하나 장만하자면 십 년 가지고도 안 된다고, 당신의 아들은 대학을 졸업하고 지방에서 좋은 직장에 다니지만 아파트가 없다고 말했다. 성옥의 귀엔 한마디도 들어오지 않았다. 우선 그 말의 의미를 이해하지 못했다. 앞으로 어려운 문제가 생기면 자신에게 연락하라고 말한 당국 여성은, 맘에 들지요? 물었다. 성옥은 엉거주춤 네에, 대답했다. 아주머니는 중고밥솥과 냄비와 몇 개의 접시, 컵과 주전자와 야외용 가스레인지, 이십 킬로짜리 쌀 포대, 이불과 깔판 따위를 가리키며 잘살라고 여러 번 말했다. 욕실의 액체세제들을 종류별로 집어들고 사용방법도 알려줬다. 성옥보다 더 만족스럽고 행복한 표정인 그들과 승강기 앞에서 헤어졌다. 그들이 승강기에 오르고 두 짝의 쥐색 문짝이 닫힐 때, 짧은 순간에 벽이 생기고 혼자 남았을 때 성옥은 순간 아뜩했다. 길을 잃은 기분이었다.

성옥은 벽에 붙은 전기스위치를 누르지 않았다. 배낭을 벗어 아무렇게나 바닥에 떨어뜨리고 우두커니 섰다. 곧 어둠에 눈이 익어 사물이 어슴푸레 드러났다. 책상, 의자, 비닐 옷장, 이불들.

성옥은 세 발짝을 떼어 의자에 앉았다. 순간 절망감이 솟구쳤다. 차고 아린 느낌이었다. 곧 무망감에 온몸이 젖어드는 것 같았다. 절망과 무망을 감각할 때 목이 미어터지도록 울음이 크억! 치솟았다. 눈물도 없이 자꾸만 크억크억 비명만 올라왔다. 말로는 표현할 수 없는 적막, 누구에게 설명할 수 없는 격절감, 비감 들이 저희들끼리 뒤섞이며 몸부림치는 것 같았다.

성옥은 바닥으로 굴드러졌다. 벌레처럼 배를 밀어 이불을 잡아당겼다. 아무렇게나 떨어지는 이불을 끌어당겨 아프게 깨물었던 입술을 풀자 엉엉 소리가 터져나왔다. 울면서 엄마, 아부지, 엄마, 아부지 소리쳐 불렀다. 눈물이 소나기로 흘러 얼굴을 적셨다.

한동안 울었다. 마구 소리쳐서 울었다. 엄마 아부지도 불렀다.

눈물이 저절로 멈췄을 때 성옥은 자신이 '혼자'라는 걸, 불현듯 절감했다. 옥수수 한 배낭을 얻으러 강을 건넌 이후 얼떨결에 중국에서 도망자가 되었을 때도 늘 혼자이긴 했었다. 하지만 지금 같은 감정은 처음이었다. 생전 처음으로 혼자라는 걸 알게 된 아이 같은 두려움이 혹한처럼 몸과 맘을 얼어붙게 했다. 성옥은 혹한에 떨며 몸을 쪼그리고 또 쪼그렸다. 쪼그리고 쪼그리다가 잠이 들었다.

성옥은 쪼그린 다리와 등을 펴다가 정신을 차렸다. 잠이 들었었나? 어두운 방 안을 돌아보며 생각했다. 방 안은 조용했다. 천장에서도 아무 소리가 들려오지 않았다. 강아지가 뛰고 아이들도 뛰는 집인데…… 한밤중인가봐, 생각했다.

성옥은 꿈틀거리며 일어났다. 몇시인지 알고 싶었다. 벽의 전기스위치를 눌렀다. 형광등이 진저리치면서 켜졌다. 방 안이 부스스 모습을 드러냈다. 이러면 안 되지, 성옥은 자신을 책망했다. 비행기가 인천공항에 착륙할 때 성옥은 마음으로 그에게 인사했다. 고맙습니다. 덕분에 잘 다녀왔습니다. 속으로 우선 인사했다. 그리고 입국심사대를 지나 입국장을 나와 공항버스를 탔다. 그런데 왜 그에게 전화하지 않았지? 성옥은 이해가 되지 않았다. 하나원에서, 하나센터에서 정착을 돕던 강사들은 사회생활에서 인사가 중요하다고 강조했다. 한마디 말로 천 냥 빚을 갚는다. 강사가 칠판에 쓴 이 말을 성옥은 공책에 옮겨쓰고 볼펜으로 밑줄을 그었다.

성옥은 주머니에서 핸드폰을 찾았다. 전원이 꺼져 있었다. 자신의 무신경이 창피했다. 전원을 켠 액정화면에 부재중 전화번호 다섯 개가 떴다. 그중에 집 짓는 남자의 것이 연달아 두 번, 그뒤로 남혁이 한 번이었다. 다시 집 짓는 남자, 마지막은 086으로 시작되는 중국 전화번호였다.

성옥은 너무도 다른 세 개의 전화번호와 사람들을 생각했다.

가끔 어떻게 해야 할지 갈피를 잡을 수 없을 때가 있었다. 어제와 달라진 것 하나 없는데, 내일이라고 달라질 것이 없는데 마음이 거품처럼 숭숭 떴다. 지금도 그랬다. 봉투 모양이 뜬 번호는 남혁과 집 짓는 남자의 것이었다. 성옥은 문자를 확인했다.

누나. 안 죽었지? 보고 싶어죽겠다.

남혁이었다.

예정대로 돌아왔나요? 그럼 잘 자요.

그 남자였다. 성옥은 남혁을 잊고 그 남자의 문자를 뚫어지게 들여다보았다. 웬일인지 '돌아왔나요'와 '잘 자요' 사이가 자꾸만 벌어지는 느낌이었다. 하나가 둘로 쪼개져서 사이에 깊은 낭떠러지가 생기는 것 같았다. 성옥은 잘 자요, 에 발 하나를 딛고 아래를 내려다보았다. 까마득했다. 예정대로 돌아왔느냐는 점점 멀어졌다. 기이한 느낌이었다.

선생님.

성옥은 문자를 썼다.

예정대로 돌아왔는데 인사드리지 못했습니다. 마취된 것처럼 일상의 감정을 잃은 기분입니다. 내일 전화드리겠습니다. 성옥 올림.

성옥은 문자를 보냈다. 문자가 날아가는 아주 짧은 순간 갑자기 그가 달려올 것 같은 예감이 들었다. 어쩌면 그가 달려오기를 바라는 건지도 몰랐다. 어쨌든 성옥은 두 가지의 다른 감정으로부터 도망가고 싶어 서둘러 전원을 껐다. 세수를 할까 망설이다가 그냥 잠자리에 누웠다. 피로가 몰렸다. 하지만 베개에 머리를 얹자마자 잠이 달아나는 걸 느꼈다. 그리고 맑은 정신 속으로 파랗게 숫자들이 떠올랐다. 일부러 자꾸만 밀쳐두었던 086……이었다.

장백현의 브로커일 것이었다. 어머니가 통화를 원했거나 돈벌이를 위해 어머니를 불러냈을 수도 있었다. 돈은 언제든 좋았다. 그곳에서라면 돈은 늘 급할 게 뻔했다. 돈이 아니면 어머니가 위험하고 비싼 전화를 걸 순 없었다. 처음엔 성옥이 먼저 돈을 보냈다. 돈이 떨어지면 꿔서 보냈다. 하지만 몇 년이 지난 뒤론 그게 옳지 않다는 생각이 들었다. 지난봄에 단호히 말했다. 엄마, 여기도 힘들어요. 나도 여기서 인간답게 살려면 돈이 있어야 하고 돈을 모아야 합니다. 그러니 일 년에 한 번만 보내겠어요. 하지만 소용없었다. 올해만 벌써 두 번이었다. 한 번에 최소한도 백만원. 그중 삼십 퍼센트의 브로커 비용을 제하고 나머지가 어머니에게 전달되었다. 어머니에게 그 돈은 컸다.

처음엔 어머니에게 이곳으로 오라고, 여기 오면 자유가 있고, 힘닿는 데까지 열심히 일하면 잘살 수 있다고 말했지만 어머니는 '난 여기서 죽겠다'고 잘랐다. 성옥은 엄마 몸 건강히 잘 계시라고 말하면서 목이 메어 엉엉 울었다. 울음소리를 들려드리면 안 된다고 생각하면서도 그렇게 되곤 했다.

경성역에서 기차를 탔다. 기차엔 성옥 한 사람뿐이었다. 기차는 달리지 않았다. 빨리 떠나야 하겠는데 기차가 무슨 이윤지도 모르게 출발하지 않았다. 점점 미칠 것 같았다.

먼 데서 기차바퀴 소리가 들려왔다. 살았다, 안심이 되는 순간 성옥은 번쩍 눈을 떴다. 이내 꿈을 꾸었다는 걸 알았다. 성옥은 더운 한숨을 내쉬었다.

이런 꿈은 처음이 아니었다. 잊혀지지도 않았다. 툭하면 경성역. 기차는 출발하지 않았다. 마음은 쫓기는데 기차는 움직이지 않았다. 꾸기 싫은 꿈이었다. 그러나 성옥은 곧 이런 꿈에서 깨어나게 한 것이 전화벨이었다는 걸 알았다. 전화는 저절로 끊어졌다가 다시 울렸다. 집 짓는 남자였다. 죄송합니다. 성옥은 잠결인 채 이렇게 말했다.

"모지에서 불법체류하기로 했나, 걱정했더니. 돌아오긴 했네."

그가 말끝에 웃었다.

"그런 건 상상도 못했어요."

성옥이 대답했다. 그리고 고맙다고 말했다.

"고맙다니, 그 돈은 나중에 갚아야 하는 건데."

그가 말했다.

"꿈을 꾸고 있었어요. 깨어나서 너무 좋아요."

성옥이 밝은 목소리로 말했다. 그리고 몇시인가 물었다. 그가 다섯시가 조금 넘었다며 무슨 꿈을 꾸었느냐고 물었다. 성옥은 떠나야 할 기차가 움직이지 않아서 너무 불안했다고 말했다.

"서울역에서?"

무슨 까닭인지 그가 확인이 필요한 것처럼 물었다. 성옥은 멈칫했다. 경성역이라는 말이 입안에서 맴돌았다. 하지만 정직하게 말하지 못했다.

"역은 잘 기억나지 않아요."

성옥의 목소리가 미세하게 흔들렸다.

"꿈이라는 게 다 그래."

그는 가볍게 말했다. 성옥은 부끄러워졌다. 그가 저녁이나 같이하자고, 모지항에서 아버지를 만난 이야기도 듣고 싶다는 말을 했을 때, 무턱대고 네네, 한 건 부끄러움 때문이었다.

성옥은 약속시간이 될 때까지 청소를 했다. 여기저기서 얻은 옷들, 가방들, 신발들, 동무들과 함께 동대문 시장에서 산 것들. 도르르 말면 한 줌도 되지 않는 여름옷이나 속옷도 많았다. 성옥은 한 번도 입지 않은 옷들, 신을 것 같지 않은 신발, 들지 않을 것 같은 가방들을 비닐봉투에 담았다. 필요한 것만 가지고 싶었다. 성옥은 손이 잘 가지 않는 옷들 속에서 한 번도 입어본 적이 없는 미키마우스 그림이 그려진 티셔츠를 잠깐 살펴보았다. 아까운 건 아닌데 한동안 눈길이 갔다.

필요한 것은 많지 않았다. 재활용상자에 넣을 비닐봉투가 두 개나 되었다. 너무 버렸나, 싶었지만 개운했다. 성옥은 내친김에 책과 노트들을 들췄다. 읽은 것 같은 잡지, 주간지, 신문, 학교신문과 학과 프린트물들, 과제물로 제출했다 돌려받은 프린트물들. 책상 위에서 종이류들이 한참이나 나왔다. 그런 것들 중에서 낡은 노트 한 권이 성옥의 손에서 내려놓아지지 않았다. 분홍색 꽃무늬로 덮인 겉장을 넘겼다. 아버지께. 책의 제목이 놓일 법한 자리에 이런 글자가 보였다. 성옥 자신의 필체였다. 그러나 다음 장은 백지였다. 그다음도 그랬다. 공책은 제목만 쓰인 채 아무것도 더 쓰여지지 않은 것이었다. 빈 종이인 줄 알면서도 성옥은 자꾸만 갈피갈피 넘겼다. 하얀 종이를 넘길수록 성옥의 가슴에서 뜨거운 것이 울컥울컥 치받쳤다. 성옥은 아랫입술을 깨물었다.

약속시간보다 한 시간 빨리 집을 나선 성옥은 그곳까지 걸어가면서도 공책을 잊지 못했다. 정작 한 글자도 쓰지 못한 공책이 하는 말이 너무 많아서 목이 아릴 지경이었다.

'아부지, 용서해주세요.'

성옥은 걸으면서 마음속으로 이렇게 썼다.

그러자 쓰고 싶은 글들이 미어터지게 떠올랐다. 걸음을 떼어놓는 것조차 버겁도록 말들이 쌓였다.

아부지, 용서해주세요.

성옥은 인호가 말한 음식점으로 들어가 아직 오지 않은 그를 기다리며 혼자 앉아서도 이런 글자를 공책에 썼다. 모지항에서 나비와 잠자리와 갈매기와 풀벌레와 새로 나타나던 아버지가 이곳에서도 곁에 있는 느낌이었다. 성옥은 침을 삼켰다. 아버지에게 용서해달라고 말하면, 아버지가 다 안다, 다 알고 있었다. 이렇게 말하는 것이었다. 그런 말소리가 들렸다. 성옥은 말소리의 기미를 쫓아 허공을 두리번거렸다. 넓지 않은 서양음식점 실내의 조명은 은근하고 사람은 많지 않고 의자와 의자 사이엔 국화 화분들이 있었다. 검정 앞치마를 두른 젊은 남자 종업원이 물잔을 내려놓으며 일행을 기다리시지요? 물었다. 성옥은 그렇다고 말하며 종업원의 티셔츠에서 시선을 떼지 못했다. 커다란 미키마우스가 새겨져 있었다.

종업원이 돌아갔다. 그의 뒷모습을 잠깐 바라보았다. 불현듯 성옥은 집을 나오면서 재활용 의류수집함에 넣은 미키마우스 티셔츠를 떠올렸다. 성옥이 한국에 와서 처음으로 미키마우스를 본 건 아니었다. 그런데도 그 오랜 옛날 입었던 미키마우스 그려진 노란색 원피스를 기억하진 못했다. 성옥은 휙 뒤를 돌아보았다. 종업원은 성옥의 시야엔 없었다.

유치원 다닐 때였다. 미키마우스가 가슴에 그려진 노란 원피스를 입고 나가 놀았다. 같은 인민반의 옆집 아주머니가 성옥의 머리를 쓰다듬으며 참 예쁘게 생겼다고 말했다. 꼭 일본 아이 같다고 말했다. 집에 돌아와 성옥은 예쁘다고 칭찬하며 일본 아이 같다고 하던 말을 자랑했다. 순간 어머니가 질색하며 그렇게 말한 사람이 누군지 꼬치꼬치 캐물었다. 어머니는 성옥의 설명을 듣고 그 집에 찾아가 따지고 돌아왔다. 어째서 우리 딸을 일본 아이에게 비교하느냐! 성옥이 이해하지 못한 어머니의 신경과민은 어른들의 일이었다. 하지만 그후로 미키마우스 원피스는 다시 입지 못했다. 어머니가 아궁이에 불태웠기 때문이다.

이 일 이후에도 성옥은 가끔 일본 아이같이 생겼다는 말을 들었다. 머리에 리본을 매고 나가 놀면 동네 아주머니들이 불렀다. 예쁘게도 생겼네. 꼭 일본 인형 같지? 이런 말들을 했다. 성옥은 어머니가 싫어해서 이런 말은 전하지 못했다. 그래도 예쁘다는 것이 싫지 않았다.

아버지의 직장 탁아소에서 유치원으로 진학한 뒤에 성옥은 김일성 원수의 혁명역사와 항일투쟁사를 학습했다. 노래도 배우고 춤도 만들어 춰보고 연극도 하면서 수령님의 인민 사랑을 마음에 담았다. 성옥은 특히 기뻤다. 어머니가 일본을 싫어하는 건 일본 제국주의 때문이라고 생각했다. 혁명적 반일 감정을 가진 어머니라서.

어머니와 아버지는 잠자리에서나 밥상머리에서 두 분만 알아들을 수 있는 말을 아주 작은 소리로 속삭이곤 했다. 아침 라디오 방송을 듣고 난 뒤, 아니면 노동신문이나 성옥이 가져온 교과서를 읽고 나서도 그랬다.

"엄마 아부지 그게 무슨 말이오?"

성옥은 호기심에 부모님 사이에 끼어서 엿들으려고 해봤다. 알아들을 수 없는 말이었다. 그뿐 아니라 부모님은 하던 말을 뚝 멈췄다. 아버지는 고개를 숙이고 어머니는 무서운 표정으로 성옥을 겁주었다. 어머니 아버지가 하는 말을 들으려고 그럼 안 된다, 넌 아이다, 그런 꾸지람이었다.

이런 일 이후에도 부모님이 고개를 맞대고 속삭이는 일은 다반사였다. 즐겁게 웃을 때도 있고 불안한 표정일 때도 있었다.

"지금 하는 말 조선말 아니다!"

어느 날 성옥이 천진난만한 표정으로 이렇게 소리쳤다. 부모님이 자기를 돌려놓고 비밀스레 하는 말이 조선말이 아니라는 것만이라도 알아차려서 성옥은 무척 뿌듯했다. 순간 아버지가 성옥을 낚아채듯 부둥켜안았다.

"너 어디 가서 이런 말 하면 안 된다. 알았지? 그러면 큰일나!"

단단한 목소리로 속삭였다. 순간 성옥은 무언가 섬뜩했다. 아버지는 화를 잘 내고 심지어 어머니를 때리기도 하지만 성옥에게 이런 적은 없었다. 성옥의 입이 저절로 삐쭉댔다. 아버지의 팔을 젖히고 비켜 앉았다.

"성옥아. 아부지 말 들어라. 너 미워서 그런 게 아이다. 어른은 어른끼리 하는 말이 있어."

어머니가 말했다. 하지만 성옥의 마음에서는 조금씩 화가 자라나기 시작했다. 화뿐만이 아니었다. 어머니와 아버지가 자신과 다르다는 불신의 감정이 막연하고도 흐릿하게 생기기 시작했다.

44

그 남자 인호는 늦었다. 오 분이 지나도 오지 않았다. 이런 경우 그
는 늦는 이유를 문자로 보냈다. 몇 분 후에 도착하겠다는 말과 함께.
그런데 아직 아무런 신호도 없었다. 성옥은 하릴없이 휴대폰의 통화
내역을 들여다보았다. 문자도 검색했다.

누나! 도망갔어? 왜 연락이 안 돼. 혜교 누나도 어디 갔는지 모르던
데! 나쁜 일은 아니지? 나쁜 누나!!!

성옥은 남혁의 문자를 여러 번 읽었다. 개구쟁이 같은 표정의 남혁
의 얼굴이 떠올랐다. 남혁을 생각하면 즐거웠다. 어떻게 고민 없이 이
곳에 적응을 잘해가는지 신기할 지경이었다. 남혁의 말대로 이미 죽
은 목숨이기 때문일까? 그렇기로 치면 성옥 자신도 죽었던 목숨이라
할 수 있었다. 하지만 성옥은 남혁처럼 되지 않았다. 그렇다고 남혁에
게 넌 여기가 그렇게 좋으냐? 물어볼 수는 없었다. 그 단순한 말이 성
옥에겐 너무 복잡하고 어려웠다.

성옥은 남혁을 생각하면서 정작 아버지를 떠올렸다. 아버지, 용서
하세요. 너무 잘못한 게 많아요. 불효했습니다. 성옥은 마음으로 이런
문자를 만들었다. 수신자에 김대건이라 써서 보내고 싶은 마음이 굴
뚝같았다.

십오 분이 지나고 있었다. 손님을 접대하느라 분주한 종업원의 티
셔츠 위 미키마우스가 자주 성옥의 눈에 들어왔다.

인생은 개떡 같아. 성옥은 불쑥 이렇게 자기 인생을 욕했다. 그리고
고개를 들었을 때 자신의 앞에 선 그 남자를 보았다. 얼굴이 확 달아
올랐다. 무언가 들킨 기분이었다.

"아, 미안해. 어쩌지? 소장이 얼마나 회의를 길게 끄는지. 소장은 말 많은 게 흠이야. 문자할 짬이 없었어."

마주앉으며 그가 투덜거렸다.

"배고프겠다!"

그가 탁자 위의 메뉴판을 들며 말했다. 배고프겠다는 말을 이토록 잘하는 사람은 처음이었다. 다른 데선 어쩌다 듣는 말인데 이 남자는 늘 그랬다. 만나기만 하면 먹어야 할 것처럼. 처음엔 불쾌했다. 북한에서 왔다고 사람을 가난뱅이로 아나? 심지어 이런 반발심도 생겼다.

음식은 그가 정했다. 성옥은 이탈리아 음식에 대해 아는 게 없었다.

"표정이 달라진 거 같아."

종업원에게 음식을 주문하고 나서 그가 새삼 성옥을 빤히 살펴보다가 말했다. 성옥의 얼굴이 붉어졌다.

"어떻게요?"

성옥은 잘못이라도 저지른 아이처럼 물었다. 그가 고개를 갸웃하고 성옥의 얼굴 앞으로 머리를 내밀어 코앞에서 쳐다보았다.

"깊어진 것 같아."

"그게 무슨 의미입니까?"

"아름다워졌다고."

"놀랍니까?"

"아버지를 만나고 오면 누구나 그렇……겠지?"

성옥은 따지듯 추켜들고 있던 고개를 푹 떨어뜨렸다. 그의 입에서 아버지란 말이 나오기 무섭게 눈시울이 붉어지고 콧날이 시큰해졌다. 아주 먼 데 있던 비구름이 돌연한 회오리에 때를 잊고 밀려온 것 같았

다. 더군다나 생각지도 못했던 후회가 밀려왔다. 아버지를 만난 건 잘
못이었다는.

"자유로워진다거나."

그가 성옥의 잔에 와인을 따르며 중얼거렸다. 성옥은 유리잔을 채
우는 와인 빛깔을 바라보았다.

"아버지 고향에 다녀온 걸 축하!"

성옥이 잔을 들었을 때 그가 건배하며 말했다.

"자유로워진 걸 축하!"

두번째 잔을 들었을 때 그가 말했다. 그가 벌써 두 번씩이나 자유로
움을 말하는 바람에 성옥은 내면의 경직을 느꼈다. 인호가 생각하는
자유로움에 성옥은 일단 거부감이 들었다. 마치 본능 같았다. 자유주
의자들의 반동적 속성은 적대감을 불러일으켰다. 고등중학교에 올라
가서 성옥은 아버지가 당원이 되지 못하는 이유가 일본에서 나고 자
라 뼈에 박힌 자유주의 탓이라고 생각했다.

성옥이 자유와 아버지와 민족의 배반 따위 같은 생각들로 마음이
잠깐 질척거리는 동안 인호는 의아한 표정으로 성옥을 바라보고 있었
다. 그는 마주앉은 사람이 갑자기 이해할 수 없는 타인으로 느껴지는
경험을 하는 중이었다. 말이 통하지 않는 다른 나라에서 그 나라의 지
도를 들고 행선지를 물어봐도 상대가 알아듣지 못할 때의 당혹스럽고
황당하던 그 막막함이 성옥을 통해 떠올려지는 건 의외였다.

두 사람은 한동안 아무 말도 하지 않았다. 인호는 모지와 시모노세
키를 연결하는 대교를 건너봤느냐, 모지와 시모노세키는 해협으로 갈
리는데 분위기가 너무 다르지 않더냐, 일본음식 어떤 걸 먹어봤느냐,

후쿠오카 라면이 유명하단다. 등등의 말들이 떠올랐지만 지워버렸다. 인호의 친구 K는 왜 하필 북한 여자냐며 만나지 말라고 강력하게 충고한 적이 있었다. 같은 민족이란 느낌이 들지 않는다고까지 했다. 꼭 통일해야 하느냐, 삼국시대도 있었다. 이렇게 말한 사람은 A였다. 같은 민족이라기보단 이질감이 크다는 게 두 사람의 공통된 의견이었다. 그럴 때 인호의 대답은 아주 간단명료했다. 만나보면 생각이 달라질 거라는 것이었다.

"뭘 보긴 보았을 텐데요……"

성옥이 느리고 낮은 목소리로 말하기 시작했다. 인호는 반가웠다. 성옥은 여전히 고개를 숙인 채로 시험 보는 학생처럼 신중했다.

"아버지를 보았겠지, 뭐."

그는 일부러 아무렇지 않게 말했다. 순간 성옥의 고개가 낚싯바늘에 끌려오는 고기처럼 쳐들렸다. 인호를 마주보는 눈에 물기가 그렁그렁했다. 순간 인호의 감정이 복잡해졌다. 살다보면 도저히 상상이 가닿지 않는 타인의 상처에도 마음 끌리는 일이 있었다.

이른 봄의 어느 날 오후 소장이 예정에 없던 회의를 소집했다. 현장에 나간 두 사람을 뺀 나머지 세 명이 소장과 마주앉았다. 소장은 설계와는 동떨어진 이야기부터 시작했다. 우리나라의 문제가 무어냐는 질문이었다. 모두 어안이 벙벙했다. 소장이 얼마나 엉뚱한 발상을 잘하는 사람인지, 동종 업계에선 모르는 사람이 없었다. 천재라거나 괴짜라는 평을 들었다. 하지만 인호는 그가 풀 수 없는 수학 문제처럼 곤혹스러웠다.

"인호 너 요새 연애하냐?"

"연애……요?"

인호가 난감해서 이렇게 대답했다.

"너 이런 거하고 연애 좀 해볼래?"

소장이 인호 앞으로 서류 봉투를 내밀었다. 봉투 위에 매직으로 쓴 글씨가 촌스러움을 과장하는 듯 보였다.

"수복지구 기념관 건립……"

인호는 음미하듯 제목을 읽었다. 다른 직원들이 인호 앞의 봉투를 장난감 돌리듯 제 앞으로 옮기며 구경했다.

"인호가 해봐. 이참에 역사 공부도 하고. 검토 끝내고 월요일 오전에 의견을 가져와."

소장의 말은 거역할 수 없었다. 사무실 책상으로 돌아온 인호가 봉투를 휙 던져놓고 담배를 피워 무는데 맞은편 자리의 후배가 다가왔다.

"선배님, 일층 식당에 북한 여자가 있더라고요."

인호는 느닷없이 북한 여자는 뭐냐? 그런 표정으로 후배를 쳐다보았다. 그리고 인호는 북한 여자를 더이상 생각하지 않았다. 하지만 그날 저녁에 전화를 한 고등학교 동기 때문에 일층 식당에서 술을 마시게 됐다. 변호사인 동기는 대학로에 소송이 걸린 건물이 있어 실사를 나왔다가 인호 생각이 났다고 했다.

종업원은 낯이 익은 여자였다. 메뉴판을 건네고 종업원이 돌아가자 변호사가 인호를 쳐다보며 말했다.

"탈북자가 이만 명을 넘었다더니 여기서도 보네."

지나가는 말이었다. 인호는 의아한 표정으로 동기를 바라보았다.

"어떻게 알아?"

"보면 모르니? 탈북자들은 어디가 달라도 달라."

"서울말 쓰던데."

"그건 쟤들이 드라마 보면서 배워서 그래. 요샌 서울말 가르치는 학원도 있다더라."

"역시 변호사는 도면만 그리는 나하고는 어디가 달라도 다르구나."

"쟤들 강남 술집에도 많아."

변호사가 말했다.

"여기 애는 대학생이라든가?"

인호는 인상조차 떠올려지지 않는 북한 여자를 두고 말했다. 마침 인호네 칸막이 앞을 지나가는 지배인을 인호가 불렀다. 두 사람은 반갑게 인사했다.

"여기 종업원 중에 북한 여자 있어요?"

인호가 물었다. 그의 갑작스런 질문에 지배인이 동석한 사람까지 살펴보며 조금 난감한 표정을 지었다.

"뭐 그냥 그렇다는 이야길 들어서……"

인호는 얼버무렸다. 지배인은 할말이 없다는 듯이 지나쳤다. 그리고 돌아가는 길에 다시 인호네 칸막이 앞에서 멈췄다.

"주문 받으러 보낼게요. 그런데 신분이 알려지는 걸 아주 꺼리더라고요."

"간첩도 아닌데 그래요?"

변호사가 물었다. 인호가 눈살을 찌푸렸다.

"변호사가 그렇게 무식하게 말해도 되냐?"

지배인이 돌아간 뒤에 레몬이 담긴 물병을 들어 변호사의 잔에 물을 따르며 인호가 말했다. 변호사의 입술이 왼편으로 일그러졌다.

"야. 넌 그런 질문 하면 아직 순진한 거야. 변호사는 무식 정도가 아니라 무지해야 할 수 있는 일이란다. 돈을 따라 움직이는 꼭두각시니까."

자조적으로 말하는 변호사의 얼굴에 어두운 그늘이 드리웠다. 그늘을 들키지 않으려는 그의 본능이 얼굴 표정을 야비하게 바꿔놓았다. 열쇠 세 개 장만해서 딸을 보낸 처가와 아내가 싫어지면 어쩌나, 가끔 불길한 느낌이 지나갈 때도 있다는 말은 입안에서 삼켰다.

두 사람이 식탁 위에 놓은 메뉴판을 들고 안주와 정종을 주문하기로 결정한 뒤에 '성옥'이 나타났다. 평범하고 단정한 모습에 인호의 표정이 애매해졌다. 주문서를 작성한 성옥이 등을 돌리려 할 때 변호사가 물었다. 고향이 어디냐는 것이었다. 성옥이 네? 이런 표정으로 그를 바라보았다. 얼굴이 붉어졌다. 그러나 아무 말도 하지 않고 돌아갔다. 인호가 변호사를 나무랐다. 그건 인간에 대한 예의가 아니라는 것이었다.

"야. 직업에 충실하다보니 인간에 대한 예의 같은 건 느껴지지도 않는다. 짜식아."

변호사가 오물을 튀기듯 말했다. 두 사람은 이날 인사불성이 되도록 마셨다. 성옥은 그뒤 한번 더 그들의 칸막이 앞으로 왔지만 서로 손님과 종업원에 대한 관심 이상은 보이지 않았다. 그러나 다음날 숙취가 풀린 뒤부터 인호는 '탈북자'에 대해 검색하기 시작했다. 그리고 마침내 자신이 맡은 일은 '기념의 정서'를 불러일으키는 것이며, 그것은 식민지와 해방과 전쟁과 휴전과 탈북자를 아우르는 데서 우러난다는 걸 느끼게 되었다. 이렇게 생각이 정리된 후 인호는 소장을 찾아가 웃으며 인사했다. 우리나라의 문제점을 알 것 같다, 잘해보겠다, 고 포부를 말하는 인호에게 소장은 작가 정신을 세상에 알리는 기회니까 너의 숨은 능력을 찾아내라고 격려해줬다.

"다음엔 어머니 고향에 가봐야겠다. 오사카라고 했던가?"
"아니요. 요코하마예요. 항구 언덕바지에 가난한 조센징들이 몰려 살았대요."
성옥은 나직이 말했다. 안주로 시킨 피자는 반쪽도 먹지 못하면서 와인은 맹물처럼 마셨다. 인호가 걱정스레 바라보았다. 그 얼굴을 바라보며 성옥이 씩 웃었다. 웃음 위로 고맙습니다, 라는 글자가 자막처럼 흘렀다.
"떠날 땐 담담하게 아버지를 이해하고 와야지, 아버지에게 고향은 뭐였을까, 이런 생각이었거든요. 그런데 정말 울기만 했어요. 많이 울었어요. 평생 울 걸 다 울어서 이젠 울 일이 있어도 눈물이 말라서 못 울 것 같아요."
한동안 침묵하던 성옥이 고백처럼 고요히 말했다. 물기가 가신 눈에 수줍은 미소가 어렸다.
"아버지가 왜 집삼 바다 앞에서 하염없이 바다만 바라보고 앉아 있었는지……"
성옥의 시선은 아득했고 말간 물속에 담긴 무명 같은 표정으로 그

52

를 바라보았다. 그러나 시선은 그를 뚫고 지나쳐서, 두고 온 경성의 집삼 바닷가나 아버지의 고향 모지항의 바다를 보는 것 같았다.

인호는 종업원이 들고 온 두 병째의 술을 성옥과 자신의 잔에 부었다. 두 사람은 한동안 아무 말도 하지 않았다. 인호는 무슨 생각에 잠긴 채 거푸 세 잔이나 마셨다. 문득 S건설에 다니는 대학 동기의 말이 떠올랐다. 탈북 여자 사귄다는 소문이 동기들 사이에 돈다는 것이었다. 그 말을 듣는 순간 인호는 즉각적으로, 걘 여자가 아냐, 동포야! 그랬다. 동기는 무슨 뜻인지, 웃음소리를 남겼다.

혼자 술을 마시던 인호가 생각났다는 듯이 가방에서 노트를 꺼내고 심이 굵은 연필도 꺼냈다. 생각에 잠겼던 성옥은 그가 무엇을 하려나 궁금한 표정으로 살폈다.

"성옥이가 살고 싶은 집을 그려줄게."

오른손에 연필을 든 인호가 성옥을 반히 바라보며 말했다. 성옥은 당황한 표정으로 그를 쳐다보았다.

"그냥 그림으로 그려주는 거니까 부담 갖지 마."

그러고는 인호가 성옥을 쳐다보았다. 집이 아니라 성옥의 초상화를 그리려는 것처럼.

"집 짓는 남자니까."

그가 중얼거렸다.

4. 하모니카집

　인호가 종이 위에 선을 그어 집을 완성할 즈음 성옥은 전화를 받았다. 아, 이모! 그러더니 눈으로 인호에게 신호하고 자리에서 일어나 밖으로 나갔다. 성옥은 인호가 이층집과 단층집을 한 채씩 완성했을 때 돌아왔다.

　"이모도 있어?"

　자리에 앉는 성옥에게 그가 물었다. 곤란한 듯 성옥이 다문 입술을 한쪽으로 밀었다. 눈도 덩달아 찌푸렸다.

　"친이모는 아니고요. 여기서 만난 고향 이모예요."

　"고향 사람이 많아?"

　"많지는 않아요. 그래도 더러 있어요."

　성옥이 괜스레 수줍어하며 말했다.

　"다행이다."

　인호가 말했다. 성옥이 입가에 웃음을 띠었지만 곧 전하는 말은 웃

을 일이 아니었다. 이모가 전화를 한 건 투신자살한 탈북 여성의 장례
식장에 함께 가자는 것이었다.

"저는 안 간다고 했어요……"

성옥이 고개 숙이고 나직이 말했다. 인호는 할말을 잃었다.

"흔해요."

여전히 고개 숙인 채 성옥이 중얼거리듯 말했다.

"안됐지만…… 가서 보면 남의 일 같지 않고, 고통스러워요."

성옥이 인호를 쳐다보았다. 인호는 자신이 그린 이층집 위에 손가
락을 얹고 성옥을 마주보았다. 성옥의 시선이 집에 내려앉기를 기다
렸다.

"죽는 순간만 넘기면 사실…… 당사자야 편하겠지만…… 탈북자
들의 자살률이 가장 높대요."

성옥이 말했다. 그리고 마침내 노트 속의 집에 눈길을 주었다.

"어떤 집에서 살래?"

인호가 물었다. 성옥의 마음은 투신한 탈북 여성의 죽음에서 잘 돌
아오지 않았지만 그가 내민 집을 내려다보았다.

"이런 집에 엄마가 있나요?"

성옥이 물었다. 아, 엄마가 있는 집! 그는 속으로 외쳤다. 그러고는
고개를 끄덕이며 여러 번 엄마가 있는 집, 엄마가 있는 집, 이렇게 중
얼거렸다.

"엄마가 있는 집을 그려줄 수 있으세요?"

성옥이 간절한 목소리로 물었다. 그가 놀란 눈으로 성옥을 쳐다보
았다.

"지금 지어주세요. 갑자기 집이 그리워졌어요. 엄마가 보고 싶어도 집을 떠올린 적은 없었는데 왜 지금 이렇게 집이 그립지요? 선생님 탓이에요. 그러니 그려주세요. 하모니카집! 우리가 살던 하모니카집을 그려주세요. 아직 거기 엄마가 살아요."

성옥은 여기까지만 말했다. 사실은 먹을 게 없어서 나중엔 집까지 팔았다는 말은 하지 않았다. 성옥이 보내준 돈으로 아주 작은 집을 새로 샀단 말도 하지 않았다.

"하모니카집?"

인호가 물었다. 성옥은 입에 손을 대고 하모니카를 부는 흉내를 냈다.

"하모니카집은 정말 하모니카처럼 생겼어?"

인호는 노동자 합숙소 같은 공동주택을 떠올렸다. 그가 공책에 하모니카를 그려놓고 물었다. 여러 개의 구멍들이 위아래로 뚫려 있는 하모니카. 초등학교 삼학년 때 잠깐 분 적이 있었지만 그뒤론 본 적도 없는 하모니카였다.

"다시 이런 집에서 살고 싶어?"

인호가 물었다. 살고 싶어? 이렇게 묻는 대신 다시 살 수 있어? 이렇게 질문했어야 했나? 마음속으로 자신의 말을 수정해보았다.

인호가 이런 생각에 잠겼을 때 성옥은 그가 상상하지 못할 행복감에 젖어들었다. 일 년에 두 번씩 회벽을 칠해서 정갈하던 하모니카집. 대문도 없고 문을 잠그는 집도 거의 없었다. 엄마와 나이가 비슷하면 모두 이모, 아버지와 나이가 비슷하면 모두 이모부라고 불렀다.

"……처음엔 끝에서 두번째 집이었어요. 내가 유치원에 다닐 때 아버지가 맨 끝에 있던 집과 그 집을 바꿨어요. 아버지는 끝에 있는 공터에 창고를 늘려 지었어요. 나도 벽돌이랑 나무를 날랐고요. 아버지는 그런 일을 아주 잘했어요. 사람들은 모두들 우리집을 부러워했어요. 겨울이면 창고에 미역과 다시마를 걸어 말렸어요. 추운 날, 눈이 많이 내린 날엔 동네 아이들이 창고에 와서 널을 뛰었어요. 집 뒤, 처마 밑엔 마루가 있어요. 추녀 아래엔 줄을 매서 명태를 주렁주렁 매달았어요. 겨우 내내 말려요. 마르는 족족 떼어서 먹어요. 나중엔 머리만 대롱대롱 남아요. 그럼 머리를 떼어서 눈알부터 다 파먹어요. 명태는 못 먹는 게 거의 없어요. 알로는 명란젓을, 창자로는 창난젓을 담그고 간은 간유를 내서 먹어요. 내가 눈이 좋은 건 그때 먹은 간유 덕이라고 해요. 무 썰어넣고 끓인 명태내장국도 얼마나 시원한지. 축구선수 정대세가 북어 한 마리 들고 좋다, 맛있다, 그러던 거 텔레비전에서 봤어요.

……우리집 줄은 한 동 여덟 세대짜리 하모니카처럼 생긴 사택이에요. 뒷마루는 칸을 막지 않아 복도처럼 터져 있었는데 우리는 모두 그곳을 뛰어다니며 놀았어요. 나중엔 다섯 집이 칸을 막아서 세 집이 남았지만요. 우리집 앞엔 커다란 공원이 있는데 아이들의 놀이터였어요. 그곳에서 제기차기 고무줄뛰기 줄넘기 못하는 놀이가 없었어요. 한겨울엔 해가 빨리 지잖아요. 별도 없고 달도 없는 캄캄함 밤에는 우리집이 어느 줄에 있는지 분간을 못해요. 다 똑같으니까요. 엉뚱한 집 문을 열어보기도 하고 문을 두드리기도 해요. 어두워서요. 전깃불이 있었지만 금방 나가버리곤 했거든요. 엄마가 성옥아, 성옥아 불러도

대답하지 않았어요. 노는 게 좋아서요. 아이들이 모두 흩어지고 집으로 가면 엄마가 혼냈어요. 여자는 어릴 때부터 현모양처가 되도록 길러져요. 남자에게 복종하고 남편을 하늘같이 믿고 떠받들고 남 앞에 번듯하게 내세워야 한다고 배웠어요……

……김장철에는 집집마다 김장독을 묻어놓아요. 아이들이 제집 김장김치를 꺼내와서 함께 들고 먹던 거 자꾸 생각나요. 추우나 더우나 밖에서 놀아요. 아, 내가 어릴 때였어요. 놀이터 옆의 어느 집에서 수숫대와 옥수숫대를 세워놓았어요. 소를 키웠는데 소먹이로 쓸 거였나봐요. 우리가 그 안에 들어가 놀았어요. 그런데 무슨 일로 거기에 불이 났어요. 안에 들어가 놀 때였는데 얼마나 놀랐는지 몰라요. 수숫대 가리가 모두 불탔어요. 인민반 반장이 와서 누가 불을 놓았는지 조사했어요. 난 아니었어요. 내가 다섯 살인가 그랬어요. 유치원 다닐 때였으니까요. 다음날 아버지가 날 등에 업고 보위부에 갔어요. 내가 불을 냈다고 누가 그랬는가봐요. 아버지는 죄인처럼 몸을 조아렸어요. 키가 큰 운동선수 같은 아버지가 이상했어요. 나중에 학교 들어가서 상상하게 됐어요. 그때 아버지는 보위부 아저씨한테 성분이 나쁘다고, 토대가 안 좋다는 이야기를 들었을지 몰라요. 토대가 나빠서, 성분이 안 좋아서 어린아이가 남의 소먹이를 다 태운 거라고요. 그리고 거짓말을 한다고요. 그때 등에서 앙앙 울다가 나도 모르게 저절로 울음을 그쳤어요. 너무 무서워서요. 정말 난 그때 불을 내지 않았어요. 성냥도 가지고 다니지 않았고 라이터도 없었어요. 난 다섯 살 여자아이였으니까요. 그래도 수숫대 가리에서 놀던 때가 몹시 그리워요.

다림질을 할 수 없어서 교복을 깔고 자던 거, 자전거 배우던 거……

주말이면 동네 아이들과 바다에 가서 바위에 붙은 섭을 따 끓여먹었어요. 수영해서 고깃배까지 다가가면 오징어 같은 거 한 마리 줘요. 해군 선박까지 헤엄쳐서 갈 때도 있었어요. 바다가 얼마나 맑은지, 아무리 깊어도 속이 다 보여요. 성게알 꺼내 먹던 거…… 그래도 아버지는 바다에 들어가지 않았어요. 바닷물을 무서워하나. 왜 물어보지 않았었는지 몰라요. 아버지를 싫어해서 그랬나봐요…… 정말 싫어서 그랬을까요?"

성옥은 피로와 취기와 졸음이 몰려와 눈도 제대로 뜨지 못했다. 두려운 표정으로 사방을 둘러보더니 가야지요, 중얼거리며 핸드백을 들었다. 그러나 핸드백을 식탁에 얹고 그 위에 머리를 댔다. 인호가 성옥의 곁으로 갔다. 가자, 그가 성옥의 등허리를 잡으며 말했다.

"네, 가요."

성옥이 중얼거렸다. 그러나 몸은 꼼짝도 하지 않았다. 인호는 잠깐 어떻게 할까, 생각했다. 이렇게 집으로 갈 수 있을지 의문이 들었다. 얼마 마시지도 않은 것 같은데 몸을 가누지 못하는 성옥에게 대책이 서지 않았다.

"내 고향을 떠나올 때……"

성옥이 혀 꼬부라진 소리로 중얼거렸다.

"뭐라고?"

인호가 얼굴을 성옥에게 가까이 대고 물었다.

"내 고향을 떠나올 때 눈물 흘리며……"

성옥이 중얼거렸다. 그건 말이 아니라 노래라는 걸 인호는 뒤늦게 알았다.

"잘 다녀오라 하시던 말씀……"

성옥은, '하시던 말씀' 뒤로 입을 다물었다. 인호가 그만 일어나라, 못 일어나겠느냐, 이제 가자, 이렇게 등을 흔들었다. 성옥은 일어나려고 얼굴을 들다가 다시 핸드백에 뺨을 댔다. 그 순간 인호는 성옥의 눈이 젖은 걸 보았다.

"아아, 귀에 쟁쟁해……"

성옥이 다시 중얼거렸다.

인호는 성옥을 두고 계산을 끝내고 택시를 불렀다.

성옥은 여전한 자세로 잠든 듯 가만있다가 불현듯 아아 귀에 쟁쟁해, 하며 울먹거렸다.

두 사람은 택시에 탔다. 인호는 택시기사에게 정릉 쪽으로 가자고 말했다. 성옥은 인호에게 등을 돌리고 창에 얼굴을 대고 있었다.

"정릉 어디라고 했지?"

인호가 물었다. 성옥은 대답하지 않았다. 기사는 아리랑고개에서 두 사람을 내려놓았다. 성옥이 자꾸만 공설 운동장으로 가야 한다고 떼를 썼기 때문이었다. 이 근처 어디에도 공설 운동장은 없었다.

두 사람은 고개 중턱에 주저앉았다.

"성옥! 정신 차려라. 오늘 집에는 못 가겠다."

인호가 절망적으로 중얼거렸다.

"선생님, 집에 데려다줘요. 공설 운동장 몰라요? 21반요! 시장 옆인 거 몰라요?"

성옥이 말했다. 그제서야 인호는 성옥이 말하는 장소가 어디인지 짐작할 수 있었다. 거기는 갈 수 없는 곳이었다. 인호는 막막한 느낌에 그저 앉아 있었다. 어떡해야 할까, 딱히 좋은 생각이 떠오르지 않았다. 성옥은 문득 정신을 차리면서 죄송하다, 잘못했다, 다시는 안 그러겠다, 용서해달라고 손까지 비비며 중얼거렸다. 그러다가 인호가 그 손을 잡아주었을 때 말했다.

"내가 어렸을 때 놀다가 불냈다는 데요. 내가 불낸 건 아니었지만 아버지가 토대가 나빠서 뒤집어썼다고 했잖아요. 거기, 운동장, 놀이터, 그네도 타고 그랬던 데요. 그네는 사람들이 다 뽑아가고요, 시장이 섰잖아요. 시장요! 꽃제비요! 꽃제비……라구요."

꽃제비라고 말한 뒤에, 성옥은 숨이 멎은 것처럼 갑자기 고요해졌다.

인호는 지나가는 빈 택시를 세웠다. 차는 유턴을 해서 혜화동 쪽으로 갔다. 인호의 오피스텔은 일층이었다.

하루종일 벌판을 헤맸다. 보이는 건 아직 마른 풀덤불이나 키 작은 사막식물뿐이었다. 브로커는 곧장 가라고 자신 있게 말했다. 금방 몽골의 국경수비대를 만날 것이고 그들에게 말하면 친절하게 데려다줄 것이라고. 그러니 얼른 국경수비대를 만나야 한다고. 국경수비대 건물이 나타날 것이라고. 그들은 너희들 편이라고.

동이 트고 해가 중천에 걸리고 숨이 막힐 것 같은데 금방 나타난다던 국경수비대의 하얀 건물은 나타나지 않았고 정신을 차려 살피면 여덟 시간을 걸어서 온 곳은 출발했던 그 자리였다.

여기가 어디지? 중국의 국경 철조망은 분명히 넘었는데……

성옥은 두려움 때문에 머리꼭지가 훅, 터져나갈 것 같았다. 저승사자가 정수리를 잡아올리는 것같이 따갑고 차가웠다.

"안 돼! 저리 가!"

성옥은 두 손으로 정수리를 누르며 고함지르다 화들짝 잠에서 깼다. 제 비명소리에 놀라 정신이 없는 중에도 이곳이 자신의 집이 아니라는 걸 알아차렸다. 아늑하고 넓은 공간에 침대는 말할 수 없이 폭신했다. 손을 뻗어 옆을 더듬어보았다. 손에 닿는 것이 없었다. 하지만 곧 성옥은 변기의 물이 내려가는 소리를 들었다. 그리고 문 여닫는 소리. 인호가 다가오고 있었다. 성옥은 아뜩해서 정신을 잃을 것 같았다. 하지만 잠든 것처럼 꼼짝도 하지 않고 누워 있었다. 인호가 소파로 가서 담요를 끌어다 덮고 다시 잠을 청하는 기척을 확인한 뒤로도 성옥의 마음은 진정되지 않았다. 선생님은 혼자 사나? 숨소리도 내지 못하면서 성옥은 이런 의혹에 사로잡혔다. 그가 혼자일지 모른다는 생각만으로 마음에 혼란이 일었다. 그러나 성옥의 혼란은 인호에게 비할 게 못 됐다. 정신을 잃은 성옥은 잠이 들 때까지 인민반 21반으로 가야 한다, 떼를 썼다.

"아저씨는 누구세요?"

문득 정신이 들면 두려운 눈으로 몸을 잔뜩 웅크리고 기어들어가는 목소리로 물었었다.

인호는 성옥이 잠들어 더이상 아무 말도 하지 않을 때까지 침대에 걸터앉아서 생각했다. 성옥을 어떻게 할까…… 성옥이 자신을 남성으로 여기지 않는다는 걸 충분히 느끼긴 했다. 자신도 성옥을 여성으로 생각하진 않았다. 그러나 이성의 호기심을 넘어 그리고 본능의 깊은 켜들을 지나쳐, 성옥의 생의 원형질 같은 것으로 자신의 혼이 스며

드는 느낌은 부정할 수 없었다. 수복지구 기념관의 도면을 상상할 때
성옥의 불행과 슬픔과 고통이 상징부호처럼 느껴지곤 했다.

5. 명숙 이모

　성옥은 구로역 출구 앞으로 갔다. 칠 분이나 빨리 도착했지만 아무
래도 명숙 이모가 먼저 와 있을 것 같았다. 성옥은 명숙을 같은 고향
사람들의 친목 모임에서 처음 만났다. 일행 중에 가장 나이가 많고 유
난히 말이 없는 사람이었다. 남한에 오면 누구든 억양이나 말투부터
고치느라 안달인데 삼 년이 다 되어간다면서 여전히 함경도 억양을
아무렇지 않게 썼다. 거기다 표정은 근엄하고 얇아 보이는 입술은 굳
게 다물려 있었다. 잘 웃지도 않았다. 누구도 명숙의 옆자리에 앉으려
하지 않았다. 젊을수록 그랬고 남한의 적응에 큰 어려움을 느끼지 않
는 사람일수록 명숙을 피했다.
　언젠가 일행 중에 허튼소리 잘하는 남자가 북한 체제를 조롱했다.
　"간나새끼들, 여행증은 떼구 여기 왔다니?"
　웃자고 한 그의 말에 명숙이 발끈했다.
　"자기 고향을 모욕하는 사람은 현재도 없고 자기 존엄성을 부정하

는 것과 같다!"

말투가 너무도 강렬해서 모두 입을 다물었다. 여행증 운운했던 남
자는, 그럼 당신은 왜 여기 왔느냐, 거기가 그렇게 좋으면 거기 살았
어야 하지 않느냐고 대들었다. 이런 싸움은 때때로 일어났다. 싸워봤
자 끝이 없었다. 문제도 없고 답도 없었다. 그저 서로 상처만 낼 뿐이
었다. 결국 누군 울고, 누군 한숨 쉬고, 누군 넋두리하고, 몇 명은 끝
까지 남아 노래방으로 몰려가 악을 쓰는 게 순서였다. 이렇게 모이고
흩어지는 모임이지만 보름만 지나도 서로 그리워했다. 그래서 번개
모임이 잦았다.

이런 일이 있은 뒤로 명숙은 유명해졌다. 그가 어떤 사람인지 곧 밝
혀졌다. 고향에서 양정사업소 간부의 부인이었고 부모는 공화국 영웅
이었으며 본인도 당원이었다는 것이다.

성옥은 휴대폰을 꺼내 문자나 전화가 왔는지 살폈다. 아무것도 없
었다. 남혁은 전화를 하지 않는 습관이 있었고 혜교는 차를 가져올 것
이었다.

성옥은 명숙 이모의 전화번호를 검색해서 문자를 쓰기 시작했다.
이모님, 오시고 계시지요? 이렇게 쓰고 무슨 말을 덧붙일까 생각하는
데 등뒤에서 명숙 이모의 목소리가 들렸다.

"내 늦었니?"

명숙이 다급하게 다가오며 물었다.

"이모! 넘어지겠슴다."

성옥이 명숙의 팔을 잡으며 말했다.

"내 아직 그 지경은 아이다."

명숙의 목소리는 단호했다. 하지만 얼굴색이 노랗고 푸석했다. 이마의 굵은 주름 사이에 파운데이션이 끼었고 붉은색 루주는 왼쪽 입술선 위로 번져 있었다.

"이모! 잘 지냈습니까? 별일 없습까?"

성옥이 거푸 물었다. 아픈 덴 없지요? 그렇게 묻고 싶은 걸 별일 없느냐로 바꾸었다.

"없다!"

명숙이 자르듯 말했다. 성옥에겐 있다! 로 들렸다. 하지만 더이상 묻지 않았다.

"참 그쪽에는 미리 연락했습까?"

성옥이 물었다. '그쪽'은 명숙이 가려고 하는 '남쪽 언니'의 집이었다.

"그냥 가믄 된다."

"그럼 이모, 우리가 모두 그 집에서 자도 됩니까?"

"왜 신세 지니, 찜질방에서 자믄 되지."

"아, 깜빡했다. 찜질방이 있었네, 남조선에서 젤 좋은 데가 거긴데……"

성옥이 짐짓 행복한 말투로 말하고 명숙의 팔짱을 끼었다. 명숙이 손목시계를 들여다보았다. 일 분 남았네, 중얼거렸다.

"누구누구 오니? 요전에 말했던 남혁이랑, 혜교야?"

"예!"

성옥은 짧게 대답하며 남혁의 전화번호를 눌렀다. 전화번호를 누르면서도 명숙의 기억력이 대단하다고 생각했다. 남혁은 동해안을 가보는 게 꿈이라고 했었다.

성옥이 번호를 다 찍기도 전에 남혁이 옆쪽에서 누나, 소리치며 나타났다. 지하철 계단이 아니라 길가의 상가 쪽이었다.

"나는 말입니다. 이십 분 전에 와서 돌아댕겼슴다."

남혁이 손바닥으로 입가를 문지르며 말했다. 포장마차에서 파는 토스트를 사먹은 것이었다. 그리고 명숙의 시선을 느끼곤 고개 숙여 인사했다.

"안녕하십니까. 남혁입니다."

"이모! 야는예, 청진에서 꽃제비 치다 왔슴다. 지금은 나랑 같은 학교에 다닙니다."

명숙은 고개를 끄덕였다. 그리고 남혁의 얼굴이며 태도에서 한동안 시선을 떼지 않았다. 남혁은 길가를 살피며 아반떼를 가리켰다. 성옥은 그쪽을 돌아보았다. 혜교의 은회색 아반떼가 맞았다. 혜교는 정확하게 시간에 맞춰서 왔다. 차가 그들 앞에 멈추자 모두 행복하고 들뜬 표정이 되었다. 사실 명숙은 일행에게 미처 말하지 않은 것이 있었다. 그곳에 가면 정숙 언니를 만난다고 했지만 언니가 만나줄지는 몰랐다. 전화를 했을 때, 정숙 언니는 만나고 싶지 않다고, 자신에겐 부모도 없고 동생도 없다고 매정하게 끊었다. 하지만 명숙은 언니를 만나고 싶었다. 왜 부모가 없다고 하는지, 왜 동생을 궁금해하지 않는지 확인해야 할 것 같았다. 무엇보다 우리의 운명은 우리가 만든 것이 아니라고 속시원히 말해야 했다.

명숙의 언니 정숙은 강원도의 동해안 쪽인 간성에 살았다. 해방이 되었을 땐 삼팔선 북쪽이었지만 휴전 후에는 남한이 되었다. 명숙은 어머니가 숨을 거두기 직전 손끝으로 불러 가느다란 목소리로 말하던 걸 잊은 적이 없었다. 조국이 통일되면 남쪽의 언니를 만나라……

명숙의 어머니가 간당간당 끊기는 말로 고백한 내용을 이어놓으면 이랬다.

어머니와 아버지는 남쪽이 고향이다. 그곳에 두고 온 딸이 하나 있다. 섣달에 태어난 세 살짜리였다. 이름은 정숙이다. 홍역 앓던 걸 두고 왔으니 살아 있진 않을 것이다. 그래도 알아보거라. 만나거든 내가 정숙이를 평생 잊은 적이 없다고 말해라. 어머니를 용서하지 말라고 해라……

"다 잘 지내니?"

팔당대교를 지났을 때 명숙이 갑자기 말했다. 깊은 물길과 빼곡한 나무숲을 하염없이 바라보던 중이었다.

"우리 생활총화 해봅시다!"

성옥이 적절한 놀이를 떠올린 소년처럼 즐거운 목소리로 말했다.

"아아! 생활총화, 오랜만에 들어보네."

혜교가 들뜬 목소리로 말했다.

"남혁아, 넌 모를 게다."

성옥이 말했다.

"정말이야?"

성옥의 말에 혜교가 물었다. 생활총화를 모르는 북조선 사람이 있다니 혜교는 놀라웠다.

"총화라는 말은 들어봤는데 해본 적은 없습다."

남혁이 말했다.

"배고파죽겠는데 언제 학교 다니냐 말입니다."

성옥이 말했다. 심각한 말투는 아니었지만 자동차 안은 갑자기 침묵의 덩어리로 변했다. 그들 모두 시간을 거슬러 '고난의 행군' 시절로 돌아가는 건 눈 깜빡하기보다 빠르고 쉬웠다. 살 만큼 살았다고 생각하는 노인들은 젊은이를 위해 곡기를 먼저 끊고 서둘러 죽어갔고 아이들은 먹을 것을 구하러 집을 떠난 어른들을 기다리다 시장을 배회하는 꽃제비가 되었다. 아이들은 학교에 오지 않았고 교사들도 먹을 것을 구하러 다녀야 했다. 어디선가 아이를 잡아먹었다는 흉흉한 소문이 돌았고 굶어 죽은 시체를 보는 일도 아무렇지 않았다. 가족이 모두 흩어져서 어둡게 쇠락하던 빈집들. 누르덩딩 부어오른 시체, 이가 하얗게 기어나온 시체, 팔에 죽은 아이를 안고 눈이 퀭한 채 죽어가던 한 여자……

"남혁아, 넌 몇년도생이야?"

이때 명숙이 물었다.

"85년생임다."

"85년……"

명숙이 중얼거렸다. 이미 배급 상황이 악화되던 때였다. 배급량이 줄고 떼어내는 항목마저 많아지기 시작했다. 그러나 인민들은 아직 불안을 느끼진 않았고 당과 수령님을 믿었다.

"여기도 동굴이 참 많습니다예!"

성옥이 차창에 얼굴을 붙이고 말했다.

"강원도랑 함북도랑 마아이 비슷합니다."

혜교가 말했다.

"비슷하긴!"

"정말 동굴이 많습다."

"남혁아, 너두 동굴 지나가봤니?"

"마이는 못 다녀봤습다."

"여기 동굴은 집 안보다 더 환하다, 응?"

명숙이 말했다. 얼결에 한 말이었다. 찬양했나? 순식간에 자기 검열을 끝낸 명숙은 가슴이 서늘해지는 걸 느꼈다. 좋은 건 좋은 것이다, 아무리 그렇게 생각하려 해도 밑바닥에 싱싱하게 살아 있는 충성심이 그건 옳지 않다고 비판하는 듯했다. 명숙은 오랜만에 느끼는 충성심 때문에 마음이 얼얼했다.

"고난의 행군 때 기차에서 떨어져 죽은 사람 많았습다."

성옥이 아득한 목소리로 말했다. 자신도 청진에서 기차 지붕에 올라탄 적이 있었다고, 겨울이었는데 기차가 굴에 들어갈 때 고드름에 맞아 사람이 굴러떨어졌었다고, 떨어진 사람은 바퀴에 치여 죽고 얼어 죽고 굶어 죽었다고.

승용차는 버스에 추월당하기도 하고 다른 차들을 추월하기도 하면서 달렸다. 홍천이라는 이정표가 지나갔다. 길가에 늘어선 모텔 건물들을 바라보던 남혁은 입이 근질거렸다. 하지만 꾹 참았다. 주머니를 뒤져 MP3 플레이어를 꺼냈다. 왜 진작 이것을 귀에 꽂지 않았는지 자신이 이해되지 않았다.

"무슨 노래야?"

혜교가 물었다. 남혁이 이어폰 한 짝을 귀에서 떼어냈다.

"무슨 노래 듣니?"

이번엔 성옥이었다.

"노래 아임다."

남혁이 앞을 바라보며 대답했다. 그리고 손에 들고 있던 이어폰 한 짝을 다시 귀에 꽂았다.

"쟤는 말하는 게 항상 저렇다니까. 인정머리 없이."

성옥이 결코 밉지는 않다는 말투로 남혁을 욕했다. 명숙이 성옥을 바라보았다. 무슨 의미냐고 묻는 표정이었다.

"노래가 아니면 다른 거 듣는다고 말해줘야지, 궁금해서 묻는 사람한테 '노래 아임다, 끝임다' 그래서 인정머리 없다 했슴다."

성옥이 말했다.

"여기 사람들 다 그렇채아아. 이기주의 사상에 물들어서리……"

성옥은 창밖을 바라보았다. 차량이 많지 않은데도 길은 여러 갈래로 사정없이 뚫려 있었다.

일행은 다시 말이 없어졌다. 아무도 입을 열지 않았다. 서로 다른 경험, 추억, 그리움, 불안, 슬픔, 희망을 떠올리거나 매만지고 있을지 몰랐다.

"이모! 이모! 저거 보시오! 삼팔선임다!"

차가 인제로 접어든 뒤였다. 성옥이 소리치는 순간 삼팔선이라고 적힌 표지판이 뒤로 지나갔다. 뒤를 돌아보던 명숙의 얼굴에 아쉬움이 가득했다. 성옥은 인호가 설계중인 수복지구 기념관에 대해 말하고 싶어 입이 근질거렸지만 참고 참았다.

"차 돌리람까?"

혜교가 물었다.

"이모, 돌아갈 때 잘 봅시다. 지금은 시간이 없슴다."

남혁의 말에 명숙은 아쉬웠지만 돌아갈 때 보자고 말했다.

다시 차 안이 조용해졌다. 남혁의 이어폰에서 영어 회화가 벌레 울음소리처럼 퍼졌다.

"영어 공부 잘해라. 이 땅에서 살라면 영어 잘해야 된다. 말의 절반이 영어니까 도통 무슨 말인지 몰라서 깝깝할 때 많더라."

성옥이었다. 학교에서 영어로 일상화된 용어를 순한국말로 써서 이상하게 보였던 적이 많았다. 그럴 때도 북한에서 왔다는 말은 하지 않았다.

"민족이 무슨 쓸데 있니? 돈이 최고지!"

명숙이 말했다. 비웃음과 조롱이 섞인 말이었다. 혜교가 웃었다. 성옥과 남혁은 웃지 않았다. 명숙은 킁, 하며 다리를 바꿔 꼬았다. 하고 싶은 말이 많았다. 자본주의가 밥을 먹여줄지 모르지만 문화가 얼마나 천박하냐, 난잡하고 무질서해서…… 원. 그러나 속으로만 생각하고 말았다. 인천공항에 내려 버스 차창 밖으로 본 한국은 희망을 느끼게 했다. 같은 말을 쓰는 같은 민족, 여기도 내 나라라고 생각했다. 하지만 그 감동이 어째서 이내 사라졌는지 명숙은 생각할 때마다 화가 치밀었다.

명숙은 목발을 짚던 아버지를 생각했다. 안방의 한가운데에 걸린 수령님과 장군님과 김정숙 어머니의 초상화로부터 한 뼘쯤 아래에 걸린 액자엔 목발을 짚은 젊은 아버지와 수령님이 나란히 찍은 사진이 담겨 있었다. 명숙은 아버지의 가슴에 주렁주렁 달린 여러 개의 훈장들을 세어보며 숫자를 익혔다. 명숙은 공화국 열사의 자손답게 컸다. 인민학교에서 붉은 넥타이를 가장 먼저 맸고 고등중학생이 되었을 땐 가장 먼저 사로청원*이 되어 가슴에 수령님의 초상화를 달고 다닐 수 있었다. 붉은 넥타이는 한꺼번에 지급되지 않았다. 당간부의 자녀가 첫 번째였고, 성적이 좋은 학생이 받은 다음에 순서가 돌아왔다. 사로청에 가입하는 것도 같았다. 남혁은 붉은 넥타이를 매어본 적이 없었다.

차는 미시령을 넘었다. 오른편으로 설악산의 울산바위가 장엄하게 드러났다.

"아아!"

혜교가 소리쳤다.

"바다다아!"

남혁도 함께 소리쳤다. 울산바위를 바라보던 명숙의 가슴이 철렁 내려앉는 것 같았다.

"고성, 간성 간판 나오는 데루 가라!"

명숙이 낮은 목소리로 말했다. 그 목소리에서 살얼음처럼 긴 울음이 느껴져 성옥은 명숙에게 붙어앉으며 어린아이처럼 말했다.

"이이모오."

"성옥이 넌 시집 안 가니? 아이 낳는 것도 때가 있다."

명숙 이모가 정색하고 물었다.

"이모! 나 같은 운명 또 만들어야 합니까?"

성옥이 정색을 하고 말했다. 명숙이 잠깐 침묵하곤 눈을 하얗게 흘겼다. 성옥의 감정이 이해되기도 전에 가슴이 아렸다.

---

* 김일성사회주의 청년동맹원의 줄임말. 북한의 유일한 청소년 사회단체.

자동차 안은 조용하다못해 고요했다. 영어를 듣는다던 남혁은 조
느라 고개를 툭툭 떨어뜨렸다. 성옥은 인호를 생각했다. 남조선 자
본주의사회에도 좋은 사람이 있다, 인정스럽고 부드럽고 따뜻한 사
람…… 성옥은 입안에 가득차서 막 튀어나오려 사정없이 고물거리는
인호의 느낌을 억누르려고 입술을 깨물었다. 일본에서 돌아온 날 밤,
왜 그렇게 술을 마시고 취했던지. 무서운 꿈을 꾸다 깨었는데 정작 눈
을 떴을 때 한없이 포근하던 느낌도 영영 잊지 않았다. 남자와 단둘
이 잠든 밤에 낯뜨거운 일 없이 눈을 뜬 것도 신기한 경험이었다. 아
침을 먹고 오피스텔을 나설 때 갑자기 서운한 맘이 습기처럼 올라왔
지만 고맙고 고맙다는 인사를 세 번이나 해서 인호가 꿀밤을 먹였던,
정수리. 성옥은 지금 그 자리를 손가락으로 더듬었다.

"동해구나."

명숙이 갑작스레 소리쳤다. 한동안 침묵만 해서 숙연하기까지 하던
명숙. 벅차고 서러운 목소리가 무겁게 자동차 바닥으로 가라앉았다.
운전하는 혜교, 졸던 남혁, 인호 때문에 가슴이 터질 것 같은 성옥 모
두 말없이 바다를 향해 고개를 돌렸다. 명숙이 어머니의 옛날이야기
를 떠올리느라 입을 굳게 다물지 않았다면 성옥은 이모, 모지항 앞바
다가 수평선 너머에 있다! 소리쳤을지 몰랐다. 명숙이 어머니를 졸라
이야기를 들려달라고 할 땐 전기 사정이 나빠서 밤이 더욱 길던 즈음
이었다. 별빛에 놀고 달빛에 놀아도 밤은 여전히 길어서 옛날이야기
라도 듣지 않으면 졸음 올 때를 기다릴 수 없었다. 그 이야기도 옛날
이야기 중 하나였다.

강원도 동해안의 작은 읍내였단다. 너무 가난해서 남의 집 머슴으로 살던 청년이 있었단다. 3월에 태어났다고 이름이 삼식이었단다. 아무리 일해도 머슴을 벗어날 수 없었고 볏짚을 깔고 자고 밥은 언제나 한데서 먹었단다. 그래도 누굴 원망할 줄 몰랐단다. 자기가 그렇게 태어났으니 운명이라고 체념하고 살았단다. 공부를 못해서 낫을 놓고도 기역자를 몰랐단다. 삼식의 아버지는 징용에 끌려가고 어머니는 주인집 사내의 아이를 배어서 내쫓겼는데 뒷동산에 목을 맸더란다. 삼식은 주인집 개와 사는 처지가 같았단다. 그런데 해방이 되어 일제가 쫓겨난 뒤에 계급해방을 맞아 삼식은 토지도 받고 또 세포위원장이 되었단다. 동네에서 부잣집 식모살이를 하던 처녀와 결혼을 하고 아이도 낳았단다. 아기의 이름을 정숙이라고 지었단다. 김정숙 동지를 존경해서 딸이 그런 사람처럼 살기를 바랐단다. 조국과 민족을 위해 일하는 여성이 되라고.

　곧 조국해방 전쟁이 일어났단다. 밀고 밀리기를 수도 없이 반복하던 전쟁. 유엔군과 국군이 지역으로 들어오면 정숙의 어머니는 딸을 데리고 산으로 들어가 숨어 있다가 인민군이 내려오면 산에서 내려와 밥을 짓고 반동분자들의 명단을 넘기곤 했단다. 하지만 마지막 후퇴는 급박했단다. 삼식은 딸을 들쳐업으려는 아내를 잡아끌었단다. 조국 강산을 빼앗기면 되찾기 어렵지만 딸은 또 낳으면 된다고……

　홍역 앓는 아이를 버리고 떠날 때 정숙의 어머니는 등뒤에서 삼식과 자신을 욕하고 손가락질하던 사람들의 목소리를 잊지 못했다. 몸이 아프거나 시국이 어수선할 때면 영락없이 들려오곤 했다. 혼자서는 살 수 없는 세 살배기 딸. 잠이 깨어 엄마부터 찾을 아이를 떠올리면 숨이 막혔다. 그러나 조국의 운명에 비하면 딸의 목숨은 모래알 하나일 뿐이었다⋯⋯

　명숙은 국정원에서 조사를 받을 때 친언니가 간성에 살지 모른다는 말을 했다. 꼭 찾고 싶다고. 어머니의 유언이었다고 간절하게 부탁했다. 오래 기다리지 않아 경찰이 정숙을 찾았다고 알려왔다. 고향에 살고 있다는 말을 했다. 명숙보다 나이가 열 살이나 많다고 했다. 무얼 하느냐고 물어보았지만 그저 산다는 게 경찰의 대답이었다. 그러나 경찰이 말하지 않은 것도 있었다. 정숙은 북에서 온 동생을 만나고 싶지 않다고 했다. 부모가 왔대도 만나고 싶지 않다고, 단호하게 말했다. 인간이라면 자신을 만날 생각을 말아야 한다는 게 정숙의 생각이었다. 말도 제대로 못하는 병든 어린것을, 아직 어머니 젖무덤이 그리운 아이를 어떻게 버릴 수 있느냐, 그런 피도 눈물도 없는 사람이 내 부모라는 게 창피하다, 전해주라는 말을 했다. 마치 경찰이 부모이기라도 한 것처럼 야멸차게 소리쳤다.

6. 정숙

차는 명숙의 뜻에 따라 길가에 세웠다. 명숙은 가방에서 작은 수첩을 꺼냈고 남혁은 차창을 내렸다. 바다 냄새가 훅 끼쳐왔다. 수첩의 갈피를 젖히는 명숙만 빼고 모두 한꺼번에 바다 쪽으로 고개를 돌렸다.

"바다야아."

성옥이 절망적인 말투로 중얼거렸다. 남혁이 차 문을 열었다.

"야, 미리 내리지 말라!"

명숙이 흘긋 추켜 보곤 엄격하게 말했다. 그러나 남혁은 말이 통하지 않는 사람처럼 밖으로 나가 두어 발짝 앞에서 바다를 향해 섰다. 성옥과 혜교는 그저 놀라워 서로 눈짓을 주고받으며 남혁을 보았다. 그애가 두 팔을 만세 부르듯 쳐드는 것, 허리를 비비 트는 것도 보았다.

"벌써 자유주의가 몸에 배어서리."

명숙이 중얼거렸다. 성옥은 명숙의 말을 듣지 못했다. 그 마음이 벌써 남혁을 뚫고 지나쳐서 제대로 보이지 않는 먼바다로 달려나간 것이었다. 이곳에서 일주일쯤 헤엄치면 모지항에 닿을까? 하루 온종일 헤엄치면 온대진리, 증평리, 용현리, 염분과 집삼의 바닷가에 닿을까? 아버지는 자전거를 씽씽 몰아 그곳에 가선 정작 아픈 사람처럼 넋을 놓고 바다만 바라보았지. 살아서는 절대로 건너갈 수 없던 곳에 아버지의 유년과 청춘이 남아 있었을 테니.

'그런데 난 헤엄칠 필요도 없네.'

성옥은 속으로 말하고 상상했다.

해안가 모래밭을 달리다가 바다로 툭 불거진 바위산을 넘다가 작은 길을 걷다가 마침내 고향집에 닿는 것. 아이구우우, 이게 누구야? 일주일이면 돌아온다더니 십 년도 더 지나서 인제야 오다니? 불효막심한 것! 십 년. 그사이 변했을 엄마의 모습은 그려지지 않았다.

"최경사님이십니까? 저는 서울 노원구에서 온 새터민 김명숙입니다."

명숙의 커다란 목소리가 자동차 안에 가득찼다. 그리고 명료하게 들리지 않는 남자의 목소리. 명숙은 진지하게 귀를 기울이며 성옥과 혜교가 말을 할라치면 손을 저으며 눈을 부릅떠 보였다.

"네, 그렇습니다. 맞습니다! 차를 운전해서 왔습니다. 정숙이가 내 언니 됩니다. 통화했었습니다. 안 만난다고 해도 찾아가봐야겠습니다. 제가 뭘 바라서 온 게 아니라는 걸 알아주십시오. 저는 대한민국에 와서 경제적으로 자리잡고 잘삽니다. 정부 보조가 좋아서……"

명숙은 정부 보조라는 말을 하면서 속이 붉어지는 느낌이었다. 저절로 혜교와 성옥을 흘깃 돌아보았다. 그리고 자신이 정숙 언니를 만나려는 건 어머니의 유언을 전하기 위해서라는 것을 강조했다. 통화가 끝나고 암전된 휴대폰의 액정화면을 들여다보면서 한숨을 쉬었다.

"뭐랍니까?"

성옥이 명숙에게 물었다.

"서울에서 담당 형사가 언니네 집에 미리 전화해서 가봤단다. 근데 언니가 날 안 만나겠다구 했단다."

"왜?"

혜교가 놀란 표정으로 물었다. 명숙은 차창으로 눈길을 돌려 먼바다를 바라보며 입을 굳게 다물었다. 이때 남혁이 허리를 굽혀 차 안을 들여다보며 빙긋 웃었다. 성옥이 눈짓하자 차 안으로 들어와 혜교 옆에 앉았다. 아무도 남혁에게 신경쓰지 않았다.

"남조선 친척들을 찾고 후회 안 하는 경우가 드물답니다."

눈치 빠른 남혁이 끼어들었다.

"아이다."

혜교가 반박했다.

"우리 하나원 동기 중에는 이복형제를 찾은 사람두 있다. 부산이 고향인 아부지가 의용군으로 조선에 왔다가 거기서 결혼하고 딸 둘을 낳았는데 사실은 남조선에서 먼저 결혼해서 아들 하나가 있는 사람이었단다. 그 딸이 남조선에 와서 담당 형사한테 부탁해 이복 오빠 되는 사람을 찾았는데 그 사람이 아버지 만난 것처럼 울면서 반겨주구 호적에두 동생으루 올리구 잘살구 있다더라."

혜교의 말을 들은 명숙이 한숨을 내쉬며 사방을 두리번거렸다. 명숙이 기다리는 최경사는 어느 방향에서 올지 몰랐다.

"그런 일은 드물다. 생전에 처음 보는 사람이 무슨 정이 있다구……

다 자기들 거 뭐 뺏어먹는가 해서 피하구 싫어한다구 하던데 뭐."

성옥이 말하며 고개를 저었다.

"여기는 자본주의 세상이라서 무섭다."

명숙이 이렇게 말했다.

"이모님, 저는 자본주의가 좋습니다."

남혁이 뒤도 돌아보지 않고 투덜거리는 목소리로 말했다. 성옥이 냉큼 명숙 이모의 허벅지에 손을 얹으며 신경쓰지 말라는 표시를 했다.

"돈이 자유다! 그래도 고향은 그립다! 눈물난다!"

혜교가 말했다. 말끝에 울음이 맺힌 듯 들렸다. 자동차 뒤편에서 오토바이 소리가 요란하게 들렸다. 과민해진 명숙이 뒤를 돌아보았다. 경찰이 오토바이를 차 옆에 세웠다.

"왔다."

"최경사 맞다!"

명숙이 부리나케 자동차 밖으로 나갔다. 곧 성옥과 혜교도 밖으로 나가서 일 미터쯤 거리를 두고 섰다. 그러고는 고개 숙이는 명숙, 무어라고 말하는 명숙, 최경사의 말을 주의깊게 듣는 명숙을 가만히 지켜보았다. 이내 그들은 일행을 벗어나 함께 걸었다. 최경사는 그렇다 쳐도 명숙까지 자신들을 깡그리 잊은 듯해 모두 멍했다.

성옥은 혜교의 팔짱을 끼었다. 언제 달려갔는지 모래밭에 서 있는 남혁이 보였다. 두 사람은 그쪽을 향해 빠르게 발걸음을 옮겼다. 동해야, 동해 바다, 성옥과 혜교는 몸을 툭툭 부딪치며 중얼거렸다.

오토바이를 끌고 느릿느릿 걸으며 최경사는 이곳까지 오는 게 힘들지 않았느냐, 일행은 같이 안 가도 되느냐, 요즘은 길이 아주 좋아져

서 당일치기하는 서울 사람들도 많다는 둥의 이야기를 하다가 명숙이
건성으로 네네 대답하는 것을 느끼곤 이내 정숙의 사정을 말하기 시
작했다.

"글쎄, 안 만날 거니 오지도 말라고, 할머니가 어디 간다고 그러긴
하셨는데 그래도 한번 가보시지요. 뭐. 여기까지 오셨으니. 언니가 된
다고 하셨지요? 언니가 어떻게 사는지, 보고 나면 맘이 좀 정리될지
모르니까요."

"우리 언니 잘 아십니까?"

"알다마다요. 여기가 제 고향인걸요."

명숙은 이곳이 최경사의 고향이라는 말에 맘이 놓였다.

"할머니가 왜 동생분을 안 만나려는지 아시지요?"

최경사가 발걸음을 멈추고 진지하게 물었다. 명숙은 순간 눈앞이
캄캄해지며 아뜩했다.

"세 살에 혼자 남았다니…… 홍역을 앓아 젖도 잘 먹지 못하던 걸
억지로 젖을 먹이다 말고…… 우는 걸 떼어놓고 갔다니 그 난리통에
살아남은 게 기적이지요. 어린것이 전투에 방해가 된다고 버리고서
후퇴하는 인민군 대열에 끼어서 갔다니……"

숙연한 목소리로 명숙이 말했다. 듣기만 하던 최경사가 흘깃 명숙
을 바라보았다.

"여기선 아주 유명한 빨갱이였답니다. 자식 버린 빨갱이요."

자식 버린 빨갱이라고 할 때 목소리 속에 픽, 웃음이 섞여 들렸다.
명숙은 아무 내색도 하지 않았다. 말로 할 수 없는 감회와 감당할 수
없는 격정이 가슴에서 회오리쳤다.

"아주머니 부모님 이야기가 여기선 유명합니다. 두 분이 머슴에 식모였는데 해방되고 김일성이 계급혁명을 한다고 감투를 씌웠대요. 세포위원장, 여성위원장, 그런 걸 했답니다. 지독했대요. 난 뭐 태어나지도 않았으니 모르지만 어른들이 그러더라고요."

명숙은 정신이 아뜩해졌다. 언니가 자신을 만나려는지 모르겠다는 말을 들었을 때보다 더 강렬한 탈진의 상태가 비꼈다. 더군다나 이곳의 경찰로부터 듣는 계급혁명이니 세포위원장이니 여성위원장이니 하는 말은 낯설고 기이하게 들렸다.

명숙이 부모님의 출신 성분을 안 건 인민학교를 졸업할 때였다. 태양절을 맞아 수령님을 기리는 작문을 잘 지어 도당에 올라가고, 상도 받았다. 그런 명숙을 대견해하며 아버지가 말했다. 당신도 좋은 세상을 만났다면 명숙이 못지않게 잘했을 거라고. 낫 놓고 기역자도 모를 무식쟁이로 어른이 되지는 않았을 거라고. 그런 비참한 당신을 김일성 수령님이 구해주었다고. 수령님은 조국해방의 영웅이시지만 당신에겐 신과 같다고. 우주에 하나뿐인 태양이 바로 수령님이라고. 그러나 헐벗고 배우지 못하는 것, 남의 집 종살이라는 게 어떤 건지 명숙은 교과서에서만 배웠다. 사람 사이에 차별이 존재한다는 것도 몰랐다. 붉은 넥타이를 제때 받지 못하고 사로청에도 제때 가입하지 못하는 학생이 있지만 그건 어디까지나 그들 자신의 문제였다. 당성이 좋지 않고 나쁜 토대에 대한 깊은 반성과 통렬한 비판이 부족해서였다.

"겨우 아들 하나 얻고 청상과부가 되어 살았는데 외아들이 납북된 어부였는데 간첩으로 몰려서 고문을 많이 받았나봅니다. 아마 십오 년 형을 받았는데 절반도 못 살고 나오긴 했지만 한두 해 지나서 병사했다더라고요."

"저는 그런 내막은 하나도 몰랐습니다."

명숙이 걸음을 멈추고 달뜬 목소리로 말했다. 그러실 거라고 최경
사가 중얼거리며 길갓집 앞에서 걸음을 멈췄다. 여긴가요? 명숙이 그
런 표정으로 그를 쳐다보았다. 그가 그렇다는 시늉을 하고 유리로 된
미닫이문을 열었다. 마치 기다렸다는 듯이 문이 드르륵 열렸다. 최경
사는 생각지 않던 일이라 고개를 갸웃했다. 방문은 골판지 상자와 낡
은 신문지 따위가 어지럽게 얹힌 진열대 뒤편에 있었다. 구멍가게를
접은 지 한두 해 지났다고 최경사가 속삭였다.

"할머니 계십니까?"

최경사가 부드럽고 공손한 목소리로 불렀다. 안에서는 기척이 없
었다. 명숙은 제 가슴속에서 쿵쿵 울리는 심장소리가 최경사에게까지
들릴까 신경이 쓰였다.

"할머니!"

다시 최경사가 문 앞으로 앞가슴을 불쑥 내밀며 말했다.

문은 아래위가 베니어판과 유리로 되어 있었다. 금이 간 유리 위에
스카치테이프가 빗금으로 붙어 있었다.

"할머니! 안 계세요?"

다시 최경사가 할머니를 불렀다.

"안 계신가?"

중얼거리며 방문을 잡아당겼다. 문이 흔들리며 열렸다. 그 안에서
오랜 세월 갇혀 있은 듯한 마른 먼지내가 훅 밀려나왔다.

방 안은 굴속 같았다. 하지만 아랫목에서 움직이는 기척이 났다. 둥

글게 몸을 만 짐승 같았다.

"할머니 주무셨나봐요."

최경사는 능청스러웠다. 익숙하고 스스럼없는 이웃사촌처럼 방문턱에 윗몸을 넣고 말했다. 정숙은 누워 있었다. 동생이 무턱대고 온다는 날이었다. 어디로 피할까, 그런 생각이 없지 않았다. 만나서 무얼할까, 이제 와 뭔 팔자를 고친다고, 그런 생각도 있었다. 노쇠한 마음에 소용돌이를 일으키고 싶지 않았다. 그런데 정숙은 아침에 집 안 청소를 했다. 널브러진 옷들을 잘 개켜서 윗목에 올려놓고 못에 주렁주렁 걸어놓은 옷가지들을 벗겨서 옷장에 넣었다. 하지만 한순간도 만나야지, 그런 생각이 들지 않았다. 안 만날 거라고만 다짐했다. 그리고 조금 전 최경사가 문을 열고 들어오고 또 자신을 부를 때 정숙은 자신의 늙은 몸이 새털처럼 가벼워졌다가 물먹은 솜처럼 무거워지는 걸 느꼈다. 감당할 수 없는 감정의 소용돌이, 회오리로 숨이 가빴다.

그날 동생이라고 전화를 한 여자와 통화를 끝내고 정숙은 생전 처음 하릴없이 바다를 거닐었다. 바람이 심했지만 개의치 않았다. 통이 넓은 바지가 휘휘 다리를 감아 쉬 걸을 수 없었지만 상관없었다.

저나 나나 무슨 췬가, 동생이라는데…… 배곯아 남쪽으로 왔을 텐데, 이러나저러나 죽을 날 기다리는 늙은 몸이 동생 만나 얼굴 모르는 부모 소식 들었으면 오죽 좋을까, 두고두고 생각했다. 늙어도 서러움 삭이지 못한 제 심성이 고약해서 자신을 나무라고 나무랐다.

그런데 최경사가 명숙이 찾아온다더란 기별을 했다. 반갑고 반가웠는데 이상했다. 생각지도 못한 말이 툭툭 튀어나온 것이었다. 안 만나! 만나서 뭘 해! 눈을 흘기며 말했던 것이다.

"들어가시지요."

최경사가 명숙에게 말하며 자신은 뒤로 물러섰다. 명숙은 안에서의 침묵에 긴장하며 기고 구르듯이 방 안으로 들어가 무릎을 꿇고 앉았다.

"언니, 접니다. 김삼식과 장사월의 딸 명숙이구 언니 동생입니다."

명숙이 정숙의 곁으로 다가앉으며 말했다. 순간 숨도 쉬지 않는 것처럼 보이던 정숙이 휙, 몸을 돌리고 명숙에게 등을 보였다.

문밖에서 최경사가 돌아간다는 인사를 남겼다. 늙은 자매는 그 말을 듣지 못했고 방문이 닫히고 유리 미닫이가 닫히는 소리도 듣지 못했다.

동쪽으로 난 벽에 작은 창이 있었다. 바로 그 창 위에 나무로 된 직사각형의 사진틀이 붙어 있었다. 명숙은 사진틀을 보는 순간 신기루처럼 김일성과 김정일의 초상화를 보았다. 아주 찰나의 착시였다.

착시가 사라지자 두 남자의 얼굴이 드러났다. 어디서 본 듯한 얼굴이었다. 한 사람은 형부, 또 한 남자는 조카일 것이라고 생각했다. 간경화로 죽은 형부, 간첩으로 몰려 죽은 조카. 간경화보다 더 이해하기 어려운 것이 명숙에겐 납북 어부라는 말의 의미였다. 간질환과 정신병은 그곳에서도 자주 듣던 병명이었다.

한동안 방 안은 고요했다. 그러나 고요는 저절로 부풀고 굳어서 방 안에 가득찼다. 그 딱딱한 고요의 덩어리 속에서 둥그렇게 구부러진 등허리 하나가 움찔했다. 명숙의 손 하나가 덩어리의 어깨 위에 얹힌 뒤였다. 하지만 딱 한 번이었다. 다시는 움찔도 하지 않았다.

"어언니이."

명숙이 울먹이며 언니를 불렀다. 그 순간 다시 어깨가 아까보다 더 크게 들썩였다. 한 번 두 번 그랬다.

"고맙습니다. 언니."

명숙이 콧물을 훌쩍거리며 말했다.

"언니가 계셔주어서 고맙습니다. 언니."

그리고 울었다. 눈물을 닦고 콧물을 닦으며 한동안 울었다. 정숙의 등을 두드리고 흔들었다. 이젠 들썩거림도 멈춘 정숙의 등은 꿈쩍도 하지 않았다. 하지만 명숙은 등이 알은척을 하건 말건 그런 건 아무렇지 않았다. 여태 생각지도 못한 것, 상상도 하지 못했던 서러움들이 덩어리 덩어리로 미어터져 목이 쓰라렸다.

"언니가 계셔주어서 살 것 같습니다. 하지만 언니 미안합니다. 언니가 있다는 걸 몰랐습니다. 어머니가 숨 거두시기 직전에 언니가 있다는 말 한마디하고 숨을 거두셨습니다. 얼마나 한이 맺혔으면 언니 이야길 하시고 숨을 거두셨겠슴까."

명숙이 말했다. 명숙의 손수건은 다 젖어서 쥐어짜면 물이 한 줌은 될 것 같았다. 목은 더욱 아리고 뻐근했다. 머리도 어질거렸다.

"어머니가 언니를 잊은 적이 없으셨을 겁니다. 어떻게 언니를 잊습니까. 어머닌데."

어머닌데, 바로 이 말을 할 때였다. 정숙이 후다닥 돌아앉아서 명숙을 노려보았다.

"어, 머, 닌, 데?"

정숙이 음절을 토막토막 잘라서 뱉었다. 늙지 않은 목소리였다. 전화에서 듣던 목소리가 정말 언니였을까? 명숙은 잠깐 의심했다.

"차라리 죽었다면…… 내가 죽던, 그쪽이 죽던, 그랬다면……"

정숙이 말했다. 날카롭고 싸늘하고 대쪽 같은 말투였다. 차라리 그래야 한다고 생각했다. 어부가 좋다던 아들이 고기잡이배를 타고 나가서 돌아오지 않더니 납북되었다고 했다. 그 아들이 돌아와서 간첩이 되어야 했던 건 얼굴도 모르는 외할아버지 외할머니 때문이라고 정숙은 믿었다. 자식을 버렸으면 그것으로 끝나야지 왜 얼굴도 모르는 자식의 평생을 짓밟느냐고, 이게 부모로 할 짓이냐고 정숙은 죽은 아들의 무덤에서 악을 썼다. 삼십 년이 더 지난 일이어서 정숙은 잊었다고 생각했다. 아주 잊을 수는 없어도 생피가 목구멍으로 솟구치지는 않았다. 그럭저럭 잊고 질긴 한명 다하면 저승 가서 착한 서방, 불쌍한 자식 만나리라. 그 희망으로 살았다. 지레 스스로 죽으면 저승에 못 갈까봐 그러지도 못하고 천명을 기다리며 사는 중이었다. 한 해 한 해 세월 가는 걸 남들은 야속해해도 정숙은 속으로 반겼다.

정숙은 그렇게 믿었다. 과거는 다 지나갔다고.

그런데 그 과거가 불쑥 제멋대로 나타나서, 언니라고 자신을 흔들어 깨운 것이었다. 그래서 용서할 수 없었다.

"언니. 나를 때리시오. 화가 나면 날 때리시오. 이렇게."

명숙이 정숙의 팔을 들어 자신을 때리는 시늉을 했다.

"언니, 이건 다 우리 민족이 갈라져서 생긴 일입니다. 야수 같은 제국주의가 비극의 원흉입니다."

명숙이 말했다. 정숙은 듣지 않는 것 같았다. 명숙도 생각지 못했던 제국주의니 원흉이니 하는 말을 뱉고 순간 당황했다. 왠지 이 상황에선 얼토당토않다는 생각이 들었다. 명숙은 아무 말도 하지 않았다. 고개를 숙이고 젖은 손수건을 생각 없이 꼬았다가 풀기를 되풀이했다. 시간이 가는 것도 몰랐다.

"어머니가 내 이름을 말했니?"

어느 순간이었다. 정숙이 가라앉은 목소리로 물었다. 명숙은 정신이 번쩍 드는 기분이었다.

"그럼 언니! 정숙이라고. 그 이름이 보통 이름이 아니란 말입니다."

명숙은 말 중간에 갑자기 목소리를 작게 해서, '보통 이름이 아니란 말입니다'라고 했다. 언니의 손을 잡은 명숙의 손이 점점 뜨거워지고 힘을 더해도 정숙의 냉랭함은 풀리지 않았다. 눈매에 어리는 경멸, 멸시의 기미는 점점 노골적이 되었다.

"언니, 우리 어머니, 아버지는 자랑스런 전쟁 열사, 공화국 영웅입니다. 수령님과 찍은 사진을 들고 나오다가 중국 공안에 쫓기는 바람에 가방째 잃어버렸습니다. 언니도 지금 보면 기뻐할 건데 말입니다."

명숙은 언니를 기쁘게 하고 싶었다. 하지만 정숙은 코웃음을 거푸 치고 고개를 돌렸다.

"전쟁, 무슨, 사? 공화국, 뭐?"

정숙이 토막토막 뱉었다.

"사람 나야 나라도 있는 거! 영웅은 제 자식을 막 버려도 돼? 무슨 동지들도 다 누구의 뱃속에서 나온 자식들이 아니야?"

"그래서 언니, 어머니가 눈을 감지 못하고……"

"난 싫다! 다 늙어서 죽을 때 기다리는 나한테 죄고 용서고 그런 말 하지 마라. 내 죄는 그런 부모 밑으로 태어난 것이고, 버려졌을 때 살아난 거고, 내가 어미 되어 또 한 자식 낳아 청춘에 주검의 길로 들어서게 한 거니, 이제 와서 새삼 어머니가 무슨 소용이겠니. 니가 찾아오지 않았어도, 아니 니가 전화하지 않았어도 나 다 잊고 살 만했는데 이제 늙어 서러운 거 감당할 힘도 없는데 이제 와서 뭘 더 뜯고 할퀴겠다고 죄니 용서니……"

정숙은 더이상 말하고 싶지 않았다. 말해보았자 진실과 멀어지는 기분만 들었다.

"난 니가 보다시피 다 산 사람이다. 얼굴도 모르는 부모, 빨갱이라는 그림자는 악착같이 남아 나를 죽이고 내 자식도 죽였으니 그만하면 됐다. 더 뭘 뜯어먹을래?"

정숙이 뜨겁고 냉혹하고 모질고 아리게 말했다.

"부모가 뭔지…… 어머니의 은혜는 바다같이 깊고 하늘보다 더 높다는데 그 은혜가 무언지도 모르고 살다가 배 아파 자식 낳고 내 피땀 같은 젖 먹여서 키워보니 어머니가 뭔지 알겠더라. 그런데 난 그런 어머니가 버렸단다. 그 좋은 빨갱이 노릇에 팔려서. 그럼 됐지. 왜 내 새끼까지 죽이고 다 늙은 나한테 와서 이렇게 고통을 줘야 하겠니? 난 싫다. 진저리가 난다. 그러니 가라, 제발. 니가 내 동생인 거 안다만 그래도 가라."

명숙은 울고 정숙은 울지 않았다. 처음 말을 많이 한 명숙은 어느 결엔가 침묵하고 굳었던 정숙의 입에서는 말들이 불길처럼 활활 타올랐다.

동쪽의 창가에 그늘이 어리기 시작했다. 늦가을의 오후는 길지 않고 저녁은 서늘한 기운을 타고 사방에서 밀려들었다.

자매는 십 분도 더 넘게 말을 하지 않았다. 명숙의 울음은 가닥을 잡고 느리게 가라앉았다. 김일성과 김정일로 보였던 창문 위의 사진을 한참이나 쳐다보았다.

"불쌍한 내 아들과 그 아범이다."

명숙의 시선을 느끼며 정숙이 나직이 말했다. 명숙이 들은 정숙의 음성 중에 가장 부드러운 목소리였다.

"조카는 우리 어머니 닮았습니다."

명숙이 말했다. 순간 정숙이 획 등을 돌려 사진을 쳐다보았다. 입가에 따사한 웃음이 얼핏 스친 것 같았다.

"우리 어머니 아버지는 공화국을 위해 목숨을 바친 분들입니다."

명숙이 말했다. 정숙은 이제 그 말에 대놓고 비웃거나 적대적인 표정을 짓지는 않았다. 그러나 무심했다. 무심한 표정으로 명숙의 얼굴을 쳐다보았다. 동생이라고 온 명숙을 쳐다보긴 처음이었다. 너도 굶어서 왔냐? 그렇게 묻고 싶었지만 말하지 않았다. 혼자 왔냐? 그렇게도 묻고 싶은 걸 눌렀다. 정숙의 마음이 느껴진 걸까? 명숙은 어머니가 당신은 공산주의 낙원을 경험했다, 그러나 이제 그런 공산주의는 지나갔다, 흐릿한 목소리로 말하던 걸 떠올렸다. 그러나 언니에게 말할 수는 없다고 생각했다. 이곳으로 오는 동안 남혁이 불쑥 자본주의가 좋다고 할 때 느껴지던 불쾌감과 죄책감이 떠올랐다. 경제 사정이 어려워 전기가 토막토막 들어오고 배급이 현저하게 줄어들 때, 어머니는 그리움에 저민 목소리로 그렇게 말했다.

다시 자매는 말이 없었다. 창가의 그늘은 조금 짙어진 것 같았다. 문득 바다로 간 일행들이 궁금했다. 마침 핸드폰이 울렸다. 당황해하며 전화를 받았다. 성옥이었다. 바다에 있다, 좀 추운데 어쩌면 좋겠느냐. 이모는 거기서 언니 되는 분과 식사를 해라. 우린 중국집에서 짜장면 한 그릇씩 먹고 찜질방을 찾아보겠다. 성옥이 말했다. 명숙은 무엇이 정답인지 고르지 못하는 어린아이처럼 제대로 말하지 못했다.

"내 인차 전화할게 거기 있어라."

이렇게 말하고 전화를 끊었다.

"가봐라."

정숙이 기다렸다는 듯이 완강하게 말했다. 명숙은 뜨악한 표정으로 언니를 바라보았다.

"가봐. 내가 살아 있는 거 봤으면 그만이지."

"언니, 제발 맘을……"

"가라."

정숙은 무릎에 손을 짚고 힘겹게 일어섰다. 남들이 나이보다 건강하다고 말하면 욕처럼 듣기 싫어진 지 오래였다.

"가봐."

정숙은 여전히 무릎 꿇고 앉은 명숙에게 말했다. 이윽고 명숙이 일어섰다. 다리가 조금 저렸지만 참을 만했다. 정숙은 먼저 문턱을 나섰다. 안에 털을 넣은 검정 고무신을 꿰고 미닫이문 밖으로 나갔다. 팔소매에 양손을 찔렀다. 늙은 몸엔 선뜻한 냉기도 언짢았다.

명숙이 다시 손수건으로 눈물을 닦으며 뒤따라나왔다. 찻길 건너편엔 시내버스가 서고 미처 털지 않은 들깻단을 가득 얹은 리어카를 끄는 아저씨가 정숙 앞으로 지나갔다.

"언니, 그럼 가볼게요. 언니도 몸 건강히 지내시오.- 또 올게요."

명숙이 언니를 와락 끌어당기며 말했다. 정숙은 따뜻했으나 죽은 통나무 같았다. 명숙이 앞으로 걸어가면서 몇 번이나 뒤를 돌아볼 때도 정숙은 길 건너편을 바라보다가 집 안으로 들어갔다. 부엌으로 들어가 저녁거리를 주섬주섬 살폈다. 배추를 잘게 썰어넣고 흰죽을 쑤어 먹어볼까, 호박을 지져먹을까, 소쿠리에 든 잎이 말라가는 배추와 무와 가지와 호박을 들추며 생각했다. 하지만 호박을 지져 둥근 알루미늄 상에 차려 방으로 들어갔을 때, 정숙은 가슴을 치는 쿵, 하는 진동에 깜짝 놀랐다. 도대체 무슨 일이 지나갔지? 명숙이라고, 동생이라며 왔었는데 그애가 어떻게 생겼더라?

정숙은 상을 내려놓고 그 앞에 푹, 주저앉았다. 잿더미가 스르르 가라앉는 것 같았다.

무엇이었지?

정숙은 눈앞이 캄캄해서 연신 눈을 비볐다. 훅, 사라진 것이 있었는데……

정숙은 밥을 먹지 못했다. 하지만 전화를 걸면 명숙의 음성을 들을 수 있고 다시 돌아오게 할 수 있다는 생각을 하지는 못했다. 그앤 속초에서 온 것이 아니고 양양에서 온 것도 아니고 강릉에서 온 것도 아니었다. 두만강을 건너서 중국을 거쳐서 또 한번 들었지만 다시는 그 이름이 떠오르지 않는 다른 나라들을 거쳐서 서울에 왔다고 했다. 하지만 정숙에겐 명숙이 자리잡았다는 서울이 다른 서울 같았다. 정숙의 서울과 명숙의 서울은 달라서 한번 헤어지면 만날 수 없다고, 자꾸만 그렇게 생각했다.

일행은 아직 바다에 있었다. 추워서 소름이 오들오들 돋았어도 아랑곳하지 않았다. 아무도 자신들이 어디에서 왔는지 궁금해하지 않고 자신들의 말소리에 쳐다보는 눈길도 없는 바닷가는 추워도 따뜻했다. 성옥은 바닷바람, 바다 냄새를 맡을 때 이미 수도 없이 목이 터져라 아부지를 불렀지만 일본에 다녀온 일은 여전히 아무에게도 말하지 않았다. 일행은 노래방에도 없는 노래, 그저 고향을 떠올리고 지난 생활을 기억하게 하는 노래들을 불렀다. 혜교가 두 손을 맞잡고 몸을 흔들며 고난의 행군 시절에 배운 노래를 부를 때 명숙이 그들에게로 왔다. 노랫소리를 따라 찾아온 것이었다.

> 인생의 머나먼 길 너와 나 함께 걸으며
> 그 어떤 고난도 이겨내는 다정한 동무가 되리
> 이 길에는 기쁨도 있고 이 길에는 슬픔도 있어
> 이겨내리 견디어내리 오늘의 이 모든 고난을

> 인생의 머나먼 길 너와 나 함께 걸으며
> 그 어떤 오해도 이해하는 영원한 길동무 되리라
> 이 길에는 사랑도 있고 이 길에는 원망도 있어
> 이겨내리 견디어내리 오늘의 모진 고통을

고난의 행군 시절, 그 시절을 이겨내라고 만든 노래. 인생의 모든 풍파, 굶어 죽는 것까지 노래로 이겨낼 수 있을까? 명숙은 정숙 언니의 군은 얼굴을 떠올렸다. 세 살에 버림받고 살아낸 언니의 모진 고통은 어떤 노랫말로 불러야 할까.

다가오는 명숙을 본 혜교가 이모오! 손을 추켜들고 외쳤다. 어떻게
살아왔는지 궁금해하지 않고, 달리 물어볼 필요도 없는 사람들. 그래
서 눈물나게 반가운 사이였다.

"어디 가서 뭐 좀 먹자. 내 살게."

"돈 걱정은 마시고 뭐 드시겠습니까?"

"남혁이 동무가 결정해라."

"먹어본 게 별로 없어서리……"

남혁이 말했다. 모두 웃었다. 웃지 않는 건 명숙뿐이었다.

"난 속도전떡 먹구 싶다!"

혜교가 성옥의 귀에 대고 속삭였다. 성옥이 씁쓸한 웃음을 지으며
눈을 흘겼다.

"깡내밥 먹어본 지 오랜데 어디 그런 거 파는 데 없나?"

이번엔 명숙이었다. 옥수수 알갱이에 물을 부어가며 절구에 빻아
껍질을 벗기고 갈아서 밥으로 먹는 것. 지겨웠던 것이 이렇게 그리워
질 줄이야. 남혁은 꽃제비 시절을 잊지 못하고 '메뚜기 장터'서 파는
국수가 먹고 싶다고 말해 모두가 슬픈 폭소를 터뜨리게 했다.

7. 모든 것의 변두리

　오전 수업을 끝내고 집으로 돌아오는 길에 성옥은 인호의 전화를 받았다. 그의 집에서 자고 나온 이후 한 번 전화를 받긴 했지만 얼떨결에 다시 전화 드리겠다고 생각에도 없던 거짓말을 하곤 서둘러 끊어버렸다. 그가 문자를 보낸 적도 있었다. 동해안은 잘 다녀왔어요? 이런 내용이었다. 성옥은 속으로만 그렇다고 말하고 정작 답신은 보내지 못했다. 이것이 지난 한 달 동안 두 사람이 주고받은 내용의 전부였다.

　성옥이 그의 집에서 눈을 뜨고 떨리는 가슴으로 헤어진 뒤로 그를 잊은 적은 없었다. 그에 대한 복잡한 마음은 아무 때나 무턱대고 떠올라 무수한 감정의 포말들로 성옥을 에워싸곤 했다. 그가 혼자 사는 남자라는 것, 집 안의 정갈하고 따뜻하고 세련된 분위기도 잊혀지지 않았다. 중국에서 보았던 한국 드라마 속 부유한 남자 주인공의 집 안 같은 느낌은 없었지만 자본주의의 윤택함을 느끼게 했다. 그리고 그 모든 것들은 충격이었다. 그 충격들 중에 감당하기 어려운 건, 그가 혼자라는 사실이었다. 그리고 끝끝내 왜 혼자 사는지 물어볼 수 없다는 것, 알아서도 안 된다는 것까지 성옥은 자기 자신에게 다짐하고 당부했다.

"죄송해요. 집에 가서 리포트를 써야 해요. 주말까지 제출해야 해서요."

성옥이 말했다. 그는 잘 써라, 다음주에 한번 보지 뭐, 그렇게 답했다. 그의 장점 중의 하나는 늘 결정과 실천이 선선한 것이라고 성옥은 생각했다.

집으로 돌아오는 길, 초등학교 정문의 오른편에서 늘 술에 취해 보이는 할아버지가 뻥튀기 기계를 실은 리어카를 놓고 여러 가지 뻥튀기를 팔았다. 성옥은 빙그레 웃으며 지나치다가 아, 저거! 이런 기분이 들어 뛰는 걸음으로 다시 돌아가 오천원짜리 강냉이 한 자루를 사 들고 집으로 왔다. 써지지 않는 리포트와 자꾸 마음이 기우는 인호와 모아야 할 돈 삼백만원과 원인도 잘 모르게 찾아드는 불안감 때문에 허청거리던 맘이 강냉이로 안정을 찾은 것 같았다. 사람의 맘을 가장 따뜻하게 가라앉히는 것은 사소한 회귀(回歸)인지도 몰랐다.

성옥은 한낮에도 햇볕이 들지 않는 북향의 반지하방에 들어가 불을 켰다. 강냉이는 방바닥에 던져놓고 옷을 대충 벗고 손을 씻고 오줌을 누고 가방을 열어 책을 꺼냈다. 중국의 현대 소설가 위화의 장편소설 『인생(活着)』이었다.

성옥은 책을 책상 위에 탁 소리나게 내려놓았다. 그리고 책 제목

'인생'을 쏘아보았다. 한동안 시선이 움직이지 않았다. 마치 눈싸움을 하는 것 같았다. 인생이란 시간과 공간과 생명이 부대끼는 공동체, 그 모든 것의 삶이고 그건 하나의 덩어리라고 생각했다. 성옥의 의식이 그 덩어리 속으로 파고들었다. 그리고 바로 그 순간 이것은 문자로 표현할 수 없다는 생각이 날카롭게 성옥을 각성시켰다.

성옥은 책을 들고 방바닥에 주저앉았다. 방문에 붙여놓은 삼 단 깔판과 이불에 등을 대고 앉아 여전히 불안감에 휩싸인 채 자신도 모르게 강냉이 봉지를 집어들었다. 매듭이 다 풀리기도 전에 고소하고 구수한 냄새가 확 퍼졌다. 성옥은 마치 포옹하듯이 한 줌 집어 입에 넣었다. 반갑고 소중한 맛이 입안 가득 퍼지는가 싶더니 온몸을 휘감아 돌고는 마음에 실려 출렁거리기 시작했다. 한 줌의 강냉이가 입안에서 녹기도 전에 성옥은 다시 한 줌을 집으며 '평평이 가루'를 생각했다. 튀긴 옥수수를 가루 내어 물에 개어서 먹는 고향의 음식이었다. 물에 갠 평평이 가루는 금방 굳어서 거기에 콩비지를 섞어 먹어야 했다. 가난해서 먹을 수밖에 없었던 음식이 너무 풍족해서 되레 병들 것 같은 남한에 와서 새삼 그리워지는 건 왜인지 알 수 없었다. 성옥은 다시 강냉이를 한입 넣고 평평이 맛을 되살려보려고 애썼다.

나는 자유로운 새
부리 사나운 새
마음의 깃을 내릴
그곳은 어디
머나먼 하늘길

날아왔건만
내 삶의 깃을 내릴
그곳은 어디
나는 자유로운 새

어떤 영화의 주제가였다. 어릴 때 보아서 내용은 떠오르지 않았다.
그래도 노래는 저절로 기억났다. 나는 자유로운 새…… 아버지가 그
랬을까? 머나먼 하늘길 날아왔건만 내 삶의 깃을 내릴 곳은 어디냐
고. 나는 부리 사나운 새였다고…… 그리고 이제 나, 성옥인가? 성옥
은 깃을 내리지 못하는 새의 환영이 눈꺼풀에 감기는 걸 느끼다가 잠
깐 졸았다. 일 분쯤 깊은 잠을 자다 문득 깼다.

이러면 안 되지.

성옥은 자신의 게으름을 꾸짖었다. 유급을 하는 건 문제가 아니었
지만 일정한 학점을 이수하지 못하면 정부의 지원을 받을 수 없었다.
그럼 어떻게 살아나가야 할지, 성옥은 상상도 할 수 없었다.

성옥은 책을 집어들었다. 읽다가 접어둔 데를 폈다.

모두 쌀알을 세어서 불에 올렸지. (……) 석 달도 못 돼서 쌀 사
십 근도 바닥나고 말았다네. 자전이 날짜를 계산해 호박잎이나 나
무껍질 따위를 섞어먹지 않았더라면 그나마 반달도 못 먹었을 걸
세. 그때 우리 마을은 어느 집이나 먹을 게 없었고, 푸성귀란 푸성
귀는 다 캐가서 씨도 안 남았지. 그래서 어떤 사람들은 나무뿌리를
캐먹기 시작했다네. 마을에는 점점 사람이 줄어들었어. 다들 밥그

릇을 들고 외지로 구걸하러 나갔거든. 대장도 몇 번이나 현에 다녀왔는데, 돌아왔을 때는 마을 어귀에도 못 미처 땅바닥에 주저앉아 가쁜 숨을 몰아쉬었지. 밭에서 먹을 걸 찾던 사람들이 그 모습을 보고 다가가 물었다네.

"대장, 현에서 언제 양식을 준답디까?"

대장은 머리를 비스듬히 하며 말했지.

"난 걸을 수가 없네."

외지에 가서 구걸하려는 사람들을 보고 대장이 만류하며 말했지.

"가지 말게. 성안 사람들도 먹을 게 없긴 마찬가지야."

푸성귀가 없다는 걸 뻔히 알면서도 자전은 온종일 지팡이를 짚고 푸성귀를 찾으러 다녔고, 유칭은 그뒤를 졸졸 따라다녔다네.

성옥은 다시 책을 편 채로 엎어놓았다. 등을 돌렸다. 책이 눈에 띨까 외면했다. 책으로부터 멀어지고 싶었다. 눈을 감았다. 눈을 감자마자 마음속이 태양처럼 환히 밝아졌다. 보이지 않던 것들도 보이기 시작했다. 차라리 눈을 뜰까, 생각했다. 그러나 눈을 뜰 수는 없었다. 소설 주인공 푸구이와 그들 가족의 참혹한 현실은 소설보다 더 비참했을 것이라고 성옥은 생각했다. 이해도 했다. 누구의 죄도 아니라고, 누구의 잘못도 아니라고 생각의 문에 덧문을 질러대었다. 그래야 맘이 편안해졌다. 죄나 잘못을 따지려고 들면 마음이 들뜨고 생활이 어지러워졌다. 헛발 딛지 않고 살자면 그런 걸 가라앉히는 것이 좋다고 생각했다. 언제 이런 생각을 하게 되었는지 그건 모른다. 적어도 고향에선 아니었다.

성옥은 위화가 작가의 말에 썼던 마지막 문장을 떠올렸다. 수도 없이 읽었고, 그것을 읽는 순간 공감해서 저절로 외워진 문장이었다. '사람은 살아간다는 것 자체를 위해 살아가지, 그 이외의 어떤 것을 위해 살아가는 것은 아니라는 사실.'

성옥은 아무것도 하지 않고 거의 삼십 분을 있었다. 책을 등지고 모로 누운 채였다. 그 시간 동안 한 세월이 고요하게 들어와 앉고 있었다. 순서도 없이 차례도 기다리지 않고 삼십 분의 공간 속에 들어차는 것들의 기미는 무의미였다. 뽀얗게 메마른 흙길 위에 군드러져 뭇 벌레의 밥이 되던 시체들 같았다. 그것을 그저 지나치던 살아 있는 사람들의 무관심 같았다. 생과 주검이 구별되지 않던 때, 그때들이 삼십 분의 공간 속에 쌓여갔다. 아주 고요하게.

성옥은 남한에 온 뒤에 조국의 경제 상황이 70년대 후반부터 내리막을 타기 시작했다는 걸 알았다. 성옥보다 먼저 한국으로 망명한 황장엽이 그렇게 말했다고 했다. 70년대 후반이라면 성옥은 아기였다. 엄마 젖을 배불리 빨고 만족스러워서 맨주먹을 입에 넣고 옹알거리며 방 안을 이리저리 살필 때였다. 벽에 붙은 초상화로 수령님과 김정일 선생님의 자애로운 표정을 익히고 있을 때였다. 탁아소에 가서 '경애하는 아버지 김일성 원수님 고맙습니다. 우리는 세상에 부럼 없어라' 노래하고 '우린 행복합니다' 인사할 때였다. 그리고 정말 행복했다. 세상에 부러움이 없었다. 아버지는 성옥을 자전거에 태워 직장에 갔다. 직장의 탁아소에선 경애하는 아버지 김일성 원수님이 주신 옷을 입고 밥을 먹고 간식을 받았다. 그런 것을 받을 땐 너무 고마워서 두 손을 가슴 위로 추켜들어 감사의 자세를 취했다.

배급이 줄어든다는 건 몰랐다. 아버지는 이미 술이 없으면 견디지 못했다. 자주 결근을 했다. 병원에서 통원 치료도 받았다. 술을 사기 어려워서 어머니가 돼지를 기르기 시작했는지도 몰랐다. 하모니카집의 맨 끝에 창고를 덧붙여 짓고 거기에 돼지울을 만들었다. 아버지는 그런 솜씨가 좋았다. 집 안도 계속 손을 보아 똑같은 구조의 집이라도 남 보기 좋게 해놓았다. 돼지는 술지게미를 먹었다. 밀주를 담그는 건 위법이었다. 단속을 피하려고 보위부원에게 밀주를 상납했다. 돼지는 새끼를 낳았다. 새끼를 팔아 돈을 벌었다. 다른 집들보다 먹고사는 것이 나은 건 돼지 덕분이었을 것이다.

성옥이 고등중학교에 입학했을 때였다. 배급이 언제 나올지 모른다는 말이 돌면서 뒤숭숭해졌다. 그런 어느 날 밤 누군가 돼지를 훔쳐갔다. 어미 돼지는 팔고 새끼를 두 마리 키우고 있었다. 어머니는 빈 돼지울에 기대어 울었다.

어머니는 성옥의 혼수를 하나씩 내다팔기 시작했다. 딸을 낳으면 그때부터 혼수를 하나씩 장만하는 게 고향의 풍습이었다. 솜이나 이불감, 옷감에 나이가 들면 가전제품도 장만했다.

성옥은 도자기 공장에 다니고 있었다. 결근하는 사람이 생겼다. 지도원의 심부름으로 그 사람의 집에 가면 누렇게 뜨거나 허옇게 부은 동무가 눈도 제대로 뜨지 못한 채 누워 있었다. 사흘을 굶었다고 했다. 일주일을 굶었다는 동무도 있었다. 죽은 동무, 사라진 동무도 있었다. 성옥이네는 아직 이렇지 않았지만 불길하고 불안해서 견딜 수가 없었다. 열아홉 살이나 스무 살쯤인, 모두 낭랑한 청춘이었다. 청춘의 남자와 여자 들, 그들은 연애도 했다. 성옥을 좋아한다고 집 앞에서 빙빙 돌며 노래를 부르던 철이. 그의 아버지가 보위부 간부라고 아버지는 결혼은 물론 사귀는 것도 질색했다. 오리는 오리끼리 만나야 한다고 말했다. 귀국자를 만나라는 것이었다. 성옥은 귀국자라는 말만 들어도 지겨웠다.

귀국자라는 말이 얼마나 지독한 덫인가를 사무치게 느낀 건 유치원을 졸업하고 인민학교에 들어가서였다. 어느 날이었다. 담임 선생님과 함께 낯선 남자가 들어왔다. 남자가 교실에 앉은 아이들을 둘러보다가 손가락으로 가리켰다. 그럼 선생님이 그 아이의 이름을 불러 일으켜세웠다. 반에서 모두 예쁜 아이들이었다. 이름 불린 아이들은 교무실로 가서 남자를 만났다. 남자는 아이들을 한 사람씩 앞에 세워놓고 서류를 들척이며 선생님과 이야기했다. 성옥은 어른들이 나누는 이야기를 듣고도 내용은 이해하지 못했다. 하지만 나쁜 일은 아닌 것 같아 자꾸 우쭐해졌다. 집에 와서 이런 일이 있었다고 말했다. 어머니는 너무 기뻐서 눈물을 글썽거렸다.

"우리 성옥이 곱게 생겨서 5과(果)*에 뽑혔구나!"

어머니는 성옥을 부둥켜안고 말했다. 하지만 아버지는 어머니만큼 기뻐하지 않았다. 이상했다.

몇 달이 지나 다시 그 남자가 교실로 들어와서 아이들을 훑어보고 일으켜세웠다. 성옥만 빠졌다. 가슴이 덜컹 내려앉았다. 얼굴에 똥이 묻은 것처럼 창피했다. 울면서 집으로 갔다. 자꾸만 서러웠다. 아버지

---

* 외모가 수려한 학생들을 선발하여 중앙당의 주요한 업무에 종사시키는 곳.

가 그럴 줄 알았다고 말했다. 그러나 이유는 말하지 않았다. 나중에 성옥은 자신이 귀국자의 자식이라는 걸 알았다. 어머니가 일본 아이처럼 예쁘다는 말을 듣고 오면 그 말을 한 사람을 찾아가 따지던 일과 원피스를 갈기갈기 찢어 불태운 일도 떠올랐다. 그리고 냉정한 표정의 아버지가 무섭고 싫어졌다.

그러나 귀국자 자녀에 대한 차별과 철이에 대한 아버지의 판단에 서운해할 필요가 없어졌다. 어머니가 식량을 사러 성옥의 혼수를 한 가지씩 내다파는 것이 실망스러운 것도, 딸 가진 집마다 들고 나온 혼수용품으로 값이 폭락한 것도 아직은 괜찮았다. 21반에서 가장 먼저 장만한 흑백텔레비전이 팔려나가고 일본에서 가져온 할머니의 유품 중 마지막으로 남은 전기밥솥이 팔려나가고 아버지의 자전거까지 팔려나간 뒤, 더이상 팔 것이 남아 있지 않다는 걸 알기 전까지도 괜찮았다. 그러나 점점 뒤숭숭해졌다. 하모니카집 누구네 식구 네 명 중에 세 명이 죽었는데 남은 세 살짜리가 아침에 부엌에서 죽었더라는 말이 들릴 때도 아직 목숨은 붙어 있었다. 어머니는 도자기를 사서 청진으로 팔러 갔다. 한 배낭을 지고 가서 팔면 옥수수 몇 킬로를 살 수 있었다. 성옥도 함께 다녔다. 아버지는 이미 죽기로 작정한 사람처럼 기진한 채, 누워 있었다. 혈육을 이어주는 끈들이 삭고 닳아가는 소리가 집 안에 가득차서 휘휘 바람 소리를 냈다.

"우리 가족은 흩어지지 말고 함께 모여서 죽자. 그게 마지막 낙이다."

어느 날 멀건 옥수수죽 사발을 앞에 두고 아버지가 말했다. 성옥은 울었다. 어머니도 울었다.

"죽긴 왜 죽습니까! 사지 육신이 멀쩡한데!"

성옥이 아버지를 때리는 기분으로 외쳤다. 어머니가 고개를 끄덕이며 눈물을 흘렸다.

이날 하모니카집 20반에 살던 성옥의 동무네 집에서 일이 생겼다. 아버지가 귀국자고 정신과 의사였는데 성옥과 친했다. 재혼한 부인에게서 아이를 늦게 봐 아홉 살짜리 사내 동생이 있었다. 언젠가 그 집 부인과 성옥의 동무는 행방불명이 되고 집에는 아버지와 아들만 남아 있었다. 아침에 칼 가는 소리가 들려 이웃집 아주머니가 들여다보았더니 실제로 부엌에서 칼을 숫돌에 갈고 있더란다. 솥에선 물이 설설 끓고 있었다.

"아저씨 뭘 합니까?"

아주머니가 물었단다. 아저씨는 태연하게,

"배고파서 야를 잡아먹을라구."

말하더라고 했다. 아주머니가 들여다보니 아들을 끈으로 묶어뒀더란다. 기겁한 아주머니가 반장에게 연락하자 보위부원이 나와 끌고 갔고 아들도 그 길로 집을 나가 꽃제비가 되었다.

이날 이후 성옥은 귀국자라는 말을 머리에서 지웠다. 저절로 지워져 없어졌다. 귀국자를 차별할 틀조차 무너져서 사라진 때문이었다.

공장과 학교의 문이 닫힌 이후에도 동원은 있었다. 장마에 무너진 철길을 닦고 사태가 난 도로를 보수하는 일들이었다. 김일성 원수님이나 장군님이 다녀간 사적지들의 보수도 끝이 없었다. 그러나 허기진 몸으로는 어디에서건 성과는 약했다. 봄날이면 풀을 뽑아 뿌리째 먹고 나무의 잔뿌리나 어린 가지를 씹어 삼켰다. 그것으로 허기가 가시지는 않았다.

성옥이 두 달의 동원을 마치고 집에 돌아왔을 때 어머니와 아버지는 환자였다. 어머니는 장삿길에 발을 삐어 뼈를 다쳤고 그 발목이 부어 성옥의 허벅지만큼 부어올라 있었다. 병원에 가보아도 약이 없고 의사도 없었다. 집 안은 썰렁하고 부엌은 더 썰렁했다. 성옥은 쌀독을 들여다보았다. 쌀겨 냄새도 나지 않은 지 오랜 독에서는 오싹한 냉기가 올라와 성옥의 얼굴을 덮었다. 성옥은 무서웠다. 온몸이 와들와들 떨렸다. 식구 모두 굶어 죽은 뒷집, 집을 팔아 식구들이 뿔뿔이 흩어진 누구네, 그리고 길에서 본 시체들, 죽음을 달고 느릿느릿 걸어가던 사람들의 환영이 한꺼번에 몰려왔다.

어머니가 부엌으로 나왔다. 눈이 퀭했다. 성옥은 속으로 어머니! 왜 그런 발로 나와! 소리쳐 화를 냈다. 어머니가 무어라고 말했다. 배고프냐, 저기를 봐라, 그런 의미들 같았다. 성옥은 어머니의 절박한 눈길을 따라 부뚜막의 작은 항아리를 들여다보았다. 아무것도 보이지 않았다. 손을 넣어 쓸어보았다. 작은 돌멩이 같은 것들이 손가락 사이에 걸렸다. 옥수수 낱알이었다. 손바닥을 쓸어도 걸리지 않는 낱알은 보석처럼 딱 일곱 알이었다.

옥수수 일곱 알을 솥에 넣고 끓였다. 오래 끓이면 맹물이 멀겋게 우러났다. 멀건 물이 맹물보다 나았다. 식구들이 상에 앉아 멀건 옥수수 물을 수저로 떠먹었다. 아무도 입을 열지 않았다.

"이팝 한 그릇 먹고 죽으면 소원이 없겠다."

아버지가 중얼거렸다. 나이를 잊은 사람 같았다. 아버지의 생명이 그런 말을 읊조리는지 몰랐다. 순간 성옥은 아버지가 끝까지 철이 안

들었다고 생각했다. 그러나 미워하진 않았다. 오욕칠정을 일으키는 것도 밥심이었다. 아버지가 눈물을 흘리기 시작했다. 어머니는 발목의 통증도 느끼지 못하는 것 같았다. 성옥이네 식구들은 곧 죽을 거란 걸 알았다. 죽음을 기다리고 있었다. 아버지는 가족이 함께 숨이 넘어가는 걸 느끼며 이 세상을 떠나고 싶어했다. 그게 아버지의 마지막 소망이었다. 쌀밥 한 그릇보다 더 간절한 것이었다.

"나는 집을 떠나겠습니다."

성옥이 어디서 나왔는지 단호하고 날카로운 목소리로 말했다.

"이렇게 앉아서 굶어 죽을 수는 없습니다!"

순간 아버지가 성옥의 뺨을 후려쳤다. 아버지에게 그럴 힘이 남아 있었을까? 성옥은 아버지에게 남아 있는 그런 힘을 순간적으로 혐오하고 경멸했다. 아버지의 당에 대한 충성심을 의심하기 시작한 이래, 아버지에 대한 정은 옅은 혈연관계에서 비롯되는 것뿐이었다. 가느다란 정이 툭툭 끊기는 걸 성옥은 느꼈다. 차라리 홀가분했다.

"성옥아, 아버지가 널 얼마나 사랑하는지 모르니?"

이런 와중에도 어머니는 혈육의 근원을 알려주려 애썼다.

봄날의 해가 중천에서 서쪽으로 기울기 시작할 때 성옥은 입을 수 있는 옷들을 모두 껴입고 빈 배낭을 메고 집을 나섰다. 아버지의 얼굴은 보지 않았다. 어머니가 쩔뚝거리며 따라나섰다. 절대로 뒤는 돌아보지 않겠다고 결심했는데 머리가 저절로 돌아갔다. 어머니가 골목 어귀에서 울다가 손을 흔들어 보였다. 엄마아아아. 성옥은 이를 악물고 소리쳤다. 어머니, 기다려주세요. 절대로 죽지 마세요. 어머니를 살려낼게요. 성옥은 어머니가 보이지 않을 때까지 내달렸다. 어머니가 도저히 볼 수 없는 데서도 달렸다. 숨이 턱에 닿아 목젖이 아려도 달렸다. 그러다가 결국 길바닥에 엎어졌다. 일어설 수가 없었다.

성옥은 눈이 아팠다. 눈에 불이 나기라도 했는지 화끈거리는 느낌이었다. 있지도 않은 과거에 매이기 싫었다. 그런 것도 사치라고 생각했다. 우선 사는 것. 인생만이 진실이고 현실일지 모른다고 생각했다. 벌떡 일어나 화끈거리는 눈을 찬물에 한참 담그고 나왔다. 책을 찾았다. 이불자락 아래서 책의 일부가 꼬리처럼 보였다. 제 발로 거기 들어가 숨은 것 같았다. 성옥은 강냉이 자루에 손을 넣어 한 줌 집어내 먹으며 다시 책을 펼쳤다. 하여튼 읽긴 읽어야 했다.

푸구이는 아들 유칭을 잃었다. 가난해서 신발도 사주지 못했던 아들이 의사의 부주의로 죽은 것이었다. 기근이 심하던 시절, 굶지 않고 이렇게도 죽었다. 성옥은 문화대혁명 시절을 읽었다. 푸구이가 손자를 잃는 것, 그가 도살장으로 끌려가는 늙은 소를 사서 함께 사는 것, 그 소에게 자기 이름을 붙여 푸구이라고 부르는 것, 그리고 함께 죽기를 바라는 것을.

나는 이제 곧 황혼이 순식간에 사라지고, 어두운 밤이 하늘에서 내려오리라는 것을 안다. 그리고 광활한 대지가 단단한 가슴을 드러내고 있는 것을 보았다. 그것은 부름의 자세다. 여인이 자기 아들 딸을 부르듯이, 대지가 어두운 밤을 부르듯이.

성옥은 소설의 마지막 문장들을 여러 번 읽었다. 작가의 위로가 마음에 촉촉이 감기는 걸 느꼈다. 기분이 차분해졌다. 성옥은 책날개에 박힌 작가의 사진을 보았다. 그가 왜 사람은 살아가는 것 자체를 위해 살아간다고 말하는지, 그 말이 먼 데로부터 퍼져서 가까이 다가오는 안개처럼 확연히 실감되기 시작했다. 리포트를 시간 안에 끝낼 수 있을 것 같아 기뻤다.

리포트를 쓰다가 성옥은 가끔 손을 놓고 크게 숨을 쉬었다. 자꾸만 명숙 이모의 언니가 떠올랐다. 평생 부모를 원망하고 산 사람. 혼자서는 제대로 걷지도 못하고 말도 하지 못하는 세 살배기 자식을 아무렇게나 버리고 떠난 '영웅'들. 버려진 자식과 영웅 사이의 간극이 우습고 또 창피했다.

* 위화의 『인생(活着)』(백원담 옮김, 푸른숲, 2007)이 일부 인용되었습니다.

8. 타인—인터뷰

성옥이 A대 북한대학원의 정윤희로부터 걸려온 전화를 받은 건 머리 한쪽이 터질 것 같은 불쾌한 느낌을 감득할 때였다. 이러다 핏줄이 터지는 건 아닐까? 죽는 건 아무것도 아닌데 혹시 반신불수 같은 게 되면…… 그래서 전화를 받는 목소리가 처지고 흔들렸다. 정윤희는 혹시 어디 아프냐고 걱정스레 물었다. 성옥은 그 말을 듣고 이내 졸려서 그렇다고 돌려 말했다. 정윤희는 혹시 시간이 나느냐, 같이 저녁을 먹자, 누굴 소개해주고 싶다고 말했다. 성옥은 반사적으로 떠오르는 거부감을 누르고 물었다.

"같은 학교 동료인가요?"

성옥은 자신의 목소리가 거슬렸다. 싸늘해질 이유가 뭔가, 서둘러 자책했다.

"여고 동창생인데 좋은 사람이에요."

정윤희가 처음과는 달리 움찔한 목소리로 말했다. 성옥은 정윤희의 말을 들으며 손가락으로 터질 것 같던 오른쪽 머리를 눌렀다. 부풀어 오른 것처럼 손가락이 들어가는 느낌이었다. 그리고 아팠다.

"그러지요, 뭐."

성옥이 통증과 염려 사이에서 망설이다가 대답했다.

"신경쓰지 않아도 될 거예요. 아주 친한 친구고 좀 유명한 여자예요."

유명이라는 단어를 말할 때 정윤희의 웃음이 섞였다. 그 말을 듣는 성옥의 입에서도 저절로 작은 웃음소리가 흘렀다.

두 사람은 이십 분 후에 혜화역 1번 출구 앞에서 만나자고 약속했다.

버스 정류장으로 걸어가면서 성옥은 리포트를 생각했다. 머리가 터질 것 같던 증상은 바깥공기를 마시고 가파른 내리막길을 빠르게 걷자 거짓말처럼 사라졌다. 푸구이의 인생이 자꾸 생각났다. 푸구이의 낚싯밥에 물린 듯 꾸역꾸역 딸려나오던 고향의 모든 것들이 수면(睡眠)처럼 잦아든 것만도 다행이었다.

성옥은 정윤희와 면담을 하고 백만원을 받았다. 인터뷰 요청이 탐탁지 않을 때 성옥을 움직인 건 돈이었다. 그 돈은 유용하게 쓰였다. 어머니에게 돈을 보내야 할 즈음이었다. 그러나 그런 유용함에도 불구하고 그런 시간들은 돌아보기도 싫고 생각하기도 싫었다. 마치 자신의 삶을 팔아버린 아주 고약한 기분이었다. 인터뷰를 하고 돌아올 때면 소주를 사들고 집에 와서 혼자 마셨다. 쓴 것으로 입과 내장을 소독하고 샤워를 하며 기분을 바꿔보려 애썼다. 그렇다고 과거를 판 느낌이 아주 사라지는 건 아니었다. 정윤희가 만나는 탈북 여성이 성옥 한 사람은 아니었다. 그 여자의 논문 주제는 탈북 여성의 정체성이

110

었다. 벌써 삼 년이 다 되어가는데 정윤희로부터 논문을 마무리지었다는 소식은 듣지 못했다.

성옥은 시간에 맞게 약속장소에 닿았다. 성옥을 먼저 알아본 건 정윤희였다.

"안녕하세요?"

정윤희의 옆에 서 있던 머리가 긴 여자가 먼저 인사했다. 성옥은 고개를 숙이고 인사했다. 정윤희가 내 친구라며, 사실은 소설가라고 말했다.

"소설가요? 소설가면 책을 쓰겠네요?"

성옥이 물었다. 신기했다. 소설가라니! 흥미로움과 경계심을 가지고 그 여자를 자주 바라보았다. 대학로 골목으로 들어가며 정윤희가 여러 나라의 음식점들을 말할 때도 성옥은 소설가라는 여자에게 맘이 팔렸다. 소설가라는 말을 듣는 순간 현실이 아니면서 또다른 하나의 현실이 신기루같이 예감되었다.

음식점은 성옥이 선택했다. 마침 그들 앞에 김치찌개와 파전을 잘한다는 입간판이 보이자 성옥이 아, 파전! 이렇게 소리쳤기 때문이었다. 곧 지하로 통하는 나선형의 계단을 딛고 내려가 방에 자리잡고 앉았다. 소설가는 수줍은 듯 자신이 만들었다는 명함을 내밀었다. 성옥은 명함이 없다고 중얼거리며 그것을 들여다보았다. 소설가. 최아림. 그리고 전화번호와 메일 주소가 적혀 있었다.

"이름이 너무 예뻐요!"

성옥이 명함에서 눈을 떼고 아림을 바라보며 말했다. 순간 이곳에 와서 주민등록증을 만들 때 예쁜 이름으로 바꾸지 않은 걸 후회했다.

고향 쪽은 그립고도 지긋지긋하지만 성옥이란 이름을 그저 쓰고 싶었다. 할아버지가 지은 이름이라고 했다. 그 이름을 바꾸면 과거를 버리는 것 같고 과거를 버리면 자신을 부정하는 것 같아서 싫었다. 그래도 혜교처럼 진즉에 한가인, 하지원, 고소영 등으로 바꿨으면 좋았을걸, 잠깐 깊게 후회했다.

세 여자의 공통점은 술을 좋아하고 잘 마신다는 것이었다. 술을 시키는 데 주저함이 없고 싱거운 맛보다는 독한 맛을 즐기는 것마저 같다는 걸 확인하고 기뻐했다. 소주와 맥주를 섞어서 건배했다.

"남남북녀라더니 성옥씨는 정말 미녀네요."

최아림이 혼잣말처럼 중얼거렸다. 성옥은 쓴웃음을 지었다.

"남자친구는 있나요?"

최아림이었다. 순간 성옥은 취기 속에서 무언가 출렁하는 걸 감지했다.

"없습니다."

성옥이 낯을 찡그리며 말했다.

"왜요?"

"그저 없습니다."

"우리 셋 다 남자가 없는 거잖아."

"남자는 넘치는데 남자는 없다!"

최아림이 이렇게 말하며 술잔을 들었다. 세 여자는 탁자 위에서 잔을 부딪쳤다. 최아림은 정윤희로부터 성옥을 만날 때 주의해야 할 점을 미리 들었다. 특히 자존심을 건드리는 말을 삼갈 것. 호기심이 나더라도 참고 있을 것. 흥미를 보이지 말 것. 그들도 우리와 같다는 느낌을 줄 것 등등. 그러나 최아림은 정윤희의 충고를 모두 잊었다. 성옥을 만나는 순간 참을 수 없는 호기심이 솟구쳤다.

"저어, 거기서도 연애를 하나요?"

최아림이었다. 윤희가 친구를 흘겨보았다. 성옥의 눈동자가 커졌다. 그게 말이 된다고 생각합니까? 이렇게 묻는 것 같았다.

"네."

성옥이 대답했다. 그리고 '연애'라는 말을 마음속으로 굴렸다. 오랜만에 들어보는 말이어서 낯설고 반갑고 신기하기까지 했다. 마치 잊고 있던 소중한 것을 찾은 기분이었다. 가슴 밑바닥에서 어떤 기미가 아련하게 피어오르는 느낌이 들었다. 마음이 너울너울 어딘가로 흘러가려 몸을 움찔거리는 것 같았다.

"성옥씨, 소설가들은 사람 사는 걸 현미경으로 들여다보고 싶어해요. 악취미지요."

말없이 생각에 잠긴 성옥에게 정윤희가 미안해하며 변명하듯 말했다. 성옥이 고개를 들었다.

"네, 소설가는 나쁜 직업이에요. 동의합니다!"

최아림이 자학을 과장한 목소리로 말했다.

"일없습니다."

성옥은 일없습니다, 선선하게 말했다. 말해놓고 잠깐 당황했다. 자신도 모르게 괜찮습니다, 이런 말을 잊은 것이 신기했다. 성옥은 같은 고향의 탈북자들을 만났을 때 이외엔 함경도 말을 쓰지 않았다. 서울에 들어와 일 년도 안 되어 거의 완벽한 서울말을 쓸 수 있었다. 말투로 고향을 의심받아본 적이 거의 없었다. 고향 동무들도 성옥의 말씨에 놀라고 부러워하는 한편 멸시했다.

최아림은 정윤희의 충고나 성옥의 깊은 표정보다 미지의 그곳에 대한 호기심이 솟구쳐 참을 수 없었다. 정윤희가 행여 실수할까, 눈치를 줘도 막무가내였다. 북한 여성과 마주앉아 술을 마시는 건 처음이었고 그래서 호기심이 폭발할 지경이었다. 자신이 북한 사람들을 뿔 달린 괴물로 여기는 건 아니지만 그곳은 갈 수 없는 건너편 동네처럼 두렵고도 흥미로웠다.

"자유연애를…… 한다고요?"

최아림이 다시 물었다. 성옥은 눈을 크게 뜨고 고개를 끄덕였다. 그리고 최아림의 의구심에 가득찬 시선으로부터 도망치듯 고개를 숙였다.

"야. 아림. 넌 정말……"

정윤희의 이런 말소리를 성옥은 고개 숙인 채 들었다. 잠깐 침묵이 고였다. 최아림이 장난치듯 자신의 술잔을 식탁에 놓인 성옥의 잔에 부딪쳤다.

"거기도 다 사람 사는 세상인걸요."

성옥이 중얼거리듯 말했다. 사람 사는 세상, 최아림이 아이처럼 따라했다.

세 여자는 다시 술을 마셨다. 탁자 모퉁이에 빈 소주병이 셋, 맥주병이 다섯이었다.

"나는 무식한가봐. 북한에선 연애도 못하는 줄 알았어. 당에서 하라고 하면 하는 줄 알았어. 자유연애라니!"

최아림이 투정하듯 말했다. 옆에 앉은 정윤희를 툭툭 쳤다.

"우리도 자유연앤가? 막연애 아냐?"

최아림이 다시 말했다.

"막연애라니…… 너무 심한 거 아냐?"

성옥은 두 사람의 이야기를 들으며 그들이 자신의 말에 의문을 가지는 것이 '자유'라는 말에 있지 않을까, 생각했다.

"연애를 하면 행실이 바르지 못하다고 손가락질받긴 해요."

성옥이 말했다.

"우리 엄마 시대하고 비슷한 거 같아. 육칠십 년대."

성옥이 고개를 끄덕였다.

"성옥씨도 해봤어요?"

최아림이 고개를 들어 성옥을 도발적으로 쳐다보며 물었다. 성옥은 아까부터 마음에서 하늘거리던 연애라는 말의 느낌을 어루만지는 기분이었다. 자신도 모르게 쿡, 웃음이 터졌다.

"네에."

성옥이 대답했다. 갑자기 두 여자로부터 침묵이 툭 탁자 위로 떨어졌다. 성옥의 마음에선 아른거리고 하늘거리던 느낌들이 무슨 말을 만들기 시작했다. 왜 그 생각을 못했을까…… 성옥은 새삼스레 남한의 두 여자를 바라보았다. 그 눈길에 의아해진 정윤희가 움찔하는 기색이었다. 성옥은 놀라는 정윤희에게 미안했다.

"저어, 왜 금강산도 식후경이란 말 있잖아요. 사람이 죽어갈 땐 육신만 그러는 게 아니라 정신도 그래서 감각이 다 죽나봐요. 이젠 오래되어서 이런저런 기억이 나지만 강을 건넌 뒤 오래도록 감정이 없었어요."

성옥이 돌다리를 짚듯 말했다. 그리고 정윤희와 최아림을 바라보왔다.

"이해를 바라지는 않아요. 경험이라는 게 참 무섭다는 걸 알았어요. 아무리 명석하고 이해심이 깊어도 알지 못하는 게 있더라고요. 혹독한 경험일수록 모르는 것 같아요. 그렇게 살았어요."

성옥은 생각지도 않았던 말을 길게 했다. 의아하게도 정윤희와 최아림은 성옥에게 아무 말도 하지 않았다.

"우리는 같은 여자고, 또 미혼이네요."

성옥이 자신을 바라보는 두 여자에게 말했다.

"다른 건요?"

갑자기 최아림이 정색을 하고 물었다. 순간 성옥의 얼굴 표정에 슬픈 그늘이 어렸다.

"고향이 달라요."

성옥이 대답했다.

"고향은 다 달라요. 윤희는 서울이지만 난 충주랍니다."

"두 분은 갈 수 있는 고향이고 난 갈 수 없는 고향이니까요."

성옥의 이 말에 갑자기 술자리에 찬 기운이 확 끼쳤다. 정윤희가 자리를 떠서 화장실을 다녀오고 계산도 했다. 자리에 돌아온 정윤희는 앉지도 않고 시간이 너무 늦었다고 말했다. 술집은 어느새 빈자리가 많았다.

"갈 수 없는 고향……"

최아림이 혀가 꼬인 목소리로 중얼거렸다. 정윤희가 최아림의 겨드랑이에 팔을 넣어 일으켜세웠다. 이윽고 세 여자는 골목으로 나왔다.

"사랑해요, 성옥씨이!"

아림이 성옥을 부둥켜안고 울 듯이 말했다.

"고맙습니다."

성옥이 말했다.

성옥은 그들과 헤어져 마지막 버스를 타고 돌아오면서 생각했다. 다른 게 또 있지요, 당신들을 만날 때 다르다는 걸 못 느끼다가 헤어지면 갑자기 다르다는 게 느껴지는 이 감정……요. 당신들을 만나면 나도 이곳 사람이구나, 생각되다가 헤어지고 나면 이곳 사람인가? 의문이 드는 이 난처한 감정도요. 나란 존재가 '섬' 같다는 거 이해할 수 있나요? 서울말을 쓰는 사람들 속에서 나는 누구지? 이렇게 질문하게 되는 것……도.

성옥은 집에 와서 피로와 격정 같은 감정에 시달리며 방바닥에 군드러졌다. 금방 잠이 들 것 같았다. 성옥은 군드러져서 잠에게 말했다. 삶아먹든 볶아먹든 니 맘대로 해라, 잠아.

하지만 눈을 감아도 뜬 것 같았다. 군드러져 잠에게 몸을 내맡긴 순간 잠이 자취도 없이 사라져버린 것이었다. 그래도 자야 된다고, 그렇게 생각하면 할수록 잠의 기미조차 느껴지지 않았다. 그렇다고 맑은 정신으로 깨지는 않았다. 성옥은 어렴풋한 혼수와 생시 사이에 갇힌 채 섬을 생각했다. 언제나 절망적일 때, 사방이 캄캄할 때 섬의 고립감이 사무치게 떠오르는 건 이곳에 온 후 생긴 일종의 버릇일지 모른다. 하지만 지금 성옥은 그런 섬이 아니었다. 남한의 여성들이 말한 자유연애라는 말이 머리에서 떠나지 않았고, 철이가 학교 뒤편 자연학습관 쪽 나무숲 오솔길에서 '널 좋아한다'고 말하던 그날의 밤처럼, 밤의 파수꾼이 되고 있었다.

9. 철이에게 가는 길

철이야.

사실 너를 아주 까맣게 잊었던 건 아니었어. 아마 그건 불가능할 거야. 그렇다고 믿어. 어떤 경우라도. 내가 어떤 방식으로 살아남든 너는 이미 내 마음에 깊이 들어와 있는 존재이니까. 그때, 4월에 세 번째로 강을 건넜단다. 이땐 죽기로 작정했었어. 허기가 져서 잘 걷지 못했는데 장백산의 눈 녹은 물속으로 뛰어들었단다. 별빛 속으로 희끗희끗 펼쳐진 강. 센 물살 흐르는 소리가 높은 산등성이로 올라 왔어. 정신없이 달아나다가 넘어지고 긁혀서 다리 여기저기에 피가 났지만 몰랐어. 더군다나 그곳이 혜산시 쪽이어서 강폭은 넓고 물살은 셌단다. 강변으로 미끄러져 내려가니까 물속에서 헤엄치는 남자가 보이더라. 그 순간 왜 너라고 생각되었을까. 왜 너 같았을까. 사실 생각해보면 넌 군대에 있었을 것이고, 우리가 굶어 죽어도 넌 그렇지 않을 텐데. 아버지는 보위부장, 형은 군에서 다쳐 휠체어를 타

118

는 영예군인이던 집안의 막내인 너는 나와 사정이 다르잖아.

 건너편 장백현 쪽 강둑 관목 사이로 들어섰을 때 너라고 생각했던 남자는 없었어. 물론 내가 물에 뛰어들고 그 남자를 다시는 못 보았어. 아니 그런 남자를 잊었어. 그 남자가 너라는 생각도 이미 사라졌으니까. 사람이 살아가면서 삶이 아니라 죽음을 붙잡는 순간을 네가 이해하겠니? 이렇게밖에 달리 표현할 수 없던 그 순간을 누구에게 말할까. 나는 아무에게도 말하지 못해. 실감할 수 없을 테니까. 이해도 안 될 테니까. 자신의 죽음을 붙잡지 않고는 닿을 수 없는 감정이니까.

 철이야.

 이날까지 널 몇 번 생각했었어. 늘 부끄러울 때, 절박하고 절망적일 때, 뒤가 보이지 않을 때 네가 언뜻언뜻 스쳤어. 그러나 슬픔도 그리움도 아닌 그냥 바람결처럼 스쳤단다. 철이야, 넌 이해할 수 있을까? 사람이 그리움이나 슬픔을 느끼지 못하게 될 수 있다는 거. 삶이 존재를 꽁꽁 얼려서 감정이 움직이지 못하는 것. 살았어도 그냥 숨만 쉬고 먹고 자고 시키는 일만 하는 것…… 이런 인생을 살 수 있다는 거. 자살도 감정이 살아 있어야 선택할 수 있다는 거 이해하겠니? 상상이 가니?

성옥은 불에 덴 듯 후다닥 일어났다. 전등 단추를 눌러 불을 켰다. 낡은 등은 잠에서 깨듯 조금씩 밝아졌다. 책상 위의 탁상시계 시침은 '4'를 조금 지나 있었다. 성옥은 책꽂이를 뒤지기 시작했다. 삼 단짜리 책꽂이의 맨 아래엔 파일 몇 개, 그리고 논문과 키가 큰 책 들이 있었다. 성옥은 제목이 적히지 않은 파란색 파일을 꺼냈다. 그 속에는 낡은 공책과 종이 들이 들어 있었다. 일기장과 편지 들과 낙서 같은 것이었다.

성옥은 일기장 한 권을 들췄다. 그러나 읽지 않았다. 글자가 흐릿하게 뭉개져서 읽을 수 없었다. 글자 위로 눈물이 뚝뚝 떨어져 후다닥 공책을 덮었다. 구역질이 올라왔다. 벌써 여러 번 토했었다. 변기 앞에 엎드려 구역질을 했지만 올라오는 게 없었다. 성옥은 낡은 공책 앞으로 와서 크기가 조금씩 다른 종이뭉치를 들췄다. 그 사이에서 무엇인가 툭 떨어졌다. 네 번 접힌 종이였다. 성옥은 접힌 종이를 펼쳤다.

그대에게

내 기억의 아련한 첫사랑인 못 잊을 사람아
그대 안녕한지요
젊은 시절 빛바랜 추억의 갈피 속에 그대
항상 그 자리에서 웃고 있네요.
잘 있었느냐고……
보고 싶었노라고 말해줄 만도 한데

그대 아무 말 없이 혼자 웃고만 있네요.

그대에게 받은 마음 고마워서
그대에게 받은 사랑 분에 넘쳐서

오늘도 애틋했던 추억을 불러봅니다.

뭐가 그리 낯설었던가
할퀴고 외면하여 그대 맘 아팠을 때,
그대 무엇으로 위로를 받았나요
왜 그리 못난 나를 그대 맘에 품었었나요

꽃망울도 지지 않은 풋몽우리에
때 이르게 찾아온 봄바람이 두려워
그대 큰 사랑임을 내 어찌 알리오
불어오는 봄내음 가시만 드러냈소

미안하오, 미안하오
무릎 꿇어 사죄하면 그대 알려오
고마웠다고……
나 홀로 그대 짝사랑했노라
고백하면 용서해주려오

그대 그리며 울던 날
그대 불러 고독을 씹으며
오늘도 수많은 그리움을 그대에게 드리옵니다.

언제 썼다는 날짜는 적혀 있지 않았다. 하지만 성옥의 눈앞엔 시를 쓰던 때의 자기 자신이 너무 훤히 보였다. 국정원에서 한 달 남짓 대기자로 있다가 하나원으로 옮겨온 후였다. 몽골에서 스무 날도 넘게 기다리며 과연 서울로 갈 수 있을까, 이러다 북조선 보위부로 넘겨지는 건 아닐까, 중국 공안에게 돌려보내지는가? 온갖 불안한 상상의 끝에 서울로 들어와, 국정원을 거치고 또 하나원에 왔을 때, 성옥은 비로소 자신의 처지를 깨달았다. 이제 과거가 없는 인생을 살아야 한다는 것. 과거의 모든 것을 부정해야 한다는 것. 과거와 이어질 수 있는 게 없다는 것. 새로운 인생에 대한 불안과 기대로 흥분되던 때였다. 국가가 보호할 책임을 지는 국민의 자격 없이 떠돌던 때의 비천한 불안감을 생각하면 다시 태어나는 것이었다. 모든 북조선 사람들은 설렘과 기대와 희망으로 부풀어 어느 누구도 흥분을 감추지 못하는 것 같았다. 그런데 이상했다. 보위부와 공안에 대한 공포가 원천적으로 사라지자 그 빈자리로 슬그머니 슬픔 같은 것이 고여들었다. 마치 이른 봄날의 수액처럼 슬픔을 타고, 버려야 할 과거의 기억들이 되살아났다.

글짓기 대회에 나간 건 아마 그 기억을 불러내는 슬픈 감정 때문이었을 것이다. 여섯시 삼십분에 잠자리에서 일어나 모두 운동장에 모이면 성옥은 거의 매일 둘레둘레 누군가를 찾았다. 혹시 아는 얼굴이 있을까. 거기 철이가 없을까. 그저 그런 바람이었다. 철이의 행방을 아는 사람을 만날 수는 없을까. 더군다나 공산당의 고위직이나 기업소의 요직에 있었다는 사람들을 만나면 돌연, 혹시 철이라고 아세요? 묻고 싶은 맘이 솟구쳐 스스로 놀라곤 했다.

시는 그런 어느 밤에, 일기 쓰듯 썼다. 글짓기 대회에서 발표했을 때 가작으로 입상해서 상품을 받았다. 사람들은 시에 나오는 남자가 누구냐고 짓궂은 호기심을 감추지 않았다. 성옥은 그냥 시라고 아무렇지 않게 대답했다. 울음을 참고.

성옥은 천천히 시를 읽었다. 읽고 또 읽었다. 철이와 그 시절이 색깔 하나 바래지 않고 되살아났다. 사람이 과거가 없는 인생을 산다는 건 거짓일지 몰랐다. 그건 불가능해야 한다고 성옥은 생각했다. 그렇게 하려면, 생명의 유전자를 조작하거나 뇌구조를 변형시키는 것보다 더 역겨운 일을 해야 할지 모른다…… 성옥은 그렇게 생각했다.

성옥은 이불을 펴 그 속에 머리를 파묻고 다리는 새우처럼 오그려 굽힌 가슴에 품었다.

이제 됐다. 성옥은 말했다.

철이는 '로스키'라는 별명이 붙은 남학생이었다. 쌍꺼풀이 깊고 구릿빛 피부에 반곱슬머리였다. 자전거를 타고 학교에 다녔다. 그애가 사는 곳은 읍내의 아파트나 하모니카집이 늘어선 곳이 아니라 공기 맑고 한적한 휴양지 하온포였다. 하온포엔 당간부나 기업소 부장지배인 들이 넓은 터에 드문드문 집을 짓고 살았다. 담장이 높아 밖에서는 안이 들여다보이지 않고 정원수들이 담장 밖으로 고개를 내민 집. 더러 지붕 꼭대기만 조금씩 보이기도 했다.

그해 9월 1일, 새 학년의 신학기가 시작되었다. 닷새 후엔 경성군 공설 운동장에서 각 학교별 운동선수들이 모였다. 여러 종목의 대표선수들이 다른 학교에서 온 선수들과 기량을 겨루는 대회였다. 수영선수로 뽑힌 성옥은 계단 위에 앉아 응원을 하지 않고 선수로 활약하

는 자신이 너무 좋았다. 인민학교 일학년 일학기 때 5과에서 탈락한
이후 처음으로 만족스럽고 자랑스러웠다. 내가 잘하면 아버지의 신분
때문에 받게 되는 창피한 일은 없을 거란 기대도 했다.

경기가 끝나고 며칠 후에 붉은 청년 근위대가 조직되었다. 사로청
지도원이 선생님과 의논해서 근위대원을 뽑았을 것이다. 유사시엔 총
도 쏠 수 있게 군사훈련도 하고 체력도 단련하는 청년조직이었다.

성옥은 지금 자신의 신분에 불만이 없었다. 수학경시대회에서 대상
을 받은 적도 있고 늦었지만 사로청원이 되어 배지를 받았다. 그걸 가
슴에 달 때 콧날이 시큰했다. 수령님의 배지를 자신의 심장 가운데에
단다는 건 사랑을 듬뿍 받는다는 의미였다. 배지를 달던 날 성옥은 심
장의 배지를 우러르는 마음으로 내려다보며 아버지를 생각했다. 아버
지도 이런 감정이었을까? 알고 싶어졌다. 만약 나와 같았다면 아버지
의 생활태도가 질서를 잃지는 않았을 거라고 생각했다. 아버지는 귀
국자로 차별받는 것에 불만을 가질 것이 아니라 그렇기 때문에 남보
다 더 노력해야 한다고 성옥은 믿었다. 아버지가 간암 판정을 받고도
술을 마시고 그때부터 드러내놓고 장군님의 출생이나 학교생활을 비
판하는 태도는 아무리 아버지라도 창피했다. 간암이라는데 요양할 생
각은 하지 않고 자전거를 끌고 바다로 나가던 모습도 그땐 충성심이
없어서라고 비판했다. 어머니의 극진한 보살핌으로 기력을 회복하고
선 자전거를 타고 한결같이 바다로 나가던 아버지. 바다낚시를 해서
고기를 잡아오긴 했지만 성옥은 아버지가 좋게 보이지 않았었다. 인
민학교 사학년 때 아버지를 고발하고 싶어 보위부 앞을 서성거린 그
미움이 여전히 가시지 않았다. 백두산에서 태어난 장군님의 일생을

그런 영화를 보면서 아버지는 목소리도 낮추지 않고, '저런 새빨간 거 짓말. 어데 백두산에서 태어났나. 모스크바에서 태어났지' 했다. 거기 서 그치지 않았다. 김일성대학을 다닐 땐 공부도 하지 않는 날나리였 다고 비난했다. 성옥은 반동이라고, 속으로 외쳤다. 아무리 아버지라 도 반동은 안 된다고 생각했다.

붉은 청년 근위대는 운동경기를 마친 뒤에 4박 5일의 일정으로 야 영을 떠났다. 학교별로 걸어서 하온포 계곡에 모이는 것이었다. 하온 포는 온천물이 좋은 곳이었다. 김정숙이 와서 요양한 곳이지만 아이 를 낳지 못하는 여자들이 온천을 하면 효험을 보는 곳으로 유명했다. 성옥의 학교 사로청 지도원은 근위대원 삼십 명 중에서 여학생과 남 학생 반장을 뽑았다. 성옥은 여자 반장, 철이는 남자 반장이 됐다. 지 도원은 둘을 단원들 앞에 세우고 여러 가지 주의사항을 줬다. 이때 단 원들에게 가장 인상적인 건 이제 서로를 '동무'로 부르라는 것이었다. 게다가 존칭을 쓰라고 했다. 아이들이 어색해서 웅성거리자 본보기로 삼도록 지도원은 철이를 가리키며 '성옥 동무! 잘해봅시다!' 이렇게 시켰다. 단원들 속에서 참지 못한 웃음소리가 키득키득 들렸다. 부끄 럽고 쑥스럽고, 갑자기 어른이 된 듯한 신기하고 어색한 기분은 누구 든 마찬가지였다.

물 맑고 공기 좋은 하온포 계곡은 9월 초순에 이미 가을이었다. 단 풍이 들기 시작한 나뭇잎, 다가올 계절이 겨울이라고 말하듯 청아하 게 흐르는 물소리, 겨울나기 차비를 서두르는 새들, 사방에서 불어오 는 바람 소리, 나무 사이로 흘러내리는 가을볕 어느 하나도 춤추지 않 는 것이 없었다. 하지만 붉은 청년 근위대원들은 남조선괴뢰도당과

미 제국주의를 쳐부수는 혁명 정신과 우리식 사회주의 건설, 수령님과 장군님에 대한 충성심 등을 학습하는 것으로 첫날을 시작했다.

단원들은 합심해서 두 개의 텐트를 쳤다. 반장인 성옥과 철이는 이어달리기를 할 학생들의 명단을 교환하고 식사 당번도 정했다. 저녁을 먹고 여학생들은 남학생 텐트로 건너가 오락회를 했다. 수건돌리기를 해서 걸리면 가운데 나와 노래를 불렀다. 학생들은 모두 행복한 청춘이어서 흥분이 가라앉지 않았다. 누구나 그런 감정을 품었을 것이다.

오락회가 끝나고 여학생들은 텐트로 돌아왔다. 이때 누가 성옥을 불렀다. 누군가 보자고 한다는 것이었다. 순간 성옥은 철이를 떠올렸다. 성옥은 나가지 않았다. 하지만 내내 그 아이, 철이 동무가 머리에서 떠나지 않았다. 이러면 안 되지, 잠이 들지 않아도 잠든 척하며 성옥은 자신을 책망했다. 학교에서 연애를 한다고 소문이 나서 퇴학당한 상급 학년 학생의 경우를 떠올렸다. 행실이 단정하지 못하다고 어른들까지 알게 되는 경우를 상상해보았다. 그리고 이런 상상을 하는 자기를 비웃고 경멸했다. 4박 5일 내내 성옥은 철이와 정면으로 만나지 않고 직접 전달해야 하는 이야기도 가능하면 다른 여학생을 시켰다. 그렇게 그 행사는 지나갔다.

함경북도의 가을은 짧고 그래서 소중하고 귀했다. 산천초목이나 농장의 곡식 들만 그런 건 아니었다. 야영에서 돌아와 며칠 지나지 않아 학생들은 소풍을 갔다. 염분 혁명 사적지였다.

사적지 관리원은 '위대한 장군님께서 이곳에 오셔서 우물물을 마시고 사격 연습도 하신 곳'이라며 자랑과 존경심이 치솟은 낭랑한 목소리로 사적지의 유래를 말했다. 학생들은 설명을 듣고 유적지를 둘러보았다. 그러고 나서 오락이 시작됐다. 학생 전체를 홍팀과 청팀으로 나눠 경기를 했다. 이어달리기, 여럿이 함께 발을 묶어 합심해서 속도를 내야 하는 통일열차달리기 등이었다. 점심시간은 이런 경기들이 끝난 뒤었다.

성옥은 근위대에 함께 갔던 춘희와 붙어다녔다. 학생들은 선생님에게 전할 도시락을 모두 가운데 모아놓았다. 성옥은 생선을 덮은 도시락을 선생님께 드렸다. 집에서는 잘 먹어보지 못하는 귀한 반찬이었다. 생선이 생기면 팔아서 옥수수를 살 때였다.

누가 성옥의 등뒤에 와서 툭 건드렸다. 아래 학년 남학생이었다.

"철이 형님이 이거 누나 주래."

남학생은 도시락을 내려놓고 도망가듯 뛰어 달아났다. 성옥은 자기보다 더 즐거워하는 춘희에게 도시락을 풀게 했다. 하얀 떡이 가득 담겨 있었다.

"보위부장이니 이런 떡이 있구나아."

춘희가 비웃음과 부러움을 감추지 않고 말했다. 순간 성옥은 보위부장? 이 말이 무슨 의미지? 생각했다. 난생처음 듣는 단어 같았다. 성옥은 춘희에게 조금 나눠주고 그대로 쌌다. 집에 가져가고 싶었다.

점심시간이 끝난 뒤에 오락을 하고 서너시쯤 학교로 돌아왔다. 학생들이 돌아가고 여남은 명이나 남았을 때 철이가 곁으로 다가왔다.

"나를 따라와. 할말 있어."

누가 눈치챌까 겁이 나서 성옥은 다른 말도 하지 못했다. 철이가 먼저 앞장서서 걸어간 곳은 학교 건물 뒤편 자연 학습관 쪽 작은 숲이었

다. 숲이 작아도 오솔길로 깊이 들어가면 아무도 보이지 않았다. 길이
좁아질수록 성옥의 가슴이 콩닥거렸다. 참고 참았다. 어느 쯤에서 철
이가 등을 돌리고 성옥과 마주설 때까지 가슴은 진정되지 않았다.

"나 너 좋아한다."

철이가 말했다. 성옥은 그 순간 벼락을 맞은 것처럼, 독사를 만난 것
처럼 뒤돌아서서 마구 뛰었다. 숲을 어떻게 나오고 운동장을 어떻게
건너고 집으로 어떻게 왔는지 아무것도 생각나지 않았다. 그저 눈앞
이 하얗기만 했다. 밤이 되어도 그 하얀 건 사라지지 않았다. 밤새도록
그랬다. 눈은 붙였어도 잠들지 못했다. 단 일 초도 잠을 못 잤다. 연애
로 창피를 당하는 젊은 아이들, 동네에 소문이 나서 고개 숙이고 다니
는 부모들, 퇴학당하고 군대도 못 가는 청년…… 성옥은 나쁜 것들만
상상했다. 언제 들어서 기억에 저장되었는지 나쁜 사례들은 끝이 없
었다. 그중 가장 나쁜 건 철이가 보위부장의 아들이라는 것이었다.

오리는 오리끼리.

성옥이 열 살도 되기 전부터 들어온 말이었다. 귀국자들은 귀국자
들끼리 만나서 사귀고 혼인도 해야 한다는 의미였다. 오리들끼리라야
이야기도 할 수 있고 이해도 할 수 있고 도움도 줄 수 있다는 것이었
다. 성옥은 이 말을 하던 어른들이 정말 미웠다. 어버이 수령님과 당
의 품에, 어떻게 오리가 있고 백조가 있단 말인가.

성옥은 반당 행위의 표식 같던 그 말을 한 아버지와 어른들에 대한
분노와 경멸의 감정을 밤새 곱씹었다. 날이 새도록 삭지 않았다.

10. 심장에 남는 사람

　하나원 동기 중에 첫아이의 돌잔치를 한 사람이 있었다. 토요일 저녁에 시간 되는 사람들이 모였다. 거의 모두 와서 방이 비좁도록 앉았다. 저녁상은 풍성했다. 잘살자는 건배에 모두 술잔을 비웠다. 그리고 누가 두번째 잔을 들 때 말했다.

　"당과 수령을 믿고 허리띠 졸라매자!"

　더러는 웃고 더러는 웃지 않았지만 모두 술잔은 비웠다. 자리가 조금 어색해지는 것 같았다. 그때 누가 어린아이 목소리로 노래를 불렀다.

　꼬마 땅크 나간다
　우리 땅크 나간다

　미제 놈을 쳐부수러

달려나간다

　인민학교 일학년에 들어가면 배우는 동요였다. 누구는 웃고 누구는 심각해지고 누구는 눈살을 찌푸렸다. 이때 주인이 기타를 들고 나왔다. 줄을 튕기자 팅, 하고 소리가 울렸다. 잠깐 무슨 생각에 빠졌던 성옥이 그 소리에 고개를 번쩍 들었다. 얼굴에 기쁨이 가득했다. 정말 반가웠다. 경성의 집을 떠난 이후, 더 정확히는 집에서 기타를 강냉이와 바꾼 이후, 오래도록 기타를 쳐본 적이 없었다. 중국에선 구경도 못했고 한국에선 가수들이 치는 걸 화면으로 보았을 뿐이었다. 기타 연주를 잘하는 가수들을 볼 때면 언젠가 여유가 생기면 기타를 사야겠단 생각을 했다. 그리운 것들을 그리워할 때, 기타를 치고 노래를 부르면 그 모든 것들이 가깝게 느껴질 것 같았다.
　성옥이 주인에게 손을 뻗자 기타를 건네줬다.
　"노래하시오. 내 반주를 넣겠소."
　성옥이 말하며 줄을 이리저리 튕겨 음을 맞췄다. 여태 음식상 귀퉁이에서 없는 듯 앉았던 성옥의 그런 반응에 누구는 웃고 누구는 의아해하고 누구는 입을 삐쭉였다. 음을 잡고 일행을 둘러보아도 누가 선뜻 노래를 부르겠다고 나서지 않았다. 성옥은 안타깝다거나 아쉽다는 시늉으로 고개를 살짝 기울였다.
　"그럼 제가 먼저 불러보겠소. 다음 분 준비하기요."
　성옥은 이렇게 말하고 제 앞에 놓인 술잔을 들어 단숨에 비웠다. 두어 사람이 박수를 치며 탄성을 질렀다.
　술기운이 돌기나 했을까. 붉어진 얼굴을 숙여 기타줄에 혼을 부리는 듯 아주 잠깐 짙은 침묵을 불러모은 성옥은 노래하기 시작했다.

인생의 길엔 상봉과 이별
그 얼마나 많으랴
헤어진대도 헤어진대도
심장 속에 남는 이 있네
아아 그런 사람 나는 못 잊어

오랜 세월을 같이 있어도
기억 속에 없는 이 있고
잠깐 만나도 잠깐 만나도
심장 속에 남는 이 있네
아아 그런 사람 나는 소중해

2절은 누가 말하지 않았지만 합창이었다. 주인은 양쪽 옆으로 남조
선 사람들이 산다며 제발 목청을 낮추라고 신신당부를 했다. 하지만
아아, 그런 사람 나는 소중해애애, 하고 긴 여운이 사그라들 때까지
아무도 소리를 낮추지 않았다. 어느 부분에선가 입을 닫고 합창소리
를 듣던 성옥은 소중해……에 맘이 붙어 쉬 떨어지지 않았다. 소중한
사람, 그 누군가가 성옥의 가슴이 쓰라리도록 비집고 들어왔다. 인호
를 비껴 철이가, 철이를 비껴 인호가……
"동무들!"
이때였다. 함흥 이모가 발끈한 목소리로 말했다. 성옥의 가슴은 오

그라들었다. 차라리 다행이었다. 막 눈물이 쏟아질 것 같았다. 덕분에 누가 비집고 들어올 틈이 순식간에 사라졌다. 함흥 이모는 이곳에 온 지 벌써 오 년이 넘었다. 그런데도 북조선 사람들의 생활감정이 고스란히 밴 혁명적 표정을 간직한 많지 않은 북한 사람 중 한 명이었다. 주인이 손가락을 입에 세로로 세우고 걱정스런 표정으로 이모를 바라보았다. 이모는 아랑곳하지 않았다. 성옥은 흘깃 보고 고개를 숙였다. 동기들은 이모가 무엇을 하려는지 모두 알았다. 우리가 우여곡절 끝에 여기 와서 빌어먹지만 조국에 대한 충성심을 잃으면 안 된다는 비장한 연설이 시작될 것이었다. 자신은 오고 싶어 온 것이 아니며 고난의 행군도 충성심 하나로 이겨낼 수 있었는데 시누이의 꼬임에 빠져 여기까지 왔다고 말할 것이었다. 이모의 이런 태도는 날이 가면 갈수록 심해졌다. 처음엔 남한의 발전한 모습, 경제적 풍요로움, 그리고 모든 부문의 무한 자유 등에 대해 침이 마르도록 칭찬했다. 그 칭찬이 조금씩 경멸과 환멸로 바뀌기 시작한 건 일 년이 채 못 되어서였다. 정직하면 살 수 없고 책임을 다하려 하면 모욕받고 이웃에 친절하면 바보 취급 당한다는 등의 몇 가지 이유를 댔다. 결국 이모는 남한이 식민지라거나 미제의 괴뢰라는 표현까지 서슴지 않았다. 함흥 이모는 군수 공장에서 일했던 당원 출신이었다.

"간첩 아이오?"

청진 삼촌이 갈고리같이 거친 손을 들어 이모를 가리키며 낮은 소리로 말했다. 소리는 낮아도 복잡한 심정이 고봉밥처럼 얹힌 목소리였다. 그 말을 들은 일행이 눈을 휘둥그레 떴다. 누구는 비웃고 누구는 한심하다는 표정이었고 누구는 대리 만족을 느끼는 모습이었다.

이모는 대꾸하지 않았다. 입을 굳게 다문 얼굴엔 불안과 절망 그리고 회한과 자포자기의 심정이 얼룩처럼 번지고, 일렁였다. 방 안엔 잠깐 동안 주체할 수 없는 침묵이 고였다.

"김일성 김정일에게 아부해서 잘 먹고 잘산 것들이 여기 와서도 특별 대접받고 잘산다더라."

야채 도매시장에서 청소부로 일하는 쉰여섯 살의, 온성에서 온 아저씨였다. 그 말에 고개를 끄덕이는 사람, 그런 걸 이제 와 따져 무얼 하겠느냐, 여기서 서로 이해하며 잘살면 된다, 이런 생각을 하는 사람들이 서로 눈짓하거나 외면하거나 하였다.

"고난의 행군 시절에 도강한 인민들은 모두 착하게 살았다! 쌀 한 톨 남의 것 도적질해 먹지 않은 사람들이다. 그런 사람들만 불쌍하다!"

온성 아저씨가 말했다.

"여기서도 착하게 살지요."

고개 숙인 아주머니가 중얼거렸다. 성옥은 가파르게 가라앉는 술자리의 흥을 북돋울 노래가 뭘까 생각하다가 그만뒀다. 음식이 풍성하고 술이 아깝지 않고 고향 말투가 거침없이 흘러나오던 돌잔치 상머리는 이제 더이상 흥청거리지 않았다. 음식과 술과 고향으로는 해결되지 않는 것이 너무 많았다. 함흥 이모라고 행복한 것은 아니었다. 한 번도 해보지 않았던 일, 대형 식당의 끝도 없는 설거지와 바닥 청소로 처음엔 목에서 피가 올라왔다. 하혈도 했다. 그러고도 특권층이었다고 책망받는 건 억울했다.

이날 함흥 이모가 비장한 목소리로 김일성 장군의 노래를 부른 이유를 자신도 이해하지 못했다. 이모의 노래가 다 끝나기도 전에 집주인 남자와 청진 아저씨가 멱살잡이를 하고 함경도 지방의 쌍간나로 시작하는 욕을 마구 뱉었다.

"왜서 저리 하오?"

노래를 겨우 마친 이모가 그들을 보고 중얼거렸다.

이런 일은 다반사였다. 반갑게 만났다가 술이 들어가면 상대가 알아채지 못하는 감정으로 울화가 치민 누군가가 시비를 걸고 기다렸다는 듯이 싸우곤 했다. 이는 마치 모임의 순서 같았다. 자기의 상처나 불행이나 공포 따위에 누군가 책임을 져주길 바라는지 몰랐다. 그러다가 울고 피 흘리고 멍들고 토하고 얼싸안고 길바닥에서 잠들고 문득 투신자살 같은 걸 상상하고 예감하며 뿔뿔이 흩어졌다. 그런 사람들은 한 달도 지나지 않아 고향 사람들의 소식을 궁금해하고 모임이 있을 땐 반기지 않아도 먼저 달려가곤 했다. 줄담배를 피우고 술을 마시고 돈을 생각하고 죽음을 생각했다. 대개 그랬다. 배정받은 아파트도 팔아버리고 빈털터리가 되거나, 노숙자가 되었고 범죄 조직의 말단에 들어가기도 했다. 자존을 버리며 할 수 있는 모든 것들을 했다. 고향이 있지만 갈 수 없고 멀쩡히 살아 있는 부모님이 그리워도 볼 수 없는 그들은 부모 형제가 죽어 홀로 남은 사람들보다 더 바스러지고 망가진 정서를 가졌을지 몰랐다.

성옥은 그 집을 먼저 나왔다. 지하철을 타고 돌아오면서 성옥은 하나원 기수 전체가 모이지 않은 게 참 다행이다, 나도 이제 저런 모임에 나가지 말아야지, 생각했다. 기수들 중에는 이미 죽은 사람, 연락이 두절된 사람, 절대로 참석하지 않는 사람 들도 있었다.

남혁은 북한 사람들의 모임에 나가지 않았다. 몽골을 통해 들어올 때 죽어가는 자기를 구해줬다고 믿는 성옥이 그가 의지하는 유일한 북한 사람인지 몰랐다. 그리고 같은 학교에 다니는 새터민 정도가 다였다. 그런 태도를 취하는 남혁이 성옥은 얄미웠다. 하지만 현명하단 생각이 들지 않는 건 아니었다. 부럽기도 했다. 북한에서 경험했던 생활의 차이 때문일지도 몰랐다. 남혁은 사회 기반이 허물어진 중심에 있던 아이였다. 부모가 사라진 아이들끼리 뭉쳐 꽃제비로 돌아다니고 도둑질을 하다가 열다섯 살이 되었을 때 두만강을 건넜다.

'남한에서 잘살고 싶으면 남한 사람이 되라!'

성옥은 남혁이 했던 그 말을 마음에 써보았다.

그런데 이 순간 고향이 그리워졌다. 언제나 그랬다. 여기서 잘살아야지, 대한민국이 내 나라지, 이런 생각을 하면 마치 기다렸다는 듯이 고향이 그리워지고 목이 메고 눈시울이 시큰거렸다. 아직은 그랬다.

어머니가 보고 싶었다. 아버지가 돌아가신 뒤로 홀로 남은 어머니. 성옥이 보내준 돈으로 작은 집을 사서 혼자 산다. 남한에 오면 행복하게 근심 걱정 없이 살 수 있다고 말해도 어머니는 한결같았다. 아버지의 산소를 지켜야 하고 나이들어 고향 같은 이곳을 뜰 수가 없다는 것이다. 비록 태어나진 않았지만 이젠 '고향 같은 곳'이라고 했다.

어머니의 마음이 고스란히 전달되어 성옥은 입술을 깨물며 울음을 참았다가 전화를 끊고 나면 엉엉 울었다. 어머니를 만날 희망이 없다는 게 확연해지면 성옥은 미칠 것 같았다.

미칠 것 같을 때 명숙 이모의 언니 정숙을 떠올리곤 했다. 세 살에 버려져 죽지 않고 살면서 동네의 천덕꾸러기였을 그녀. 자라면서 사람들이 욕하는 부모의 이야기를 듣게 되었을 것이다. 부모가 얼마나 모진 사람인지 아느냐. 머슴살이하다가 완장을 차고 부자와 배운 사람 들 찾아서 얼마나 행패를 부렸는지 아느냐. 가을에는 벼이삭을 들고 낱알까지 세어서 공출해갔다. 골수 빨갱이는 사람도 아니다. 그러니 핏덩이 자식을 버리지 않았겠느냐……

부모를 부정하는 이야기를 들으며 거지로 살아왔을 그 여자. 안팎으로 자기 생존의 근거를 부정당하고 살아남았을 고아. 그런 고아의 정신세계는 황폐해서 영원히 성장할 수 없을지도 몰랐다.

돌아보면 성옥은 태어나 스무 살이 되도록 살았던 고향에서 철이가 보여줬던 친절과 배려 외에 다른 무언가를 받아본 기억이 없었다. 뜨겁고 황홀하고 두렵던 느낌도 마찬가지였다. 한 사람이 자기와 온전히 하나로 겹쳐지는 환영, 그 쓰라린 몽환의 나날들도 처음이고 마지막이었다. 때때로 남한에 와서 처음 만난 인호를 생각하면 이것이 연애인가? 혹시 사랑인가? 그런 의문이 들기도 했지만 그건 상상을 벗어나지 못하는 감정이었다. 자신과는 너무 다른 사람 같아서 그 사람의 생활 문턱에도 기웃거릴 수 없었다. 다만 고마운 사람, 은혜를 입은 사람, 언젠가 그런 것을 갚고 싶은, 그런 사람이었다. 아니, 그런 사람일 뿐이라고 성옥은 굳게 믿었다. 어쩌다 불쑥불쑥 스며드는 그리움 같은 것이 감지될 때면 성옥은 부리나케 자기 감정을 단속하곤 했다.

서울에 와서 이성으로 만나본 남자가 아주 없지는 않았다. 교회의 권사님으로부터 소개받은 제빵 공장 직원, 결혼해서 지방에 살고 있는 무산 출신의 여자가 소개한 정비업소 기술자 등등. 하지만 어느 누구도 두 번을 만나지 못했다. 그들은 모두 결혼을 전제로 만나는 것인데 성옥은 연애조차 두려웠다. 늘 그랬다. 지금도 여전했다. 그들에게 털어놓을 수 없는 과거들이 현재진행형으로 가슴에서 꿈틀대는 느낌을 성옥은 모른 체할 수 없었다. 과거의 확연한 움직임은 태동하는 자궁의 아이 같았다. 특히 중국에서의 기억들.

경험은 잊히는 게 아니라 잠드는 것인지 몰랐다. 과거는 사라지거나 멀어지는 것이 아니라 현재와 겹쳐지는 것이리라. 어느 지점에서 그것들이 한꺼번에 꽁꽁 얼거나 혹은 드문드문 상하거나 여기저기 피를 흘리다가 저절로 아물거나 그럴지도……

가을 소풍을 다녀오면 곧 가을 동원이 시작되었다. 모내기와 파종이 바쁜 봄철 동원은 대개 육십 일이지만 가을 동원은 십오 일이었다. 그해 가을 동원은 용현협동농장에서였다. 학생들은 줄을 서서 삼십 리 길을 걸었다. 하지만 성옥은 '식량 정지' 서류를 떼는 것이 간단하지 않아 일행에 합류하지 못했다. 식량 정지는 성옥이 보름 동안 집밖에서 밥을 먹기 때문에 기업소에 신고해서 배급의 이동을 신청하는 것이다. 그런데 이때 아버지가 몸이 아파 장기간 도자기 공장에 출근하지 못해 읍사무소에 가서 서류를 떼어야 했다. 사무소에선 무슨 연유인지 곧장 서류를 주지 않았다. 성옥은 학교에 가서 선생님께 이런 사유를 설명하고 하루 늦게 출발하겠다고 말했다. 그런데 철이가 다가오더니 자신도 내일 가야 한다며 성옥이네 집으로 데리러 오겠다는 말을 했다. 어리둥절해서 혼자 가겠다고 난 싫다고, 그렇게 말할 짬도 못 냈다.

다음날 오전 성옥이 배낭을 메고 나오자 집 앞에서 기다리던 철이가 말없이 앞장서서 걸어가기 시작했다. 다섯 발짝쯤 앞서기도 하고 열 발짝쯤 앞서기도 하고 모퉁이를 돌 땐 서로가 보이지 않기도 했다. 성옥의 발걸음으론 철이를 따라잡을 수 없고 철이가 아무리 느리게 걸어도 성옥에게 맞출 수는 없었다. 잠자리는 떼로 날아오르고 단풍든 나뭇잎들은 흔들거리고 나뭇잎엔 햇살이 미끄러져 반들거렸다. 파랗게 자란 무와 배추, 누렇게 익은 벼와 벼를 베는 학생들과 군인들이 길가의 먼 벌판으로 보였다. 코스모스 위로 희롱하듯 앉았다가 바람둥이처럼 훌쩍 날아오르는 잠자리들. 흙이 뽀얗게 마른 길에선 바람이 불지 않아도 하얀 흙먼지가 춤추듯 바닥에서 몸을 추켜들고 한바탕 굽이치다가 사라지곤 했다. 개울가의 물 위엔 햇살이 만든 보석들이 개구쟁이들처럼 반짝였다.

성옥은 짐짓 그런 것들을 바라보며 걸었다. 마치 혼자인 것 같았다. 하지만 그렇게 걷다보면 저 앞에서 등을 보이고 서 있는 사내아이가 있었다. 성옥은 이를 악물고 걸음을 늦췄다.

철이가 용천다리 위를 걷고 있었다. 성옥은 분홍 코스모스 꽃잎에 앉은 잠자리를 잡으려다가 멀어진 철이를 보고 저도 모르게 걸음을 재촉했다. 싫고 긴장되고 좋고 부담스럽고 가슴이 아리고 뻐근하고 부풀고 저미는 감각들에 시달리며 성옥은 바지런히 걸었다. 철이가 다리 난간에 기대서서 성옥을 기다렸다. 성옥은 다리 아래를 바라보며 모른 척 걸었다. 빨리 오라! 소리쳐도 괜찮았을 것이다. 좀 기다려! 화를 내도 좋았을 것이다. 하지만 터져야 할 모든 것들이 터지지 못하고 가슴팍만 뻐근하게 잡아당겼다.

성옥은 철이 때문에 더 기진맥진한 것이라고는 생각하지 못했다. 그애라는 존재가 자신의 초라함을 돋보이게 해서라곤 생각하지 않았다. 학생이기 때문에 학교의 규칙을 따르고, 그것이 당과 수령에 대한 충성심이라고 믿을 뿐이었다.

하지만 성옥은 병명이 없는 병에 걸린 것처럼 기운을 차리지 못했다. 옥수수밥도 한 그릇 다 먹을 수 없는 어려운 상황이긴 해도 굶는 건 아니었다. 그런데도 자꾸 몸이 처졌다. 벼 베기를 할 때 남학생은 일곱 줄을 맡고 여학생은 다섯 줄을 베도록 정해졌다. 일렬로 선 학생들이 일제히 한 주먹에 일곱 포기, 다섯 포기씩 베면서 앞으로 나아갔다. 이렇게 한 배미 논의 수확이 끝나면 일제히 다른 논으로 가서 같은 방식으로 일을 하는 것이었다. 성옥은 해마다 하는 일이어서 벼 베기가 서툴지는 않았지만 속도가 느렸다. 한참 하다가 옆이 허전해서 돌아보면 다른 학생들이 베고 앞으로 나간 뒤여서 까칠한 그루터기만 횅히 남아 있었다. 고개를 들면 이미 다른 논으로 간 아이, 손이 닿지 않게 앞선 아이 들뿐이었다. 성옥은 눈에 띄게 뒤처지는 것이 싫어도 힘이 달려 어쩔 수가 없었다. 이렇게 손은 처지고 마음은 급할 때였다. 성옥의 반대편에서 철이가 벼를 베어오고 있었다. 아무 말도 없이 성옥 몫의 벼를 다 베어주고서야 자신의 일을 하러 돌아가곤 했다. 하루종일 그랬다. 철이가 도와주지 않았다면 성옥은 혼자 늦도록 벼를 베야 했고 그런 태도는 불성실하게 보였을 것이었다. 그러나 성옥은 고맙다고 인사하지 않았다. 도리어 얼굴을 찡그렸고 심지어 찬바람을 일으키며 외면했다. 철이의 태도를 지켜본 남학생들이 휘파람을 불며 야유를 뿌리고 여학생들의 시선은 질투로 흔들렸다. 성옥은 자신의 주변이 옥죄어오는 기분을 느꼈다. 철이가 주위를 서성거리거나 무언가 말을 걸려는 눈치가 보이면 팩 돌아서서 딴전을 피우거나 자리를 옮겼다. 당연히 서로 해야 할 말도 다른 아이를 사이에 두고 말을 전하고 전해받았다.

사흘째 되는 날 밤 비가 내렸다. 가을날이 가을답지 않게 후텁지근하더니 기어코 비가 내린 것이었다. 함경북도의 가을은 짧고 밤은 이미 겨울이었다. 고단한 노동을 하고 돌아온 학생들은 저녁에 평가와 오락을 했다. 그리고 밤엔 추위를 견디며 잠을 청했다.

새벽녘이었다. 성옥은 몸이 시려 눈을 떴다. 이불이 축축했다. 천장에서 비가 새어 이불을 적신 것이었다. 새벽이라고 해도 아직 캄캄했다. 샛별도 지기 전이었다. 여학생들의 사정을 알게 된 선생님은 남학생 당번을 불러 지붕에 올라가보라고 말했다. 그러나 지붕에 올라간 학생은 철이었다. 철이는 비를 맞으며 지붕을 고친 뒤에 내려왔다. 선생님은 철이가 지붕에서 내려오자 역시 성실하고 부지런하다며 칭찬했다. 여학생들은 그의 영웅적 희생정신에 대해 손뼉을 쳐서 칭찬해줬다. 성옥도 손뼉을 쳤다. 말로는 할 수 없고 표현도 잘 되지 않는 따뜻하고 부드러운 감정이 아지랑이처럼 피어오르는 걸 느꼈다.

비는 밤에만 내리기로 작정한 듯 아침이 되자 가을해가 쨍하고 났다. 비에 먼지가 씻긴 대기는 청결하고 단풍의 색깔은 모두 제빛을 드러냈으며 잠자리는 이별을 예감하듯 비상이 아릿해 보였다.

이날 벼를 베다가 성옥이 낫으로 손가락을 벴다. 벼는 한 포기도 베이지 않고 엉뚱하게 약지의 두번째 마디가 너덜거리게 베였다. 피가 뚝뚝 흘렀다. 성옥의 비명을 듣고 아이들이 다가왔다. 선생님이 비상

약을 찾는 동안 철이가 제 바지 속주머니를 찢고 바지 밑단을 찢어 성옥의 손가락을 맸다. 성옥은 철이가 말없이 그렇게 하는 동안 입을 악물고 있었다. 숨은 거칠고 목이 탔다. 그래도 참고 견디었다. 선생님이 철이가 하는 행동을 내려다보면서 작은 웃음소리를 냈다. 성옥은 그 웃음소리를 듣는 순간 철이가 미워졌다.

가을 동원 보름 동안, 결국 철이가 성옥을 좋아한다는 소문이 야금야금 퍼졌다. 소문은 성옥의 주변에만 보이지 않는 막을 쳐놓고 교묘하게 거미줄처럼 이어졌다.

가을 동원에서 돌아온 뒤, 철이는 후배를 시켜 성옥에게 만나자고 여러 번 말했다. 성옥은 어림도 없다고, 후배가 무안하도록 매정하게 꾸짖어 돌려보냈다. 겨울이 이르게 왔다. 눈이 내렸다. 눈발이 가늘고 마른 눈이었다. 이런 눈은 오래도록 내려서 길을 덮고 나뭇가지를 늘어뜨리거나 부러뜨렸다. 마지막 겨울방학이 다가오던 즈음이었다.

성옥은 집 근처에 우두커니 서서 자신의 집을 바라보는 철이를 몇 번 보았다. 성옥은 더럭 겁이 났다. 담임 선생님에게 철이를 고발한 건 성분이 불분명한 두려움 때문이었다. 읍내의 다른 학교 여학생이 연애를 하다가 자살한 사건이 며칠 전에 일어나서 온통 그 소문으로 떠들썩했다.

다음날 선생님이 성옥과 철이를 불렀다. 두 사람을 앞에 놓고 학생은 연애를 할 수 없고 그것이 알려지면 퇴학이라고, 퇴학을 당하면 평생 불명예스럽게 살아야 한다고 엄포를 놓았다.

성옥은 이제 살았다, 그런 기분이 들었다. 안심이 되었다. 물건들이 놓여야 할 자리에 놓인 것 같은 안정감이 반가웠다. 하지만 잠자리에 누웠을 때 그저 눈물이 주르르 흘렀다. 그것이 철이 때문이라고는 생각하지 않으려 애썼다. 무언가 놓치면 안 될 것을 놓친 황망한 느낌에 잠을 이루지 못했다.

어머니는 여전히 경성에서 도자기를 싼값으로 사서 다른 곳으로 팔러 다녔다. 간경화에 뇌경색을 앓는 아버지는 우울증과 무기력증까지 겹쳐 누워 지냈다. 귀국자 후배가 문안을 오면 일어나 앉아서 그 몸으로 술을 마시고 낮은 소리로 당을 비판하고 김일성과 김정일을 비열한 목소리로 능멸했다. 김일성에 속아서 귀국한 자신의 운명을 비관하고 한탄하고 울었다. 성옥은 이럴 때의 아버지가 정말 싫고 창피했다.

학교로 나오는 학생들이 조금씩 줄기 시작했다. 선생님이 알아보라고 해서 그 집에 가보면 집이 텅 비었거나 배가 고파 노랗게 뜬 얼굴로 누워 있었다. 아마 성옥과 선생님의 얼굴색도 그랬을 것이다. 성옥은 학교에 가기 싫었다. 당과 수령님을 믿고 평범하게 살기만을 원했던 자신, 그것이 인민의 삶이라는 신념은 성옥의 정신에서 빛이 바랬다. 아버지가 의대에 가라고 했을 때 성옥은 비웃었다. 그래도 미워하면 닮아가는 것이란 생각은 하지 못했다.

그사이 더러 철이가 성옥이네 집 근처에 와서 만나기를 원한 적은 있었다. 하지만 성옥은 단 한 번도 철이를 만나지 않았다. 철이는 잘살 것이었다. 그애의 신분에 맞는 생활을 할 것이라고 생각했다.

이윽고 철이가 입대한다는 소식이 들렸다. 천진에서 집결한 입대자들이 기차를 타고 군부대로 가다가 경성역에서 십 분 동안 정차하면 그때 가족과 친지를 만난다는 이야기도 들었다. 철이는 이때 성옥이 역에 나와주기를 바란다는 간절한 편지를 보냈다.

역에서 십 분.

성옥은 마음이 복잡했다. 철이가 군에 가면 적어도 칠 년에서 십 년 동안은 볼 수 없을 것이다. 철이가 자신에게 아무것도 아니더라도 한 번 만나는 건 괜찮을 것 같았다. 성옥은 기차가 정차하는 '십 분 동안'을 생각하며 역으로 나갔다. 성옥이 생각하는 시간은 움직이지 않고 정지한 사물이었다. 그 십 분이란 사물을 보기 위해 경성역에 닿았을 때, 작별로 아수라장일 거라 상상했던 장면은 어디에도 남아 있지 않고 파장한 시장판처럼 썰렁하고 황량하고 스산했다. 그 순간, 성옥은 불현듯 깨달았다. '시간'은 멈추는 게 아니라 흐른다는 것을.

성옥은 지나간 시간을 깨닫는 순간에 가슴이 펑 뚫리는 걸 느꼈다. 땅바닥에 주저앉을 힘도 남지 않고 흘러나갔다. 어떻게 살지? 누군가 이렇게 말하는 소리를, 자기 내면으로부터 들었다. 가을날의 오후는 갑자기 저녁으로 빠져들고 밤은 가파르게 달려왔다.

성옥의 사랑이 시작되었다. 가을이 겨울을 향해 가던 바로 그날로부터였다.

말할 수 없어서, 상대가 알 수 없어서, 그가 오해해서, 열아홉 살 성옥의 순정과 열정은 모두 짝사랑이었다. 그러나 사랑보다 절박한 나날들이 기다리고 있었다. 하루하루 제 목숨을 느끼는 날들, 옥수수 알갱이를 세어서 죽을 끓여야 할 때, 사랑은 성옥의 내면 어딘가에 집을 지었다. 아주 작아 부서지지 않고 병들지 않고 불에 탈 것도 없는 작고작은 집, 하나였다.

11. 소설가를 만나다

성옥은 마치 중병에 걸린 것처럼 두어 주일을 보냈다. 뚜렷하게 아
픈 데도 없이 기운을 잃은 건 기억 속 철이를 불러낸 '자유연애' 탓도
있었지만, 어머니와의 통화 때문이기도 했다. 어머니는 지낼 만하다
고 말했지만 '그러니까 이리 오라'고 화를 내는 성옥의 말에는 여전히
대꾸도 하지 않았다. 그다음 말은 들으나 마나였다. 당신이 떠나면 아
버지 산소는 누가 돌보냐, 명절에 아버지 좋아하는 술이라도 부어놓
고 벌초할 사람이 어디 있느냐, 너라도 거기서 자리잡고 좋은 세상 살
면 그것으로 엄마는 행복하다고 말했다. 성옥은 더이상 조르지 않았
다. 예전처럼 김정일이 그렇게 좋으냐, 거기서 뭘 먹겠다고 있느냐,
속고 사는 게 그렇게 좋으냐…… 막말로 화를 내지는 않았다. 모두
부질없었다. 어머니가 와서 둘이 돈 벌면 행복하게 살 수 있다, 올 수
있는데 세상에 딱 둘인 모녀가 왜 헤어져 사느냐, 어머니가 아프면 누
가 돌보고 자신은 어머니가 아파도 간호할 수 없으니 어떻게 살란 말

이냐, 울고불고하는 것도 이제 지쳤다. 당신은 새로운 인생을 살기엔 늙었다고 그랬다. 인생에서 늙는다는 게 무엇인지, 성옥은 아직 몰랐다. 늙은 몸, 늙은 마음, 늙은 느낌은 아직 성옥의 것이 아니었다.

몸이 나른하고 자리에 누우면 다시 일어나지 못할 것 같은 날에도 김밥을 마는 아르바이트는 놓치지 않았다. 밤새워 김밥을 말면 팔만 원을 받을 수 있었다. 김밥 천 개를 말고 나면 목덜미가 뻐근하고 팔이 얼얼했다. 그래도 팔만원을 생각하면 못 견딜 게 없었다. 김밥집이 문을 닫는 밤 열시부터 다음날 이른 아침 여섯시까지 일했다.

성옥은 함께 김밥을 싼 여자 둘과 찜질방으로 갔다. 중국 흑룡강성에서 온 한족 아주머니와 강원도 정선에서 온 대학생이었다. 성옥이 혜교의 전화를 확인한 건 옷장을 열었을 때였다. 그저 습관처럼 핸드폰을 들여다보았다. 정오 무렵이었다.

"혜교야! 웬일이니? 너 이제 잠잘 시간 아니야?"

성옥이 물었다. 밤일을 하는 혜교는 이 시간이면 한밤중일 터였다. 혜교는 정해놓고 나가던 술집에서 나와 요즘은 노래방 일을 했다. 전화가 오면 노래방에 나가 술도 마시고 노래도 부르고 춤도 추고 말동무도 해주는 일이었다. 고객이 원하면 2차도 나갔다. 한 달이면 적게는 삼백만원, 많이 벌 때는 육백만원 정도 됐다. 혜교는 돈으로 옷을 해 입고 돈으로 밥해 먹는다고 돈에 넌덜머리난다는 투로 말하곤 했다. 그런 말을 들을 때 성옥은 웃을 수도 욕을 할 수도 없었다.

"너 정아라고 알지?"

혜교가 물었다. 평소 가녀린 목소리의 혜교답지 않아 성옥은 문득 긴장했다.

"니가 중국어 가르쳤다고 안 그랬니? 무산에서 온 아 말이다! 나한테 한번 데리구 왔재야."

혜교가 말했다. 성옥은 혜교의 말 하나하나를 따라가다가 불현듯 정아가 누군지 깨달았다. 십일 평 좁은 아파트에서 어머니의 세번째 남편인 한국인 계부와 함께 사는 아이였다.

"정아가 떨어져 죽었단다."

혜교가 무뚝뚝하게 말했다.

"언제?"

"엊그제 장사 지냈단다. 나두 무산에서 온 사람한테 들어 알았다."

성옥은 아무 말도 하지 않았다. 성옥이라고 아니? 성옥이가 떨어져 죽었다! 왜 이렇게 들었다고 상상하게 될까. 성옥은 온몸이 시려서 견딜 수가 없었다. 몸이 얼어붙고 오한이 나서 전화기를 들고 주저앉았다. 왜서? 왜서 그랬다니? 묻고 싶었지만 그 말이 입 밖으론 나오지 못했다. 맵도록 차가운 삭풍이 몸에서 나오고 몸밖에서도 들어와 몸 안팎을 휘감았다.

"야, 성옥아. 니 왜 그러니? 내 말 들리니? 우리집으로 와라."

혜교는 성옥이 걱정되어 이렇게 허둥지둥 말했다. 말하면서 기침을 하느라 말이 툭툭 끊겼다.

일이 있어 먼저 간다는 성옥을 흑룡강성 아주머니와 정선 학생이 근심스럽게 쳐다보았다. 없는 사람은 몸뚱이가 보배라고 아주머니가 서툰 한국말로 걱정해줬다. 성옥은 찜질방 앞에서 택시를 탔다.

탈북자가 자살하는 일은 흔했다. 뉴스로 보도되지 않는 것도 많다. 하지만 성옥이 잘 아는 탈북자, 그것도 꽃다운 나이에 그렇게 생

146

을 끝낸 이는 처음이었다. 혜교네 집까지 가는 길지 않은 시간 내내 성옥은 무서워서 견딜 수가 없었다. 저만큼 집을 앞에 두고 택시에서 내렸다. 걷고 싶었다. 달리고 싶었다.

방으로 들어서는 성옥을 보고 혜교가 놀랐다. 얼굴이 새하얗게 질려서 금방이라도 초상을 치를 것 같은 불길한 예감이 들었다. 사실은 혜교도 몸이 안 좋았다. 감기 기운이 떨어지지 않았다. 약을 먹어도 차도가 없었다. 녹용이 든 보약을 지어서 반도 먹지 않은 채 냉장고에 넣어뒀고 몸에 좋다는 홍삼도 여러 종류가 있었다. 호주산 뉴질랜드산 미국산 등 여러 종류의 비타민이 진열장 위에 그득했다. 어떤 땐 마약을 먹어볼까, 그런 생각도 들었다. 은근히 그런 유혹을 하는 손님도 있었다. 그렇지만 혜교는 야멸차게 거절했다. 돈에 환장하고 체면 차릴 것 없다고 생각하는 탈북자들 중에 마약 운반으로 돈을 버는 사람이 있다는 소문이 돌았다. 마약을 하다 들켜 동거인을 살해하고 결국 그 자신도 목을 매 숨진 탈북자도 있었다.

성옥은 전기장판 위에 누웠다.

"널 보니까 살겠다."

성옥이 이불 속에서 손을 내밀어 혜교의 손을 찾으며 아픈 목소리로 중얼거렸다. 혜교의 눈에 금방 물기가 어렸다. 강을 건너고도 울지 않고 말도 통하지 않는 산골의 중국인에게 팔려서도 울지 않던 젊은 여자들이 정작 한국에 와서는 눈물을 감추지 못했다. 마음이 얼면 눈물도 얼고 긴장이 풀리면 눈물도 녹는 것일지 몰랐다.

정작 성옥과 혜교는 죽은 정아에 대해선 이야기하지 않았다. 하나마나 뻔했다. 죽고 싶은 심정을 이해했다. 자기 생의 앞길이 막막해서 아무것도 보이지 않고, 길을 가로막은 사람은 너무 강해서 대적할 수 없을 때 살해하듯 자해하게 됐다.

혜교는 맛있는 걸 먹자고 성옥을 졸랐다. 성옥은 햇볕 속으로는 나가고 싶지 않았다.

"우리는 왜 사니?"

성옥의 물음에 혜교가 악을 쓰듯 웃었다. 성옥은 기괴하게 웃는 혜교를 쳐다보다가 자신도 그렇게 웃었다. 혜교는 중국집에 전화해 요리를 주문했다. 탕수육과 해삼전복요리였다. 중국술도 함께 시켰다. 술도 시키라고 한 건 성옥이었다. 그리고 너무 비싸지 않느냐고 인사치레를 했다.

"내가 야 돈덩어리다!"

혜교가 소리쳤다. 성옥은 이불을 걷어냈다. 추위가 사라지자 이내 더워졌다.

"남자들이 내 몸에 돈을 쑤셔넣는다."

혜교가 아무렇지 않게 말했다.

"언제까지 그렇게 벌래?"

"돈 모아 옷장사 할 거다. 그런데 너 무슨 건설업자란 남자 만나니?"

혜교의 말에 성옥은 웃었다. 건설업자가 아니고 건축가라고 고쳐 말하고 싶었지만 그럴 필요가 있을까 생각되었다. 혜교는 한번 꺼낸 이야기를 접지 않았다. 그가 널 좋아하는 거라니, 괜찮다면 움켜잡으라니, 죽은 목숨인데 못할 게 뭐가 있느냐니, 사람이 젊어서는 건강을 위해서라도 연애를 해야 한다느니 마구 말했다. 듣기만 하던 성옥이 한숨을 푹 내쉬었다.

"노래방에 가면 북조선 노래도 하니?"

성옥이 일어나 앉으며 물었다. 혜교가 눈을 하얗게 흘겼다. 어림도 없다는 말 같았다.

"그런데 여기 사람들 참 웃겨. 내가 북한에서 왔다는 거 알면 거기 노래 해보라고 아주 애걸을 한다. 〈심장에 남는 사람〉 불러주지? 좋아죽어."

혜교가 웃으며 말했다. 성옥은 웃지 않았다. 음식이 왔다. 주문하지 않은 군만두가 덤으로 얹혀 있었다. 성옥은 중국음식을 앞에 두고 김밥 냄새가 올라와 구역질을 느꼈다. 빈속에 배갈 한 잔을 한입에 털어넣었다. 혜교가 재미있다는 듯 바라보며 생글거렸다.

"돈이 좋구나. 하고 싶은 걸 주체적으로 할 수 있으니."

성옥이 흐늘거리는 목소리로 말했다.

"돈이 수령님이다!"

혜교가 말했다. 성옥이 쓰디쓰게 웃었다. 독한 술이 오장육부를 훑고 혈관을 타고 흘러 뼛속으로 파고드는 느낌을 감지했다. 두 잔째의 술을 비우고 세번째 잔을 채웠다. 혜교가 전복을 집어주면 못 이겨 받아먹었다. 그런 혜교는 정작 음식을 먹지 못했다. 소화가 잘 안된다고 했다. 어떤 땐 헛구역질이 난다며, 죽을라나? 농담하며 웃었다. 성옥은 눈을 흘기고 다시 잔을 비웠다. 그리고 스스로 잔을 채웠다. 술기운이 뜨겁게 몸을 데웠다. 술이 참 좋다고 술에게 감사하고 싶었다. 술이 있으니 죽지 말아야지, 생각했다.

아아 그러언 사아람 나아는 못 이져어어……

성옥이 노래했다. 혜교가 눈을 반짝 뜨고 성옥을 쳐다보며 차였나?
생각했다.

아아 그러언 사아람 나아는 못 이져어어, 다시 성옥이 흥얼거렸다.

"기타 칠래?"

혜교가 물었다. 성옥이 황홀한 시선으로 혜교를 바라보았다. 혜교
가 작은방에서 기타를 가져왔다. 성옥은 기타를 치며 〈심장에 남는 사
람〉을 연거푸 두 번이나 노래했다. 중간중간 혜교가 함께 불렀다.

아아 그러언 사아람 나아느은 소오주웅해애애······

성옥이 목이 메어 더이상 노래할 수 없을 때 기다렸다는 듯이 침묵
이 몰려와 두 사람을 덮쳤다.

"혜교야. 난 죽지 않을 거야. 악착같이 살아남을 거야. 철이를 기다
릴래. 하나원에 와서 철이가 나를 찾을지 몰라. 그런 날이 올지 몰라.
죽기 전에 통일이 되면 만날지 몰라아. 죽지 않을래. 아아 그러언 사
아라암 나아느은 소오주웅해애애······"

성옥이 술주정을 한다고 혜교는 생각했다. 하지만 성옥을 따라 인
생의 길에 상봉과 이별 그 얼마나 많으랴 헤어진대도 헤어진대도 심
장 속에 남는 이 있네 아아 그런 사람 나는 못 잊어 오랜 세월을 같이
있어도 기억 속에 없는 이 있고 잠깐 만나도 잠깐 만나도 심장 속에
남은 이 있네 아아 그런 사람 나는 소중해, 같이 불렀다. 그러자 혜교
의 눈에서 눈물이 흘러내렸다. 심장에 남는 사람, 죽을 때까지 기다릴
사람, 그런 사람이 있는 성옥이 샘이 나게 부러워서였다. 밤마다 만나
는 여러 남자들, 심지어 단골이 된 남자들도 많았지만 그리움은커녕
자신의 생을 좀먹는 느낌뿐이었다.

배갈은 이미 비우고 혜교가 내온 반병 남은 소주를 잔에 채워 입술만 대던 성옥은 그 자리에 군드러졌다. 갑자기 피로가 몰려왔다. 혜교가 담요를 덮어주고 성옥에게 어울리지 싶은 원피스와 스커트를 고르는 동안 성옥은 코를 골았다. 혜교가 지나가다가 장난으로 성옥의 굽은 등허리를 발로 건드렸다. 아주 살짝 건드렸는데 성옥이 화들짝 놀라며 깼다.

"야, 몇시 됐나?"

잠에 절은 목소리로 물으며 혜교의 대답도 듣지 않고 바지 주머니에서 진동하는 핸드폰을 꺼냈다.

성옥씨. 약속 잊지 않았지요?

문자가 들어와 있었다. 성옥은 오뚝이처럼 일어나 앉았다. 얼굴을 벅벅 문질렀다. 화장을 하려고 거울 앞에 앉은 혜교가 거울 속으로 성옥을 물끄러미 바라보았다. 성옥은 어쩌면 좋으냐, 늦었다, 어수선하게 지껄이며 나갈 차비를 했다.

"약속 있니?"

"응."

"남자야?"

"아니, 여자 소설가다."

성옥은 지나가는 말처럼 대꾸했다. 하지만 혜교는 그냥 지나치지 않았다.

"소설가? 야, 그거 내 좀 소개시켜주라. 내 인생이 소설 자체 아니야? 영화로 만들어도 좋고. 소개해줘라……"

비비크림으로 얼굴색이 환해진 혜교가 여전히 거울 속으로 성옥을 보며 말했다. 성옥은 대답하지 않고 미안하다고 말하면서 집을 나왔다. 거리엔 찬바람이 불었다. 쇄골이 드러난 성옥의 목덜미로 찬바람이 기를 쓰듯 스며들었다. 성옥은 최아림을 좋아하진 않지만 약속을 어기는 건 싫었다. 성옥이 지하철 탑승구로 들어서자 행운처럼 지하철이 다가왔다. 광화문역 1번 출구는 붐볐다. 양복을 입은 남자들, 정장 차림의 젊은 여성들, 청소나 허드렛일이 끝났을 아주머니와 공사판에서 일과를 끝냈을 얼굴 뿌연 아저씨 들이 느릿느릿 혹은 허둥지둥 오르고 내렸다.

성옥은 평양에 가서 지하철역을 구경하고 지하철을 타보는 것이 소원인 적이 있었다. 땅속으로 다니는 기차. 그리고 지하 궁전 같다는 평양역은 경성의 평범한 귀국자 자녀인 성옥에겐 아득하고 아득한 꿈이었다.

성옥은 출구 난간 옆에서 손을 추켜든 최아림을 만났다. 둘은 오랜 친구처럼 반가워했다. 성옥은 팔짱을 낀 최아림이 이끄는 대로 걸어갔다. 어떻게 지냈느냐, 성옥씨가 남 같지 않게 느껴진다, 혹시 수만 년 동안의 전생을 추적하다보면 우리가 일심동체였던 적이 있었을지 모른다 등등 최아림은 성옥의 정서에 쉽사리 와 닿지 않는 말을 쉬지 않고 하며 무턱대고 오 분쯤 걸었다. 그리고 조용한 고층 아파트의 일층, 간판도 보이지 않는 커피집으로 들어갔다. 좁고 작고 아담하고 그윽한 공간이었다. 성옥은 한 번도 맡아본 적 없는 커피향이 물결처럼 밀려오는 걸 추억처럼 느꼈다. 이차선 도로 건너편 빌딩에 가린 남향의 실내는 조명등으로 은근하고 자동차와 사람 들의 왕래로 어수선한 길가의 소음은 들어오지 않았다. 어느 나라 음악인지 알 수 없는 여자

가수의 노래가 자그맣게 울려오고 있었다. 최아림은 이곳이 단골집이라고 했다. 종업원과 반갑게 인사하고 오늘의 커피를 묻고는 성옥에게 무엇을 마실지 물었다. 성옥은 아는 것이 없어서 최아림과 같은 것을 부탁했다. 곧 커피잔이 두 사람 앞에 놓였다. 성옥은 잔을 들어 향을 맡았다. 한국에 온 것 같아요, 성옥은 속으로 이런 말을 삼켰다. 중국에서 본 한국 드라마의 어떤 장면이 여기였나? 성옥은 부르주아의 우아함을 느끼며 생각했다. 남대문 시장의 뒷골목, 대림동의 시장거리, 가난한 달동네는 이곳에 와서 듣고 알게 된, 드라마에서 보지 못했던 현실이었다.

성옥은 최아림에게서 탈북 여성에 대한 소설을 쓰고 싶다는 이야기를 듣기 시작했다. 정윤희를 따라 몇 사람을 만나보았고 정윤희에게 사전 교육도 받았으며 관련 도서도 여러 권 읽었다고 했다. 영화도 보았고 한국의 여러 방송사에서 제작한 탈북자 다큐멘터리도 찾아서 보았다고 했다. 성옥은 최아림의 말을 들으며 인호를 떠올렸다. 그가 자신에게 단 한 번도 호기심을 드러낸 적이 없었다는 걸 깨달았다. 그는 수복지구 기념관을 설계하기 위해 수복지구의 연원을 찾다가 성옥이 그 연원의 어디쯤에 걸쳐 있다는 걸 알아낸 사람이었다.

인호 생각에 성옥은 최아림이 하는 말을 듣지 못했다. 그래도 궁금하지 않았다.

"탈북자 이야기를 소설로 쓰고 싶어 잠을 못 자겠어요."

성옥이 들은 말은 이것부터였다. 성옥은 하품을 했다. 미안해서 얼굴까지 붉어졌다.

"사실 저 술 마셨어요. 정신이 좀 없어요. 피곤하고."

성옥은 밤을 새워 김밥을 만 것은 이야기하지 않았다.

"죄송하지만 전 특별하지 않아요. 진짜 사람이 굶어 죽었느냐? 진짜 사람고기도 먹느냐? 솔직히 이런 질문은 듣고 싶지 않습니다. 굶긴 했지만 회상하기 싫습니다. 죄송합니다. 너무 피곤하고 졸려요. 실망을 드려 죄송합니다. 탈북자는 아주 많습니다. 제가 아니더라도. 그리고 탈북자들도 그곳에서 신분이 다 다르고 역경도 달랐을 테니까요. 죄송합니다."

성옥은 최아림에게서 벗어날 수 있다면 죄송합니다, 를 천 번이라도 말할 수 있을 것 같은 기분이었다. 최아림의 실망을 넘어 좌절한 듯한 표정을 보는 건 성옥도 좋지 않았다. 그러나 이 상황을 벗어나고 싶었다.

성옥을 벗어나게 해준 건 뜻밖에도 인호였다. 주머니에서 진동이 느껴져 핸드폰을 꺼냈을 때 집 짓는 남자라는 이름을 보고 날개를 단 기분이었다.

12. 집 짓는 남자

"요즘 아래층에서도 안 보이던데?"

인호가 물었다. 문득 아버지 같다는 생각이 들었다. 인호를 통해 아버지를 연상하긴 처음이었다. 배같이 독하긴 독하다, 는 생각이 들자 저도 모르게 픽 웃었다.

"웃었니?"

인호였다..

"아니요. 선생님은 퇴근하셨나요?"

"아니."

"여전히 바쁘시네요."

"수복지구 때문이다!"

인호가 튕기듯 말끝에다 힘을 줬다.

"저요, 사실 선생님이 필요해요."

성옥이 투정부리듯 말했다. 이번엔 인호가 훗, 하고 웃었다. 너무도 뜻밖이었다. 그동안 만나온 성옥에게선 상상이 안 가는 말이었다.

"뭐가 필요할까? 듣기 나쁜 말은 아닌데."

"너무 추워요. 배갈 마셨는데 추워요."

성옥이 말했다. 순간 인호가 침묵했다. 그는 사뭇 헷갈리는 기분이었다.

"지금 어디니?"

낮은 목소리로 인호가 물었다. 성옥은 두리번거렸다. 광화문에서 만났고 여기서 헤어졌고 그다음은 알 수 없었다.

"선생님."

"거기가 어디야?"

"하여간 지하철을 타고 광화문에 왔어요."

"왜?"

"무슨 소설가란 여자가 날 모델로 뭘 하겠다고 해서요."

"그런 거 하지 마라."

"맞아요! 선생님. 헤어지고 싶을 때 선생님이 전화 주셔서 급한 일이 있다고 거짓말했어요. 저는 나쁜가봐요."

"세종문화회관 알지? 그 정문 앞에 서 있어. 내가 갈게."

인호가 말했다. 성옥은 전화를 끊고 세종문화회관을 찾았다. 돌로 된 커다란 건물이어서 화면으로만 본 평양 거리의 어느 곳 같았다. 성옥은 계단 구석에 웅크리고 앉았다. 아무 생각도 들지 않았다. 인호가 오고 있다, 그런 말을 여러 번 되새기긴 했다.

오고가는 사람들, 동상과 분수와 차와 건물 들이 모두 너무 많고 그래서 복잡하기 그지없었다. 성옥은 턱을 괴고 앉아 눈을 감았다가 뜨곤 했다. 아무리 빌딩과 차와 사람이 넘치도록 많아봤자…… 난 혼자네, 성옥은 무연한 시선으로 광화문 광장을 바라보며 생각했다. 혼자라는 건, 지금 무슨 일이 생겨도 걱정할 사람이 없다는 거야. 미친 짓을 해도 나 때문에 창피할 사람이 없고, 아파 쓰러져도 근심해줄 사람이 없으니까 외로운 건 참 나쁜 것이네. 나쁜 건 불행이야. 불행.

성옥의 생각이 이렇게 가지를 뻗을 때 문자 수신음이 울렸다. 성옥은 자신도 모르게 울음이 솟구치는 기분으로 문자를 들여다보았다.

성옥씨. 돌아오는 내내 자괴감에 시달렸어요. 너무 흥분하고 들떠서 성옥씨를 불쾌하게 한 것 같습니다. 이제 소설 따위 다 잊고 친구로 만나요. 술친구요. 필요할 때 언제든지요. 남한 친구 최아림.

최아림이란 이름 뒤에 하트 문양이 세 개나 붙어 있었다. 성옥은 문자를 열 번쯤 읽는 동안 최아림의 자괴감 속으로 빨려들어가는 기분이었다. 최아림의 자괴감이 자신의 부끄러움과 같을지 모른다는 생각이 들었다. 처음엔 교회에 가서 분노와 증오와 환멸에 이글거리는 목소리로 간증했다. 이렇게 저렇게 고통받았다. 이 고통은 나의 잘못에서 비롯된 것이 아니다. 간증의 핵심은 그랬다. 자신의 간증에 감동한 성도들이 탄식하듯 아버지! 아버지! 할 때 성옥은 가슴이 부풀어 터져나갈 것 같은 폭발의 긴장감에 떨었다. 목사님은 거의 모든 설교에서 우리 죄인들의 문제를 모두 해결해주는 아버지에 대해 역설했다. 성옥은 그런 아버지가 있다는 것이 너무 좋았다. 성옥이 만난 세번째 아버지였다. 자신을 낳아준 아버지 김대건, 의식주를 해결해주고 나라를 지켜주는 수령님 아버지, 그리고 이제 하나님 아버지였다. 눈으로 확인할 수 없는 아버지긴 해도 마지막 아버지의 권능은 대단했다. 그

권능을 믿고 섬기는 형제자매들은 간증을 끝내고 단상에서 내려오는 성옥을 향해 아버지! 하고 울부짖었다. 헌 냉장고, 쌀, 양념과 먹을 것에 헌옷들이 넘치도록 주어졌다. 교회에선 한 달에 한 번 용돈도 줬다.

몇 년이 지난 뒤, 성옥은 그런 간증을 하지 않았다. 다른 간증자들이 계속 강을 건너 이곳으로 왔다. 성옥과는 다른 혹독한 경험을 한 간증자들이었다. 인육을 먹었다, 깊은 산중의 감호소에서 탈출했다, 시체를 넘고 넘었다, 남한 방송을 들었다고 남편과 자식은 정치범 수용소로 가고 자신은 남한으로 탈출했다, 그곳은 사람 살 곳이 아니다, 국경에서 잡혀온 임신부의 배를 차는 걸 보았다, 감춰온 돈이 있나 질 속에도 손을 넣어 뒤졌다…… 성옥도 진짜 그곳에 그런 일들이 있었나? 의심이 들 정도의 참혹한 고통을 살아낸 북쪽 사람들을 보면 이유도 모르게 무서워졌다.

최아림을 그맘때 만났다면 성옥은 아무렇지 않게 간증하듯 말했을 것이다. 참을 수 없는 분노를 누군가에게 털어놓고 덮어씌우지 않으면 화가 나서 견딜 수 없었다. 자신이 이곳까지 오게 된 난민의 유랑 같은 인생을 토해내야 했다. 토해내고 토해내도 계속 올라와서 미칠 것 같았다. 사실 간증을 하고 나면 쓰러질 것 같았다. 단상에서 내려올 땐 내가 무슨 일을 했지? 내가 누구지? 이런 의문이 들 때도 있었다. 미국의 북한 인권단체의 도움으로 미국을 방문해 북한 인권 상황을 증언한 것은 간증의 절정이었다. 미국에 다녀온 이후 성옥의 분노는 이상하게 수그러들었다.

성옥은 최아림에게 문자를 썼다. 고맙습니다. 하지만 거기서 손이 멈췄다. 그다음에 해야 할 말이 떠오르지 않았다. 고맙습니다, 가 마치 늪 같았다. 한번 빠진 마음이 발을 못 뺐다. 성옥은 빠져나와보려고 안간힘을 쓰는 대신 고맙습니다를 지웠다. 그새 거리는 불빛 천지가 되어 있었다. 풍요에 대해 생각했다. 저 문명의 불빛과 고향의 은하수와 별과 달을 떠올렸다. 반딧불이도 떠올렸다. 반딧불이를 잡으러 쫓아다니던 시절이 문득 까마득하게 느껴졌다. 그립고그리웠다.

아버지가 이랬을까? 집삼 바닷가에서 바라보고 느끼던 고향 때문에. 나도 그런가? 아버지를 닮았는가? 아니다. 같은 것도 있고 다른 것도 있다. 아버지에겐 고향이 없었지만 혈육들이 있었고 내겐 혈육은 없지만 고향에 아주 못 갈 것은 없다. 남한에서 번 돈 들고 고향으로 가서 자수하고 남한을 험담하러 돌아다니는 사람이 있단 소문을 들었다. 그건 하나의 대안 같은 유혹이었지만 절대로 넘어갈 수 없는 유혹이기도 했다. 그런 쓸모가 끝난 사람의 인생이 어떨까, 상상할 필요도 없었다. 성옥이 바라는 것은 간단하고 소박했다. 아버지가 의사가 되라는 걸 냉혹하게 거절했던 것은 아무것도 아닌 그저 평범하게 사는 삶이 부러워서였다. 그렇게 살기로 결심해서였다. 철들면서부터 귀국자라는 특별한 처지가 생의 덫 같았다. 결국 탈북자로 분류되는 족쇄를 차게 된 인생에 대해 성옥은 '복수'하고 싶었다. 남들보다 먼저 서울말을 배우고 대학에 들어가고 중국어를 전공하고 졸업 후엔 중산층 남한 사람의 삶을 살자는, 절박해서 악착같은 꿈은 모두 저 특별한 소수자 신분의 역사로부터 오는 소외감 때문일 것이었다.

무릎에 두 손을 얹고 그 위에 턱을 대고 있던 성옥은 그늘이 느껴져 고개를 들었다.

"여기 있었구나."

인호였다. 성옥은 눈시울이 뜨거워지는 걸 느꼈다. 아는 사람이다! 소리치고 싶어서 굼실대는 입술을 깨물었다. 기어이 눈물이 굴러떨어졌다. 빛을 등진 탓에, 계단 아래가 어두운 탓에 인호는 그 눈물을 볼 수 없었다. 성옥은 짐짓 고개를 돌리고 한 손을 길게 뻗으며 말했다.

"계단이 너무 많아서 어디에 앉아 있어야 할지 몰라서요."

성옥은 인호를 마주보지 않은 채 얼굴을 무릎에 묻었다. 왜? 인호의 놀란 눈이 이렇게 물었다. 그는 잠시 주변을 두리번거리다가 성옥의 곁에 쪼그리고 앉았다. 학생 시절을 벗어난 이후 계단에 앉은 건 처음인 것 같았다. 그는 성옥을 주의깊게 살폈다. 무언가 이상하다 싶었는데 성옥의 등이 들썩거리는 걸 본 인호는 가만히 손을 얹었다. 손바닥으로 성옥의 슬픔이 전류처럼 전해오는 걸 느꼈다. 수복지구 기념관 건축을 위해 알아가기 시작한 육이오라는 말로 상징되는 동족 간의 전쟁은 그에게 식민지 시대와 분단과 탈북에 이르는 수많은 자료를 검토하게 했다. 빌리고 사고 복사한 자료들의 갈피갈피에서 성옥이 툭툭 튀어나오거나 숨결이 느껴지는 걸 알아차린 건 뜻밖이었다. 이런 시간들 동안 성옥의 인생이 자신의 내면으로 틈입하는 걸 그는 모르고 지냈다.

인호는 잠시 동안 성옥의 등에 손을 얹고 있었다. 감당할 수 없는 타인의 슬픔을 감지하는 건 고통이었다. 성옥의 할아버지 김정남의 궤적을 따라가던 날, 인호는 자신이 다만 관광을 즐기며 돌아다녔던 규슈 여행이 떠올라 새삼 창피했다. 아무리 역사를 몰라도 역사 속에서 싹트지 않은 인생은 존재하지 않았다. 한반도의 동서를 가로지르는 삼팔선 부근의 동해안 작은 지방에 세워질 기념관. 그곳에 담길 역사적 정신을 온전히 획득해야 설계에 들어갈 수 있을 것 같았다.

다른 일과 달리 소장은 자주 인호의 책상에 와서 말을 걸거나 흘깃거리곤 했다.

"마감은 지킬 수 있는 거지?"

어느 날은 이렇게 확인했다. 그럴 때면 인호는 굳게 다문 입술을 길게 밀며 고개를 숙였다.

"간단하진 않습니다."

어떤 날은 이렇게 고백하기도 했다. 창고 하나를 짓더라도 그곳을 사용할 물건들의 마음을 이해해야 한다는 게 소장의 건축에 대한 평소 신념이었다. 소장이 신참으로 들어온 어린 건축가들에게 하는 말은 건축이 생명체란 것이었다. 소장이 촉망받던 젊은 건축가이던 시절, 신흥 주택가에 단독주택을 지으며 의뢰인의 부인이 즐겨 입는 옷의 디자인과 빛깔, 그리고 립스틱 색깔까지 알아보았다는 일화는 유명했다. 뿐만 아니라 잠자는 시간, 찻잔을 들고 즐겨 가는 공간 등에 대해서도 점검했다. 건축은 그렇게 해서 숨을 쉬는 생명의 공간이 된다는 것이었다.

인호가 가끔 절망적이 되거나 막막해할 때 소장은 자신의 일화와 건축철학을 들먹였다. 소장은 '원죄가 크다'고 말하며 머리를 내둘렀다.

"잘해봐!"

소장은 인호의 등을 두드리며 말했다. 어쨌든 너를 믿는다, 최선을 다해보라, 그런 의미로 들렸다.

인호는 요즘 성옥을 만나면서 인생살이도 건축 같다고 생각할 때가 있었다.

인호는 성옥의 이마에 손을 짚었다.

"술은 깼니?"

그가 중얼거리듯 말했다. 성옥이 고개를 들었다.

"죄송합니다. 저 때문에."

"배갈은 휘발성이 강해서……"

인호는 성옥의 얼굴 가까이에 제 코를 대고 킁킁 냄새를 맡았다. 웃
으며 말했다.

"어디 가서 해장할래?"

인호가 물었다.

"선생님, 선생님도 이럴 때 있어요? 앞뒤가 깜깜할 때요."

성옥이 물었다. 그리고 인호의 팔을 붙잡았다. 인호가 일어섰다. 성
옥은 고목에 붙은 매미처럼 그의 곁에 섰다. 입안에서 죄송하다는 말
이 한가득 바글거리며 입 밖으로 나오려 다퉜다.

둘은 올갱이해장국으로 유명한 식당에 마주앉았다. 인호는 묻지도
않고 해장국 두 그릇에 소주 한 병을 주문했다. 성옥은 술은 입에도
대지 않았다. 마시면 금방 토할 것 같은 기분이었다. 그래도 올갱이해
장국을 맛있게 먹는 성옥을 인호는 소주잔 사이로 바라보곤 했다.

말없이 깊은 생각에 잠긴 성옥을 보며 인호는 첫번째 아내를 떠올
렸다. 욕정을 사랑이라고 믿어 엎어지듯 결혼했던 여자. 성생활이 제
도화되자 욕정이 식어 사랑도 없어졌다고 다투다 헤어진 철부지 시절
의, 일 년을 못 채운 결혼생활이었다. 그런데 지금 그는 잘 모르는 한
여성의 슬픔에 빠져들고 있었다. 슬픔이 사랑이라고 믿는 때도 있을
지 몰랐다. 아니면 그 모든 것이 다 사랑일지도.

"선생님은 왜 저 같은 여자한테 잘해주세요?"

두 병째의 소주를 시켜 혼자 마시는 인호를 보고 성옥이 진지하다 못해 써늘하게 느껴지는 목소리로 물었다. 술잔을 내려놓고 인호가 성옥을 빤히 바라보았다. 성옥은 붉은 기가 감도는 그의 눈을 피했다.

"그게 알고 싶어?"

그가 물었다.

"네."

성옥이 대답했다. 인호의 웃음소리가 성옥의 짧은 대답 위에 덮였다.

"우린 같은 사람이잖니."

인호가 말했다. 순간 성옥이 인호를 놀란 눈빛으로 쳐다보았다. 아주 쉬운 말이 가장 이해하기 어려웠다.

"이상해. 그동안 널 만나지 못했지만 거의 하루도 널 생각하지 않은 적이 없었어. 연애감정은 아니라고 생각해. 그냥 생각하게 됐어. 내가 맡은 일이 너를 불러들이는 거야. 내 말을 지금 다 이해하려고 하지 마. 또 영원히 이해하지 못해도 괜찮아……"

인호가 말했다. 나갈까? 다른 데로 갈까? 그가 혼잣말처럼 중얼거렸다. 그러나 움직이지 않았다. 그는 다른 때보다 더 눈치를 살피는 성옥에게 요즘 자기가 한 공부들을 설명했다. 〈두만강〉이란 영화를 보고 『수용소의 노래』라는 수기와 『북한행 엑소더스』라는 연구서를 읽고 일제 강제 동원의 피해자들 증언을 모은 책을 읽었다고 말했다. 북한 관련 영화와 다큐멘터리도 보았고 한국의 방송사들이 찍은 동영상도 보았다고 말했다. 성옥은 그가 보고 읽었다는 자료들의 이름이

한 가지씩 입 밖으로 나올 때마다 발가벗겨지는 기분이었다. 제발 그만했으면, 더이상 말하지 말았으면, 거의 절망적인 기분으로 간절하게 바랐다.

"성옥아. 넌 여기에 연고가 없잖니. 네게 가족이 생길 때까지 날 의지해라."

한동안 말이 없던 인호가 이렇게 말했다. 성옥은 아랫입술을 깨물었다. 살아오는 동안 이보다 더 뜨겁고 포근한 말을 들어본 적이 없었단 생각이 들었다. 고맙습니다. 이런 말은 하지 못했다. 갑자기 그 인사말이 시시하고 너절하게 생각됐다.

성옥은 그림자를 밟듯이 인호를 따라 안국역까지 갔다. 버스 정류장엔 두 사람의 집 방향으로 가는 노선버스가 서너 개나 섰다. 성옥이 무심하게 버스안내판을 들여다보는데 인호가 갑자기 팔목을 잡더니 가자, 소리쳤다. 파란불이 켜진 건널목으로 사람들이 한꺼번에 몰려나갔다. 건너편으로 인호가 들어간 곳은 빵가게였다. 인호는 진열대 앞에서 쟁반을 든 채 먹고 싶은 걸 고르라고 말했다. 성옥은 정신이 없었다. 친절이나 배려엔 여전히 익숙해지지 않았다. 인호는 몇 가지 종류의 빵을 수북이 담아 계산하고 봉투를 받았다.

"아침에 바쁘면 빵이라도 먹어. 냉동실에 넣어뒀다가 밥맛 없을 때 꺼내 먹어."

인호가 묵직한 봉투를 건네며 말할 때 성옥은 잔뜩 겁먹은 표정인 채 한 발 뒤로 물러서더니, 이걸 다요? 울 듯이 말했다. 그런 성옥을 인호는 가만히 바라보았다. 그는 빵 봉지를 자신이 들고 다른 손으로 성옥의 등을 가볍게 밀며 가자, 말했다. 건널목 신호등이 다시 파란색으로 바뀌었다. 건너올 때처럼 인호는 성옥의 팔을 잡았다. 건너편에 성옥이 타야 할 162번 버스가 막 출발했다. 인호는 마침 그들 앞에 멈춘 택시를 잡았다. 두 사람은 오래된 부부처럼 가운데를 비우고 창밖을 바라보았다. 택시가 원남동 네거리를 지날 때 인호가 말했다.

"강에 다시 가본 적 있어?"

성옥이 어리둥절한 표정으로 그를 바라보았다.

"압록강 말인가요?"

망설이며 물었다.

"그래. 건너온 뒤로 가본 적이 있냐구."

"아니요."

"잘됐네. 나랑 거기 같이 가보자."

인호는 아무렇지 않게 말했다. 그러나 성옥은 가슴이 터질 것 같았다. 택시는 대학로로 접어들었고 인호는 차를 세웠다.

"사무실에 할 일이 남았어. 나중에 또 보자."

그는 성옥에게 말하고 택시비를 손에 쥐여주었다.

13. 숨은 기억 틈으로

고된 아르바이트와 따라가기 어려운 대학생활로 시간은 잘도 흘렀다. 성옥은 잠자리에 누웠다가 다시 일어났다. 고단하고 피곤해서 온몸이 쥐어짜지는 느낌이었다. 하지만 눕는 순간 잠이 달아났다. 불현듯 언젠가 받았던 최아림의 문자가 떠올랐다.

하여간 결혼하고 아이도 낳으세요.

성옥은 엎드려서 결혼이란 말을 떠올렸다. 한국에 온 뒤로 탈북자들의 결혼식에 여러 번 가보았다. 몇 년 못 살고 헤어지는 사람도 있고 부부가 함께 탈북해서 정착한 뒤에 이혼하는 경우도 있었다. 하지만 성옥은 한국 사람과 결혼해서 행복한 경우를 아직 못 보았다. 하나원 동기 중엔 대부분 실패했거나 실패하기 싫어 매맞고 모욕받으면서도 참는 여자들이 있었다. 모든 것을 자유로 해결해야 하는 한국에서 그 자유가 싫어 남자에게 매달리는 여자들이 대부분이었다. 임대 아파트라도 가진 탈북 여성에게 접근하는 한국 남자들 중엔 사회 부적응자도 있었다. 그래도 가장의 그늘이 사라질까 두려워 몸으로 하는 일에 심신이 닳도록 돈을 버는 여자도 있었다. 술값에 약값, 노름비용까지 대고도 아파트마저 날렸다. 모두가 다 그런 건 아니었지만 성옥은 결혼생활에 대한 기대가 크지 않았다. 매맞던 어머니, 늘 자신이 속한 사회에 불평과 불만으로 가득차서 가족을 괴롭힌 아버지 탓이기도 했다. 한국사회의 자유를 넌더리난다고 말한 명숙 이모는 이웃의 무관심과 냉혹한 시선에 여러 번 다친 사람이었다. 먹을 것을 들고 옆집에 찾아갔다 말투를 듣고 얼굴색이 바뀌던 사람을 마주하거나 아래위를 훑어보는 눈길에 질린 경험을 대개 통과의례처럼 거쳤다.

이즈음 성옥이 불현듯 결혼에 대해 생각하게 되는 건 인호 때문이었다. 남혁이 대놓고 성옥이 좋다고 말했었지만 성옥은 지나가는 감정이라고 생각해 부담도 가지지 않았다. 하지만 인호는 결혼에 대해 한마디도 하지 않았는데 자꾸만 결혼이란 말이 떠오르면 곧장 머릿속에서 그가 달려나왔고, 언제나 종잡을 수 없이 어지러웠다. 불가능한 것을 가능한 듯이 상상하고 느끼는 자신이 너무 싫었다.

성옥은 운명이란 말을 좋아하지 않았다. 하지만 할아버지로부터 자신에 이르는 삶의 궤적을 떠올리면 운명이란 말이 슬프게 와 닿았다. 그리고 또하나 자신의 결혼에 대해서도 그랬다.

성옥은 결혼할 기회가 있었다. 아버지가 막지 않았다면 결혼했을 것이라고, 오래도록 믿던 일이었다. 고등중학교를 흐지부지 졸업하고 도자기 공장 작업반에 배정받아 다닐 때였다. 한 남자가 청혼을 했었다. 작업반의 남자들 중에 가장 잘생기고 아버지가 비행군관학교 교수여서 토대도 훌륭했다. 토대가 좋은 사람은 성옥의 희망이고 행복이고 꿈이었다. 그는 먹을 것을 가져다주고 도시락을 덜어주고 간식도 챙겨와서 성옥의 허기진 배를 달래주었다. 상냥골 개울가를 걸으며 그가 좋아한다, 결혼하자고 했을 때 성옥은 '존재의 해방감'으로 가슴이 터질 것 같아 그 자리에 주저앉았다. 무슨 일이 있어도 이 남자와 결혼해서 집을 떠나리라, 결심하고 결심했다. 그리고 행복했다. 행복이라면 유치원에서 김일성 대원수님의 생일날 사탕을 받은 것 말고, 처음 같았다. 이런 남자를 가장으로 섬겨 순종하고 사는 건 상상만 해도 황홀하고 눈물나는 일이었다. 토대가 좋은 집안의 가족이 되어 충성스럽게 살고 싶었다. 그동안 희망이 절망으로 바뀌고 행복이 불행으로 바뀌고 기대가 좌절로 바뀌는 그 길목에 아버지가 있다고 생각했다. 아버지를 떠난다는 것만으로도 결혼은 더할나위없는 행운이었다.

그 남자는 거침이 없었다. 말이나 행동이 아버지와 너무 달랐다. 씩씩하고 대범하고 당당하고 자신만만했다. 큰 키에 다부진 몸매와 쌍꺼풀 없는 눈이며 투박한 손도 믿음이 갔다. 상냥골 개울가의 버드나무 아래에서 그는 성옥과 결혼하겠다고 약속했다. 성옥은 울먹거리는 목소리로 그에게 손가락을 걸어 맹세하자고 말했다. 그가 웃으며 그렇게 했다.

그 주의 토요일 오후에 그가 성옥이네 집으로 왔다. 가부장사회인 북한에서는 남자가 여자의 부모님 특히 아버지에게 승낙을 받아야 결혼할 수 있었다.

성옥은 그에게 자신의 집이 누추하다는 것, 아버지가 오랜 병환에 시달리고 있다는 것을 미리 말했다. 그리고 아버지는 귀국자로 와세다 대학에서 공부했으며 색소폰 연주자였다는 것도 이야기했다. 하지만 두려웠다. 야위고 창백하고 허리가 굽은 아버지.

그는 아버지 앞에 무릎을 꿇고 앉았다.

"아버님, 성옥이를 제게 주십시오."

자리에서 일어나 앉은 아버지는 그의 말을 다 듣지도 않고 소리쳤다.

"안 돼!"

성옥은 깜짝 놀랐다. 순간 방 안이 물을 뿌린 듯 고요해졌다. 한동안 오르내리는 숨소리만 민망하게 들렸다.

"자네 아버지에게 내 딸과 결혼하겠다고 말했나?"

아버지가 여태 가족들에게 하던 것과는 달리 냉정하고도 단호한 말투로 물었다.

"아직……은 말하지……"

당당하던 그의 말투가 주눅든 것처럼 우물거렸다.

"먼저 가서 자네 아버지한테 허락받고 와. 그럼 내가 허락해주지."

아버지가 말했다.

"네, 알겠습니다. 허락받고 다시 오겠습니다."

그가 방금 전과는 달리 씩씩하게 말하고 돌아갔다. 그가 돌아간 뒤, 성옥은 아버지가 미워 견딜 수 없었다. 당신이 정말 내 아버지 맞아? 따지고 싶었다. 얼굴도 보기 싫고 목소리도 듣기 싫고 냄새도 맡기 싫었다. 여태 자신의 앞길을 가로막고도 뭐가 부족해서 이러느냐, 고래고래 소리지르며 달려들고 싶었다. 성옥은 분해서, 아버지가 싫어서 엉엉 울었다. 그럼 아버지가 미안해할 것 같았다. 진짜 아버지가 맞다면.

"이 머저리 같은 거."

하지만 사과는커녕 아버지는 성옥을 흘겨보며 이렇게 내뱉었다. 얼굴에 분노와 울화가 벌겋게 드러났다. 메마른 얼굴의 도드라진 광대뼈가 위태롭게 보였다. 아버지는 허둥지둥 주머니를 뒤졌다. 담배와 술이 자전거 한 대보다 비싸게 팔린 지 오래였다. 마른 풀잎을 비벼 종이에 담배처럼 말아서 피웠다. 어떤 풀은 담배 비슷한 맛을 냈지만 어떤 풀은 고약하게 썼다. 급하게 두어 모금 빨다가 눈살을 찌푸리고 풀잎 담배를 이가 두 군데나 빠진 도자기 재떨이에 던졌다. 자신의 인생만큼이나 쓰고 역하다고 느꼈을지 몰랐다. 교수의 아들에게 농락당하는 딸이 자신의 인생보다 더 참혹하다고 느낀 건 아니었을까.

성옥의 울음은 그치지 않았다. 아버지에게 보란듯 작정한 시위였다.

"머저리 같은 거. 그래 너 둘이 짝이 될 수 있다고 생각하니?"

아버지가 벌레 씹은 목소리로 말했다. 메마른 몸을 이리 돌리고 저리 돌리며 여전히 화를 삭이지 못하는 것 같았다.

"넌 생각이 있는 거야 없는 거야?"

분하고 화가 나기론 성옥도 아버지 못지않았다. 이젠 울지 않고 씩씩거렸다.

"너 걔네 집에서 허락해주나 안 해주나 나랑 내기할래?"

아버지가 말했다. 성옥은 문득 찬바람을 쐰 것같이 정신이 번쩍 들었다. 하지만 아버지와 자신은 다르다는 신념을 버리지는 않았다.

그러나 결국 아버지가 이겼다. 교수의 아들은 자신의 아버지로부터 허락을 받지 못했다. 귀국자에 비당원의 자녀와는 혼인할 수 없다고 했단다.

이런 일이 있고 나서 성옥은 아버지와 사사건건 부딪쳤다. 아버지는 무턱대고 성옥에게 화를 냈다. 실망스럽다거나 겨우 그것밖에 안 되느냐, 당신이 외동딸에게 할 수 있는 모욕의 언사를 닥치는 대로 거침없이 해댔다. 성옥도 아버지와 다르지 않았다. 다만 입 밖으로 내뱉지 못할 뿐이었다.

성옥은 아버지가 진짜 아버지라면 딸의 행복을 가로막지는 않을 것이며 어떻게 해서든 가족의 안위를 책임지려 노력했어야 한다고 생각했다. 감히 당에 대항하고 최고 존엄을 경멸하는 하찮은 귀국자, 무능력자, 사회 부적응자가 내 아버질까? 의문을 가졌다. 이때 구원처럼 한 가지 기억이 떠올랐다. 21반의 셋째 줄에 살던 광해네 할머니는 성옥을 어릴 때부터 남달리 귀여워했다. 지나가는 성옥을 불러 머리에 리본을 꽂아주며 넌 다리 밑에서 주워온 아이란다 하고 웃으며 말했다. 늘 그랬다. 성옥은 아버지가 술을 가져오라고 소리지르고 반찬이 맛없다고 밥상을 엎고 어머니를 때리던 모습들을 떠올렸다. 그럴 때면 무서워서 와들와들 떨던 것. 아버지가 간암이라는 진단을 받았을 때 아, 이제 아버지가 죽겠구나 생각하며 후련했던 기분을 떠올렸다. 뇌경색으로 쓰러져 의식을 잃었을 때 대소변을 받아내는 어머니 곁에서 성옥이 이렇게 말했다.

"엄마. 아버지가 이젠 죽었으면 좋겠다. 그럼 엄마랑 둘이서 행복하게 살 텐데."

성옥은 어머니의 마음도 자기와 똑같으리라 생각했다.

"니가 딸이냐? 내가 어디서 이렇게 인정머리 없는 자식을 낳았을까?"

뜻밖에도 어머니의 말투가 비통해서 성옥은 깜짝 놀랐다.

도자기 공장은 개점 휴업 상태였다. 전기는 물론 석탄도 없어서 도자기 소성(燒成)은 불가능했다. 성옥은 공장에서 외부 동원에 자원했다. 읍내에서 백 리도 더 떨어진 깊은 산골로 들어가 수력발전을 만드는 일이었다. 한두 달의 동원이 아니라 일 년이고 이 년이고 그곳에서 일할 수 있었다. 지원자가 적어서 순서대로 떠날 수 있는 곳이었다. 아버지는 집에서 혼자 지내고 어머니는 경성의 도자기를 등에 지고 팔러 다녔다. 겨울이 되기 전까지 그렇게 해서 강냉이라도 사와야 했다. 아버지는 풀을 뜯어 말려 당신이 태울 담배를 만드는 게 소일거리였다.

성옥은 한두 해 동안 집을 떠난다고 생각하니 후련했다. 아버지를 보지 않아도 된다는 것, 그리고 그사이 아버지가 죽을지도 모른다는 희망을 품었다.

짐을 싸고 나서 성옥은 아버지에게 편지를 썼다.

아버지.

성옥입니다.

제가 태어나서 아버지에게 편지를 쓰기는 처음인 것 같습니다. 하지만 유감스럽게도 좋은 글을 쓸 수가 없어서 미안하게 생각합니다. 아무리 아버지를 이해해보려고 해도 이해가 안 되고 아버지에게 따지고 묻고 싶어도 감히 아버지가 두려워 물을 수가 없어 생각 끝에 편지를 쓰기로 마음먹었습니다.

172

아버지, 왜 저를 이토록 미워하십니까? 왜 나는 귀국자의 자녀로 태어났나요? 제가 인민학교에 들어가 소년단 넥타이를 맬 때부터 사로청에 입단할 때, 그리고 학교를 졸업하고 진로를 결정할 때, 그때마다 귀국자의 자식이라는 이유로 불이익을 받았던 사실을 아버지도 아실 겁니다. 저는 다른 아이들보다 공부도 잘했고 조직생활도 열심히 했습니다. 하지만 귀국자 자녀라는 꼬리표는 때마다 나에게 불이익을 주고 있습니다. 내 동무 은숙은 엄마가 최고인민회의 대의원이라는 이유만으로 공부도 못하면서 좋은 직장에 배정받은 사실을 아버지도 아실 겁니다. 그런 은숙이 얼마나 부러운지 밤새 이불 뒤집어쓰고 울고울어도 귀국자의 자식이라는 서러움은 풀리지 않았습니다. 그리고 귀국자인 아버지가, 당원이 못 된 아버지가 얼마나 부끄럽고 원망스러웠는지 아버지는 저의 마음을 다 모르실 겁니다. 아버지. 우린 왜 귀국자이고 귀국자 자식입니까?

요즘 들어 부쩍 아버지가 나를 미워한다는 생각이 드는 건 왜인지 모르겠습니다. 며칠 전에 광해네 할머니가 불쑥 저에게 '너는 다리 밑에서 주워왔다. 니 아버지는 김대건이 아니다'라고 말하셨습니다. 제가 어릴 때에도 광해네 할머니는 그런 말씀을 종종 하셨지만 이번에는 그 말이 할머니의 농담으로 넘겨지지 않았습니다.

저의 오해이고 잘못인가요?

아버지, 나는 누구입니까? 김대건의 딸입니까? 아니면 다른 그 누구의 자식입니까? 아버지가 저를 미워하는 건 제가 친딸이 아니기 때문입니까? 나는 정말 다리 밑에서 주워온 자식인가요?

차라리 아버지가 친아버지가 아니라면 나도 귀국자 딸이 아니겠지요. 그런데 왜 진작 친딸이 아니라고 말해주지 않았어요?

지금까지 키워줘서 고맙습니다.

성옥은 왜 진작 친딸이 아니라고 말해주지 않았어요? 까지 썼을 때 갑자기 손이 굳은 것처럼 꼼짝도 하지 않았다. 마음이 진공 속에 갇힌 기분이었다. 편지를 찢어버리고 싶은 충동이 강렬하게 일었다. 하지만 성옥은 혼신을 다해 버티듯이 지금까지 키워줘서 고맙습니다, 라고, 마지막 문장을 썼다. 편지를 아버지가 볼 수 있는 곳에 놓아둘 때 갑자기 생각지도 못했던 서러움이 북받쳐올랐다. 이게 고아구나, 고아가 되었구나, 깨달았다. 후련하고도 황폐했다. 배낭을 메고 집을 나서며 자꾸 뒤돌아보고 싶었다. 발걸음을 내딛는 곳은 미궁 같았다. 하지만 성옥은 뒤돌아보지 않았다. 과거보다 더 나쁠 건 죽음뿐이라는 생각이 희망처럼 떠올랐다. 죽음의 느낌은 빛처럼 어디에도 갇히지 않고 허공에 가득했다.

가을의 산골은 추웠다. 해가 지면 지친 몸이 시리고 은하수가 쏟아져내릴 것 같은 밤은 서러웠다. 그러나 성옥은 아무래도 좋다고 생각했다. 더워도, 추워도, 서러워도 괜찮았다. 곧 닥칠 겨울을 살려고 나무는 더이상 수분을 빨아들이지 않고 나뭇잎은 서둘러 떨어져내려 볕을 품으려 애썼다. 배가 고픈 벌레들은 잊은 듯 울다가 이내 잠이 들고 다른 동의 숙소에선 노랫소리가 들려왔다. 성옥은 몸이 아프다거나 감기 기운이 돈다는 핑계를 대며 언제나 외톨이로 지냈다. 외로움과 슬픔이며 격절감 같은 것은 어느새 익숙해졌다. 이제 죽는다고 나쁘지 않고 산다고 좋을 것도 없는 기분이었다.

소나무를 찍어 가지를 쳐내는 일이나 돌멩이를 등짐 져서 쌓는 일 때문에 숨쉬기도 어렵고 힘들었지만 자리에 누우면 몸살 기운처럼 아버지가 떠올랐다. 그럴수록 자기 생에서 지워야 할 사람이라고 생각했다. 더 일찍이 의붓아버지라는 걸 알았더라면, 생각해도 이제 와 새삼 진짜 아버지를 찾을 생각은 없었다. 그런데도 틈만 나면 의붓아버지가 쓰리게 떠올랐다.

아버지 김대건을 만나지 않았더라면, 의붓아버지가 귀국자가 아니었다면, 당에 대한 충성심이 모자라지 않았다면…… 성옥에게 의붓아버지를 혐오하는 것은 되레 힘이 됐다. 세대주가 세대주 노릇도 못하고 가장이라고 거들먹거리며 술이나 마시고 자기 처지를 공화국의 수뇌부 탓으로 돌리는 비겁함은 생각만 해도 넌더리가 났다. 결국 자신의 혼수를 한 가지씩 내다팔아먹고 살기를 몇 년, 귀국자를 훈장처럼 흔들어 딸의 운명을 구렁텅이로 몰아넣은 아버지. 용서할 수 없었다. 용서해도 소용없어서 성옥은 아버지를 제 운명에서 지웠다. 의붓아버지이므로 지우는 건 쉽고도 쉬웠다. 그런데 새로운 삶이 살아지지 않았다. 아무리 의붓아버지라고 해도 아버지는 성옥의 운명 앞에 관모봉처럼 솟아 있었다. 무시하고 잊으려 해도 자꾸만 떠올랐다. 아버지가 지워지지 않으면, 관모봉으로 느껴지면 성옥은 기운을 잃었다. 아침에 눈을 떠도 일어나지 못했다. 아버지의 무기력증을 닮은 것일까봐 문득 겁이 날 때도 있었다.

이렇게 시간이 흘렀다. 산골의 시간은 급하고 가팔랐다. 어느날 사무실에서 성옥을 불러 집으로 돌아가라고 했다. 집에 급한 일이 생겼다는 것이었다. 휴가는 닷새로 정해졌다.

성옥은 아버지의 죽음을 떠올렸다. 날아갈 것 같았다. 하지만 그런 예측만 한 건 아니었다. 무거운 등짐을 지고 장사를 하러 다니는 어머니에게 변고가 생겼을 수도 있었다. 안도와 불안, 기쁨과 슬픔이 교차했다. 집으로 가는 내내 그 두 가지 감정 사이에서 휘둘렸다.

열두 시간을 빠른 걸음으로 걸어 하모니카집에 도착한 건 늦은 저녁이었다. 집 앞에서 성옥은 긴장감과 예감하지 못했던 불안에 휘둘리며 서성거렸다. 웅성거림이나 울음소리 같은 게 들릴 거라고 생각했다. 그러나 집은 고요하고 불빛은 흐릿했다. 문 앞에 이르자 심지어 음식 냄새가 났다. 구수한 동탯국! 성옥이 가장 좋아하는 음식이었다. 성옥은 순간 피로가 몰리며 다리에 힘이 풀렸다. 걸어오는 내내 성옥을 시달리게 하던 의심들은 모두 사라지고 음식 냄새에 빨려들 듯 문을 열었다. 아버지가 허리를 펴고 일어서서 고개를 돌렸다. 성옥은 숨이 막힐 것 같았다. 어머니는 없었다. 방에 밥상이 차려져 있었다. 아버지가 김이 무럭무럭 오르는 국그릇을 상 위에 놓았다. 성옥은 아무 말도 못하고 우두커니 서 있었다. 아버지 몰래 두리번거리며 편지를 찾았다. 편지를 두었던 곳엔 아무것도 보이지 않았다.

"먹어라. 오늘이 니 생일이다."

아버지가 우두커니 선 딸에게 가녀린 목소리로 말하고 잠깐 더 말하려는 듯 멈칫거리다가 밖으로 나갔다.

이게 뭐야.

성옥은 이런 상황이 이해되지 않았다. 난생처음 생일상이란 걸 받아보는 것도 쑥스럽고 우스웠다. 더군다나 아버지라니!

성옥은 밥상 위의 반찬들을 바라보았다. 옥수수밥 한 그릇에 무말랭이 무침. 김치와 버섯볶음. 동탯국. 모두 어릴 때부터 성옥이 잘 먹던 반찬들이었다. 무슨 돈으로 이런 것들을 장만했을까. 이게 다 무슨 의미인가.

고마움도 서러움도 느끼지 못한 채 성옥은 배가 고파 우선 국을 떠 먹었다. 그런데 이상했다. 국물 한 수저를 떠먹는 바로 그 순간 눈물이 주르르 흘러내렸다. 성옥도 이유를 모르는 눈물이었다.

아버지가 그 생일상을 어떻게 마련했는지, 머지않아 알게 되었다. 먹을 것을 구하러 집삼수산농협의 가공반으로 아버지 동무를 찾아갔을 때였다. 아버지가 성옥의 생일상을 차려준다고 여기 왔었다며 아저씨가 말했다.

"성옥이 너 아버지한테 그러면 안 돼! 니 아버지가 얼마나 널 귀히 여기는데! 아버지가 너무 속상해서 울더라. 하나밖에 없는 자식한테 의붓아버지가 되었다고."

성옥은 콧날이 매운 걸 느꼈다.

이삭을 주우러 나갔던 어머니가 자정을 넘기고 새벽이나 되어서 돌아왔다. 다리 하나를 질질 끌며 겨우 걸어왔다고 했다. 다른 날과 달리 헐렁한 배낭 속엔 옥수수가 일 킬로는 될까? 무 세 개와 오갈병 든 배추잎이 몇 장 들어 있었다.

성옥은 부엌의 곡식 항아리 두 개를 열어보았다. 배급소에서 받아온 쌀을 넣어두는 항아리는 텅 비어 있었고, 잡곡을 넣는 항아리는 머리를 처박고 들여다보거나 손을 깊이 넣고 바닥을 긁어야 겨우 낱알이 쓸렸다. 성옥은 고모네도 가보고 숙모네도 가보았다. 할아버지가 돌아가신 고모네, 할머니가 돌아가신 숙모네도 썰렁하긴 마찬가지였다. 혈육이 죽어나가도 알리지 않을 때였다. 슬픔도 서러움도 밥에서 나왔다. 부엌에 감자가 든 양재기가 보여서 성옥이 감자 몇 톨만 구워달라면 작은숙모는 없다고 막무가내내었다. 작은숙모는 삼촌이 전선을 자르러 전주에 올라갔다 떨어져 죽고 나서 한 달을 못 넘기고 부황들어 죽었다. 부모가 죽고 나면 아이들은 집을 떠났다. 아무도 행방을 알지 못했다. 아이들끼리 뭉쳐서 돌아다녔다.

성옥은 들로 나갔다. 어머니가 다닌다는 농장의 논엔 추수 때보다 이삭을 줍는 사람들이 더 많아서 허리를 굽히거나 주저앉은 사람들로 가득찼다. 한나절이 되어도 이삭 한 줌을 못 주웠다. 옥수수 알곡은 하루 두 끼, 반줌씩 집어 죽을 쑤면 사나흘 안에 바닥이 날 것이었다. 성옥은 집으로 돌아오는 길에 길바닥에 쓰러진 사람들을 보았다. 아무도 눈여겨보거나 동정하지 않고 끔찍하다고 피하지도 않았다. 거기 그저 풀 한 포기처럼 죽어가는 사람이 있을 뿐이었다. 비 갠 뒤 축축한 땅 위에서 지렁이가 말라가듯, 가을햇볕도 견디기 어려운 몸에서 생기가 스러지고 있었다.

성옥은 공장에도 나가지 않았다. 탄광의 굴을 뚫기 위해 침목용 나무를 벌목하는 일은 능률이 오르지 않았다. 허기진 사람들은 식민지 조선의 독립을 위해 야만적 일본 제국주의와 싸우던 시절의 고난을 떠올리고 그 혁명적 정신을 되살리려고 노력해보았지만 그것으로 허기가 사라지진 않았다. 김일성 대원수님은 눈 속에 고립된 채 외부의 지원을 받지 못하고 오로지 무장된 혁명 정신으로 고난을 헤쳐나왔다지만 성옥은 혁명적으로 무장되지 않았다. 당은 더욱 극렬하고 사실적인 고난의 원인을 미 제국주의의 경제봉쇄와 남조선괴뢰정권의 꼭두각시 노름 탓으로 돌렸다. 허기는 청력을 떨어뜨리고 이해력도 마비시키고 기억도 부패시키는 것 같았다. 고난의 행군을 다시 시작하자는 뼈아픈 선동이 지푸라기같이 허공에서 휘날리다 사라지곤 했다. 그러나 성옥은 아버지를 미워하긴 해도 당이나 대원수님, 그리고 장군님을 원망하진 않았다. 그런 마음이나 감정이 일어나지 않았다. 성옥의 생명을 구성하는 것들 속에 그런 감정은 아예 없는 것일지 몰랐다. 그리고 함께 미제와 남조선괴뢰도당에 대한 적개심도 힘을 잃어갔다. 배가 고프다는 것, 곧 우리도 굶어 죽을 것이라는 공포와 두려움 이외엔 아무것도 더는 생각하지 못했다. 남아 있는 감각은 오로지 그것 하나였다.

성옥은 이때 처음으로 자기 생명의 형용할 수 없는 느낌을 감지했다. 혹, 불면 날아갈 것 같은 생명, 볕에 나가면 이내 말라버릴 것 같은 생명, 바람이 불면 툭 군드러져 형체를 잃을 것 같은 생명……

배급소의 문은 닫힌 지 오래였다. 보위부와 안전부에서 아무리 엄중히 단속해도 장마당은 넓어져갔고 부모가 먼저 죽었거나 가족이 흩어져 홀로된 아이들이 무리지어 맨발로 빵이나 옥수수 펑펑이 따위를 훔치려고 눈을 반들거리며 몰려다녔다. 쉬파리 쫓듯해도 꽃제비떼를 쫓을 수는 없었다. 목숨을 이기는 힘은 없었다. 목숨을 이기는 이념도 없었다. 살거나 죽거나, 그것뿐이었다.

성옥은 기억을 되짚어보다가 문득 정신을 차렸다. 넓지 않은 방엔 아무것도 없었다. 옷장도 책상도 없고 다만 깨끗한 회벽에 액자 두 개가

걸려 있을 뿐이었다. 자애로운 미소를 머금은 김일성 대원수님의 초상
화였다. 그런데 다른 액자는 비어 있었다. 성옥은 깜짝 놀랐다. 가슴이
철렁 내려앉았다. 이래서는 안 됐다. 반동이었다.

아버지가 방에 있었다. 처음부터 있었는지 아니면 성옥이 깜짝 놀
라서 반동이라고 소리치려는 걸 알고 나타났는지 알 수 없었다.

"나를 용서해라."

아버지가 말했다. 그런데 방엔 아버지 혼자였다. 그 말을 들어야 할
성옥은 방에 없었다.

"잘살아라."

다시 아버지가 말했다.

"나를 용서해라. 사랑한다."

아버지가 말했다. 방에 없는 성옥은 사랑한다는 말에 울기 시작했
다. 울면서 성옥은 자기 자신을 찾기 시작했다. 난 어디 간 거야? 어
디서 울지?

모두 꿈이었다. 꿈이라는 걸 알자 성옥은 안도의 한숨을 내쉬었다.
다행이었다. 그건 꿈이어야 했다. 시계를 보았다. 정오였다. 새벽에
잠이 들었었나? 성옥은 어제의 자기를 되짚어보았다. 그러다가 이내
되짚는 일을 그만두었다. 헛된 일이었다.

핸드폰을 열었다. 문자가 두 개였다. 모두 집 짓는 남자. 그 이름을
보는 성옥의 가슴이 더워지기 시작했다.

성옥! 잘 지내는 거야? 학교도 잘 다니고? 난 급한 프로젝트 하나

180

를 이제 겨우 끝냈다. 너와 상관있는 일 같다고 언젠가 말했었지. 곧 만나자. 전화 좀 해라. 인호.

성옥의 눈앞이 뿌옇게 흐려졌다.

알려줄 게 있어. 급하게 일본 출장을 다녀왔어. 모지에 가봤다. 인호.

성옥은 한눈에 들어오는 단순한 문장을 읽고 났을 때, 마음이 무엇엔가 꿰는 아찔한 통증을 느꼈다. 알려줄 게……에서부터 인호까지 읽고 또 읽으면서 성옥은 그가 생략한 말 속에 풍덩 빠져드는 기분이었다.

14. 수복지구 기념관

　성옥은 인호가 열어준 모니터의 도면들을 보았다. 도면으론 건물의 실상이 그려지지 않았다. 한동안 애매하지만 깊은 시선을 거두지 못하는 성옥을 지켜보던 인호가 소리없이 웃었다.

　"애쓰지 마."

　인호가 말했다. 순간 이유도 모르게 성옥의 얼굴이 붉어졌다. 그는 노트북의 화면을 차례로 지우면서 전원이 꺼질 때까지, 건물을 설계하려 공부하고 고민하는 내내 성옥이 마음에서 떠나지 않았다는 말을 할까 말까 망설였다. 언젠가 술을 마시다 고백처럼 말했을지도 모른단 생각이 들긴 했다. 이번 작품은 그가 여태 참여해온 다른 작업들과는 성격이 달랐다. 북한산이나 우면산을 뒤에 둔 저택이나 빌라, 예술가의 기념관, 순교성지의 추모관, 정부 건물이나 기업의 빌딩을 설계하는 것보다 더 어려웠다. 그러나 어려워도 힘들단 생각을 하지 못한 건 아마 성옥 때문이라고 그는 믿었다. 설계를 어떻게 할까 고민하다보면 어느 결엔가 성옥이 마음에 들어와 앉아 있었다. 이상한 일이었다. 심지어 자신도 모르게 성옥아, 넌 어떻게 생각하니? 물어볼 때도 있었다. 건물의 형상이 잡혀갈 때였다.

인호는 냉장고에서 생수를 꺼냈다. 초콜릿과 껌도 챙겼다. 이미 어제 종이봉투에 넣어둔 것들이었다.

"얼른 가서 생선회 먹자. 잘하는 집 알아뒀어."

차에 올라 안전벨트를 매며 인호가 말했다. 성옥은 냉큼 대답하지 못했다. 그저 신기하고 뿌듯하고 또 그만큼 불안했다. 가슴이 콩닥콩닥 뛰었다. 제발 어서 편안해져라, 속으로 자신에게 말했다.

"고성 갈 때 이 길로 갔었나?"

고속도로에 들어선 뒤 인호가 물었다. 성옥은 아이처럼 창밖을 바라보고 있었다.

"여긴 어디죠?"

성옥이 문제를 풀지 못한 아이처럼 초조하고 불안한 목소리로 물었다.

"중부고속도로야. 영동고속도로를 타야지. 늦어도 두 시간 반이면 도착할 거야. 고성이니까 인제로 해서 갔겠구나."

인호가 말하며 성옥을 돌아보았다.

"네, 인제를 지나갔어요."

성옥은 기어드는 목소리로 대답하며 머리는 크게 끄덕였다. 그러다 한참 만에 큰 소리로 말했다.

"거기서 삼팔선이란 표지석을 봤어요."

"그렇지. 동서로 그어진 선이니까."

인호가 중얼거렸다. 수요일 오전의 고속도로는 붐비지 않았다. 높은 산등성이엔 벌써 겨울잠에 푹 빠진 어두운 밤색의 나무들이 보였다.

"노래 들을래?"

"아니요."

인호는 노래를 이리저리 찾다가 성옥의 말에 그만뒀다. 그러고는 삼팔선을 생각했다. 휴전선을 두고 남북이 정전협정을 맺었으니 서쪽으론 잃고 동쪽으론 찾았다. 그중 동쪽의 가장 끝, 해안가를 낀 양양군에서 수복지구를 기념한다는 것이었다.

"이 길은 첨이야?"

"그런 거 같아요."

"그런 거 같아요?"

"여러 단체에서 여기저기 데리고 다녔는데 어디가 어딘지 다 비슷비슷해서 기억이 안 나요. 참 길을 잘 닦아놓았다, 그런 생각만 한 것 같아요."

"운전을 할 땐 길이 넓고 곧으면 좋은데 걸을 땐 예전 길이 좋아."

인호가 말했다. 대학을 졸업하던 해 동기들 몇이 국토종단을 했다. 가장 지겨운 길이 아스팔트였다. 아스팔트는 기계를 위한 길이지 발을 위한 길은 아니었다. 편리함을 위한 목적으로 만들어진 길이지 사람과 사람의 마음이 움직이는 길은 아니었다. 인호는 기념관을 설계하면서 사람과 사람, 시간과 시간, 역사와 역사가 이어지길 희망했다. 그런 것이 관람객들에게 느껴지는 공간이 되길 바랐다. 완성된 설계도를 보던 소장은 그윽하게 웃었지만 때로 고개를 갸웃하기도 했다. 건물은 설계 단계에서만이 아니라 지어질 때도 변형을 요구했다. 이미 목적대로 쓰이면서도 건물은 변했다. 그래서 소장은 집은 '생명체'라고 했다. 인호는 그와 조금 다른 의미로 집이란 보금자리여야 한다고 생각했다.

차는 횡성을 지나 곧 대관령을 통과할 것이었다. 인호는 말이 없는 성옥을 바라보았다. 마치 어린아이 같았다.

"성옥아."

인호가 비어 있는 오른손을 성옥의 어깨에 얹으며 불렀다.

"네?"

성옥이 놀란 목소리로 대답했다.

"넌 집이 뭐라고 그랬지?"

"집이요?"

"응. 언젠가 뭐라고 그랬잖아. 하모니카집 이야기할 때."

인호가 말했다. 성옥은 어깨를 떨었다. 인호의 손이 제풀에 자리를 옮겼다.

"엄마가 사는 곳."

성옥이 말했다. 사는 곳, 이라고 발음할 때 벼랑으로 곤두박이는 것처럼 목소리가 작아졌다. 인호의 손이 다시 성옥의 어깨 위에 얹혔다.

"사람은 다 똑같아."

인호가 말했다. 그는 어리둥절해서 자신을 쳐다보는 성옥의 시선을 외면한 채 대관령의 변천을 이야기했다. 아흔아홉 개의 고개가 줄고 줄어 일곱 개의 크고 작은 굴로 남았다는 것. 자기 세대가 지나면 아흔아홉 개의 고개는 전설로도 남지 않을 거라고.

대관령을 지나자 양양과 속초 고성으로 이어지는 길은 텅 비어 있었다. 두 시간이 채 안 걸리겠다. 인호가 중얼거렸다.

"선생님. 왜 사람은 다 똑같아요?"

성옥이 물었다. 인호가 성옥을 돌아보았다. 궁금해? 그런 표정이었
다. 하지만 대답하지는 않았다. 그는 차가 달리는 중에 여기가 주문진
이다. 소금강이다. 저 바다 봐라, 그러기만 했다.

"성옥아. 우리가 다른 사람 같지?"

그가 싱겁게 느껴지는 말투로 물었다. 성옥은 대답하지 않았다.

"다르지 않아."

그가 스스로 대답했다. 차는 언덕바지로 굽이돌아 내려가다가 해
변으로 들어섰다. 그리고 멈췄다. 주차장 오른편은 바다, 왼편은 횟집
들, 그 뒤로는 산이었다. 성옥은 차에서 내렸다. 해풍에 앞머리가 날렸
다. 갑자기 갈매기 소리가 귀를 후비듯 들려왔다. 가까운 바위에 가득
앉은 갈매기떼가 보였다. 성옥은 말도 없이 무엇에 홀린 듯 바다로 걸
어갔다. 모래밭은 해안선을 따라 이어졌으나 넓지 않았다. 파도는 심
심하게 밀려왔다 밀려가곤 했다. 성옥은 인호가 다가와서 어깨에 손
을 얹었을 때에야 현실로 돌아온 기분이었다.

"배고프니?"

인호가 물었다.

"열두시 반에 밥 먹자."

그가 말했다. 성옥은 혼자이고 싶었다. 그가 곁에 있기를 바랐다.
혼자이고 싶었다. 그가 떠나면 어떻게 할까 걱정했다.

"저길 봐. 저 산등성이에 기념관이 들어설 거야."

인호가 말했다. 성옥은 그가 가리키는 쪽을 돌아보았다. 단풍이 시

들어가는 낮은 등성이였다. 인호는 저기에 '삼팔교'라는 다리가 있었는데 그 다리를 두고 남과 북이 갈렸다. 두 동강으로 잘린 어느 집은 담을 사이에 두고 남쪽이고 북쪽이어서 먹을 게 생기면 나눠먹던 버릇을 버리지 않고 이름을 불러서 담으로 넘겨주고 받았더라고 말했다.

한참 걷던 성옥이 말도 없이 모래 위에 주저앉았다. 그리고 인호를 쳐다보았다. 인호가 곁에 앉자마자 왜 사람이 같은지 다시 한번 물었다. 인호는 잠깐 생각에 잠겼다가 말하기 시작했다.

"……내가 다섯 살 때 부모님이 이혼하셨어. 처음엔 아버지와 함께 살다가 일 년인가 지나서 엄마와 살게 됐어. 양육권을 두고 재판을 했는지 그건 모르겠어. 학교 들어갈 나이에 엄마와 살게 됐어. 아, 아버지가 재혼해서 그랬지."

그는 여기까지 아무렇지 않게 말했다. 그러나 그뒤, 한 달에 한 번 어머니를 만나러 나갈 때 그 두렵고 슬프던 기억을 침묵으로 덮었다. 할머니는 엄마가 아무리 잘해줘도 좋아하면 안 된다고 귀에 못이 박이도록 말했다. 아버지네 집 앞에서 어머니와 헤어질 때 가슴이 찢어지던 것도 이젠 아득하게 잊은 일이지만 어쩌다 떠오르면 늘 파랗게 생생했다.

"아이 때문에 이혼하지 못하고 사는 부부도 많을 거야."

인호가 말했다. 성옥은 한마디도 하지 않았다.

"이혼하고 생각해봤어. 아이가 있었으면 참았을까."

인호가 계속 말했다. 성옥이 의문에 찬 눈으로 인호를 쳐다보았다. 인호가 그 눈을 바라보다가 싱긋 웃었다. 괜찮아, 이렇게 말하는 듯했다.

"왜 혼자 사시나 늘 궁금했어요."

성옥이 나직이 말했다. 인호가 고개를 끄덕였다.

"어차피 아이는 엄마 거야."

인호가 말했다. 자신과 어머니를 생각해도 그랬다. 아버지를 그리워한 적이 거의 없었다. 결혼식에 초대하고 그뒤로 아내와 함께 인사로 외식을 한 것이 전부였다. 결혼생활은 일 년을 넘기지 못했다. 그뒤로 아버지는 다른 사람들의 아버지였다. 어머니의 뜻에 따라 호적을 어머니 쪽으로 옮겨놓은 건, 법이 개정된 뒤였다.

식당으로 들어가기 전에 인호는 삼팔교가 놓인 데로 성옥을 안내했다.

"비무장지대 가봤다고 그랬나?"

인호가 물었다.

"네. 어느 단체에서 하나원 동기들을 데리고 갔었어요."

"인생에도 비무장지대가 있어야 해. 그런데 난 다섯 살 때 그런 완충지대를 가지지 못했던 거 같아. 엄살이 심하지? 아무리 엄살이라 해도 그땐 세상이 끝난 것처럼 두렵고 무서웠으니까. 엄마를 그리워하면 혼나니까 들킬까봐 숨어서 울고. 할머니 앞에서 자꾸 잘 알지도 못하는 노래를 부르고 그랬던 기억이 아직 생생해."

인호는 횟집으로 걸어가며 이런 말들을 했다. 가볍게 말해도 무겁고 눅눅한 목소리는 감춰지지 않았다.

"죄송해요."

성옥이 말했다.

"왜?"

인호는 성옥의 말이 의외여서 큰 소리로 물었다.

"그런 일을 기억하게 해드려서요."

"난 또…… 실망했다는 줄 알고 뜨끔했네. 그러니 사람은 다 같지? 불행은 누구 혼자의 몫은 아닐 거야. 널 생각하면서 내 어린 시절의 고통을 기억했으니."

"네."

성옥은 그저 공연히 네, 라고 대답했다. 인호가 성옥의 허리에 손을 댔다. 순간 성옥은 정신이 까물거려서 발걸음을 멈췄다.

"괜찮아. 모든 건 결국 괜찮은 거야. 시간이 지나가니까."

인호가 낮은 소리로 말했다. 정말요? 뭐가요? 성옥은 질문들이 튀어나올까봐 입을 꽉 다물고 먼바다를 바라보았다. 자본주의사회와 자유주의를 생각했다. 사람은 다 같은가, 그 말이 옳은가, 곱씹었다. 한동안 아무 말도 나누지 않고 두 사람은 횟집 앞의 시멘트 길과 모래밭을 걸었다. 성옥은 젖은 모래 위의 어디쯤에서 문득 멈췄다. 슬픈 노래를 부르면 인생이 슬퍼진다고, 명숙 이모가 그랬던가? 혜교였나? 생각했다. 자신을 향한 공격과 경계의 기미들에 아무렇지 않으려면 얼마나 성숙해야 할까, 이런 것도 생각하면서 구두를 벗고 바닷물 속으로 걸어들어갔다. 등뒤에서 인호의 웃음소리가 들려왔다. 하지만 성옥의 무릎까지 바닷물에 잠기자 웃음소리는 고함으로 바뀌었다.

"이제 그만!"

그가 소리쳤다. 이제 그만, 성옥은 그 말을 읊조리며 고개를 돌렸다. 인호가 돌아오라고 크게 손을 흔들었다. 성옥은 그대로 선 채 수평선 쪽으로 고개를 돌렸다. 모지항은 보이지 않았다. 집삼 바다는 더 아득했다. 몸이 휘청, 흔들렸다. 정신을 차리고 뭍을 향해 돌아서자 바짓단을 걷어올리는 인호가 보였다. 안 돼! 성옥은 바쁘게 모래밭으로 걸어나갔다. 성옥이 다가가자 인호가 등을 퉁, 소리나게 쳤다. 바보, 이러는 것 같다고 성옥은 느꼈다. 죽을 처지에 놓였을 땐 죽음을 느끼지 못했는데 왜 살게 되었을 땐 자주 죽음의 기미를 맞닥뜨려야 하는지 성옥은 알고 싶었다. 인호는 가까이 다가온 성옥을 가볍게 포옹했다.

"죄송해요."

성옥이 젖은 목소리로 말했다.

"앞으로 해선 안 될 말 한 가지, 죄송해요. 이거 다시는 하지 마. 알았지?"

그가 엄격하게 말했다. 들어본 적이 없는 목소리였다.

"그렇게 말하면 내가 나쁜 사람 같잖아. 나쁜 사람으로 살긴 싫어. 알았지?"

인호가 힘줘서 말했다. 성옥은 네, 라고 대답했지만 그 말은 입 밖으론 나오지 못했다.

"기다리겠다."

인호가 성옥의 등을 밀면서 말했다. 누가요? 성옥이 그를 쳐다보았다.

"군에서 담당 계장이 왔어."

인호가 말했다. 담당 계장은 그들이 횟집 안으로 들어서자 바쁜 걸음으로 나와서 웃으며 인사했다. 상은 이미 차려져 있었다.

"정말 여자친구분을 대동하셨네요."

계장이 싱글벙글하며 인사했다. 성옥은 당황했고 인호는 성옥의 어깨에 손을 얹었다. 계장은 군수님은 물론 의회에서도 모두 설계를 보고 만족해했다는 말을 했다. 그리고 자리에 앉자 술을 부었다. 인호는 운전을 해야 한다며 한 잔, 성옥은 세 잔을 마셨다. 술이 돌아가는 동안 인호는 새삼 현대사 공부를 했다는 게 개인적으로 의미 있었다고 말했다. 동해안은 해수욕이나 하러 다녔지 그런 역사가 있다는 걸 몰랐다는 말도 덧붙였다. 그런 말을 하며 틈틈이 성옥의 어깨에 손을 얹곤 했다. 무슨 이야기가 오고가건 회나 맛있게 먹으면 된다, 그런 의미 같았다.

"뭐, 제가 여러 번 말씀드렸다시피 우리 지역의 과거사는 통일이나 되면 아물까, 그렇습니다."

계장의 목소리는 뜨악했다.

"우리 군수님은 애향심이 남다르십니다. 기념관을 자라나는 어린이들이 역사 공부를 할 수 있는 곳으로 만들 생각이십니다. 요즘 육이오가 무슨 날인지 모르는 어린이가 많다는 게 말이 안 되지요."

그가 말했다. 그는 혼자 자작도 하고 인호가 따르는 잔을 받기도 하면서 자기 감회에서 좀체 빠져나오지 못했다. 계장은 헤어질 때, 두 분 결혼식에 꼭 초대를 해달라, 열 일을 제치고 참석하겠다며 진지하게 말했다. 인호는 고개를 끄덕이며 웃고 성옥은 죄를 지은 것처럼 인호의 등뒤에 숨어서 계장의 시선을 피했다.

인호는 차가 대관령에 이르도록 말이 없었다. 성옥은 계장의 결혼이란 말 때문에 그가 부담을 느끼는 게 아닐까, 하는 근심 탓에 마음이 복잡했다. 차가 횡성땅에 이르렀을 때 인호가 말문을 열었다.

인호의 목소리는 담담했다. 너무 담담해서 성옥은 되레 먹먹했다.

"오늘 어땠어?"

성옥은 이유도 없이 목이 메어 말하지 못했다. 과거보다 왜 늘 현재가 멀게 느껴지는 걸까. 성옥은 인호와 헤어져 돌아오는 길에 이런 생각을 했다. 하지만 늦은 밤 아르바이트로 분주해지자 이 모든 생각들이 사라졌다. 식당의 뒷정리까지 마치고 돌아오는 밤 성옥은 핸드폰을 열어 뒤늦게 인호의 문자를 확인했다.

모지에 다녀온 거 이야기 못했네. 곧 다시 보자. 잘 지내. 인호.

192

15. 눈이 내린 날

아침부터 잿빛으로 내려앉았던 하늘에서 때가 되었다는 듯 눈이 내리기 시작했다. 학원에서 오전 수업이 끝난 학생들이 우르르 몰려들어 좁은 김밥가게는 거의 아수라장이었다. 얼굴을 바라보지도 않고 인사하는 학생들은 아줌마, 언니를 번갈아 부르며 치즈김밥, 누드김밥, 참치김밥을 달라고 소리쳐 정신을 쏙 뺐다. 성옥이 하얗게 눈이 내리는 걸 알아차린 건 한시 반이나 되어서였다.

"아, 눈이 내려요!"

성옥은 앞치마에 손을 감싸고 유리문 밖으로 나가며 소리쳤다. 눈이다, 눈. 성옥은 속으로 말했다. 이미 몇 차례 눈발이 날린 적이 있었지만 첫눈이라고 느껴지는 건 지금이었다. 눈이 내려요. 성옥은 마음에 글자를 썼다. 하얗게 쌓이네요. 다시 덧붙였다. 문자를 보내고 싶은 사람의 이름이 가슴에서 고물거렸다. 성옥은 앞치마 주머니에 손을 넣었다. 전원을 꺼놓은 핸드폰을 매만졌다. 그를 만나지 못하고 지낸 지 거의 달포가 지난 것 같았다. 전화를 주고받아서 그가 어디서 무얼 하는지 알긴 했다. 그는 새로운 일을 맡아서 바빴다. 지방으로 출장이 잦다고 했다. 호남 지역 출신 문인의 생가를 복원하고 문학관을 설계하는 일이었다.

"전라남도 가봤어?"

그날 인호가 물었다. 가본 적은 없는데 성옥은 대답하지 못하고 우물거렸다.

"동해하곤 다르지만 아름다운 곳이 많아. 산, 바다, 골짜기, 산사. 남도음식도 맛있지."

이때 성옥은 네, 하고 대답만 했다. 언제쯤 함께 가자는 말로 오랜만의 통화를 마친 게 언제였던가. 성옥은 소리없이 하얗게 내리는 눈발을 바라보며 아득한 그리움 같은 것을 아리게 느꼈다. 그리고 이내 자신의 부질없는 감상을 책망했다.

"눈 오니까 좋수?"

일용직 노동자 셋이 어깨를 겨루듯 가게로 들어서며 우두커니 선 성옥에게 농을 걸었다. 벌써 보름 넘게 김밥을 먹으러 오는 사람들이었다. 성옥은 부리나케 따라들어갔다.

"성옥아. 우리 거하곤 다르다. 저걸 눈이라고 하겠니?"

무산 이모가 탁자에 놓을 단무지와 물컵을 챙기며 빠르게 말했다.

"맞슴다."

성옥은 무산 이모의 귓가에 소곤댔다. 아무리 눈이 와도 함경도의 눈과는 비교할 수 없었다. 김밥과 우동 한 그릇의 주문전표를 떼어 성옥에게 넘기던 이모가 성옥의 얼굴을 새삼스레 다시 바라보았다.

"니 얼굴이…… 집 생각나니?"

이모가 빠르게 김밥을 말아 자신의 도마에 얹어주는 성옥에게 물었다.

"아니요."

성옥은 뿌루퉁하니 대꾸했다.

"떠난 지 오랜데 집은요. 그런데 눈이 언제부터 내렸소?"

"학생들 들락거릴 때 머리에 눈 맞고 난리치던 거 못 들었나?"

무산 이모는 접시에 김밥을 담고 성옥은 국물을 펐다. 이모는 바람처럼 손님들 탁자에 김밥을 놓고 그들과 싱거운 소리 몇 마디를 나눴다. 여기 와서 삼 년 일하고 혼자 남은 아들을 데려왔는데 아들이 적응을 못했다. 학교를 두 군데나 옮겼지만 한 달을 못 버텼다. 친절한 아이들도 있지만 거지같이 얻어먹으러 왔느냐고 때리고 욕하는 아이들도 있다는 것이었다. 더군다나 말투와 어휘가 달라 적응할 수 없다고 했다. 무산으로 가겠다며 밥도 안 먹고 시위를 해서 그동안 고생이 심했다. 한국사회에 정착하는 것보다 아들의 몸살을 견뎌내는 게 더 힘들어 이모는 위염에 불면증, 불안신경증을 앓았다. 성옥의 소개로 함께 일한 지 삼 개월 됐다.

손님이 뜸하고 눈발도 흐지부지해진 오후에 성옥은 핸드폰을 꺼내 들었다. 전원 표시에 손가락 끝을 대고도 누르지 못했다. 무언가 자꾸 망설여졌다. 실망과 흥분이 한꺼번에 튀어나올 것 같은 두려움을 피하고 싶었다.

선생님. 눈이 내렸어요.

그래도 성옥은 마음속에 짧은 편지를 썼다. 인호가 아니었다면 가볼 수 없는 건축가의 설계 사무실. 그가 앉은 의자에서 등을 돌리면 건너편 주택의 수종이 다른 정원수가 여러 그루 보였다. 그 나무들에도 눈이 쌓였을 것이다. 그가 사무실에 있다면.

성옥은 아랫입술을 깨물었다. 이모가 의자에 걸터앉아 단무지 조각을 깨작깨작 씹었다.

"이모오."

성옥이 그 앞에 무릎을 구부리고 마치 기도하는 자세로 앉아 이모를 불렀다. 이모가 웃었다.

"니 시집가고 싶구나."

이모가 다 안다는 듯이 말했다. 성옥은 찝찔한 냄새가 밴 이모의 앞치마에 얼굴을 묻었다. 울고 싶었다. 엉엉 소리내서 울 수만 있어도, 그럴 수만 있어도, 간절하게 생각했다.

"이모, 난 왜 이래요?"

성옥이 개미 같은 목소리로 독백하듯 물었다.

"사람이 한평생 살아가려면 속썩이는 일도 만나고 울 일도 만나야 한다. 편하게만 살면 못 산다. 지루해서 어찌 살겠니?"

이모가 말했다. 성옥은 얼굴을 홀쩍 추켜들고 이모를 쳐다보았다. 성옥의 젖은 눈을 이모가 내려다보았다.

"난 우리집에 원수 덩어리 하나 땜에 산다. 알겠니?"

이모가 냉정한 표정으로 말했다.

"학교 잘 다니죠?"

성옥이 물었다.

"선생님을 잘 만났다. 대학도 가겠단다. 사내새끼가 불쌍한 사람

돕고 살겠다며 무슨 복지사가 되겠단다. 그게 먹고살 직업이 되니?"

"이모 닮아 착한 걸 누구 탓해요?"

성옥이 말했다. 그리고 일어섰다. 칸이 좁은 주방에 들어가도 일이 손에 잡히지 않고 마음이 허둥댔다. 바닥에 떨어진 김밥 속 부스러기들을 보고도 다른 때처럼 냉큼 집어 쓰레기통에 넣지 못했다. 급하게 해야 할 다른 일이 있는데 잊은 것처럼 답답하고 허전했다. 그러면서 기어이 핸드폰의 전원을 눌렀다. 순간 전화기가 부르르 진동했다. 성옥도 따라 전율했다. 집 짓는 남자라는 발신자의 이름을 채 확인하기도 전이었다.

"어떡해."

성옥이 중얼거렸다. 다른 때와 기미가 다른 자신을 빤히 바라보는 이모의 시선도 눈치채지 못했다. 이모는 선생님이라 부르는 성옥의 떨리는 목소리를 들으며 입안에 고이는 웃음을 삼켰다. 연애질이 났지, 속으로 생각했다. 마침 어린아이를 앞세운 젊은 엄마 둘이 들어오지 않았다면 이모는 성옥의 대화를 다 들었을 것이다. 이모는 성옥에게 전화질을 계속해라, 내가 알아서 하겠다는 시늉을 해 보이고 주문을 받았다. 성옥은 선생님 생각을 하는데 전화가 왔다, 어떻게 잘 지내시느냐, 별일 없이 잘 지낸다, 늘 바쁘시겠다…… 말했다.

"언제 시간 나니? 얼굴 한번 봐야지."

인호가 이렇게 말하지 않았다면 성옥은 무턱대고 저는 잘 지내요, 같은 말만 되풀이했을 것이다. 인호는 주말에 보자고 했지만 성옥은 가장 바쁜 때가 주말이었다. 추운 때라 봄가을 같진 않아도 금요일 저녁부터 일이 몰렸다.

"선생님은 별일 없으신가요?"

출렁거리는 마음이 제풀에 가라앉은 뒤 성옥이 물었다.

"늘 일에 묻혀 살지 뭐. 일중독자니까."

인호가 타박하듯 말했다.

"네에."

성옥은 가라앉는 목소리로 네에, 말했다. 대답으론 딱히 맞지 않는데 왜 그랬는지 성옥도 몰랐다. 인호에게도 그 네에, 라던 성옥의 음성이 한동안 맘에 걸렸다.

이유가 아주 없지는 않았다. 12월 들어 인호는 두 번이나 선을 보았다. 둘 다 어머니가 주선한 여자들이었다. 그동안 어머니 때문에 선을 본 게 열 손가락으로도 모자라긴 했다. 그중 산업디자인을 전공했다는 여자는 두 번이나 거푸 만났다. 어머니는 아들에게 인상을 묻고 나쁘지 않다는 대답을 듣자, 그럼 내일 날잡자, 거의 이런 수준으로 흥분했다. 하지만 동종업이라서 설계 사무실을 차린다면 안성맞춤일 거란 그 여자를 두번째 만나고 돌아오는 길에 인호는 놀라운 경험을 했다. 택시에서 내려 집으로 걸어들어가는 갈림길에서 자신을 지켜보는 성옥을 본 것이었다. 가슴이 철렁한 그는 무턱대고 성옥아! 소리쳐 불렀다. 그리고 다가갔을 때 그는 환상이었다는 걸 알았다. 환상을 본 경험도 처음이었다. 놀랍고 두렵고 신기해서 그는 집에 들어가 우두커니 한동안 앉아 있었다. 그리고 성옥의 표정을 떠올려보려고 애썼다. 환상이었다는 걸 알면서도 그는 성옥이 슬픈 표정이었던가? 화가 났던가? 실망한 얼굴이었나? 생각하고 또 생각했다.

198

그는 씻지도 않고 책상 위에 아무렇게나 겹쳐 쌓인 책들을 한 권 한 권 들췄다. 모두 수복지구 기념관을 설계할 때 구입한 관련 자료들이었다. 그리고 그 모든 자료들에 묻어 있는 성옥을 느꼈다. 진실한 하나의 운명이 체온을 담고 그에게 무어라 말하는 것 같았다. 조선인 강제연행, 강제수용소 탈출 수기, 탈북 시인 시집, 사진집, 『북한행 엑소더스』, 함경도 지도, 혜산시가 건너다보이는 압록강, 그리고 인터넷 카페에서 프린트한 가지각색의 탈북자 수기들, 국립도서관 북한 자료관에서 복사한 북한 교과서의 편린들…… 어느 하루 소장이 불러 인호에게 눈살을 찌푸리며 말했다. 탈북자 기념관 짓자는 거 아닌 줄 알지? 생각이 너무 복잡하면 배가 산으로 갈 수 있다는 걸 명심해! 소장은 이렇게 경고하며 독려했다. 사실 그뿐만이 아니었다. 북송된 가족을 둔 재일 교포 여성의 평양 방문기를 보다가 인호는 국립박물관을 찾아 북한 자료들을 열람했다. 성옥이 보고 감격했다는 영화, 주제가를 기억하던 영화 들이었다. 그러나 어느 한 편도 끝까지 볼 수 없었다. 영화가 의도하는 목적이 인호에겐 스며들지 않았기 때문이다. 그러나 성옥을 이해하는 덴 도움이 됐다. 1965년 북한에서 발행한 천연색 화보는 천국을 보여줬다. 그걸 보고 성옥의 할머니가 끝끝내 내켜하지 않는 가족을 만경봉호에 타도록 했을 거란 상상도 해봤다. 성옥이 배웠을 인민학교 일학년 교과서들. 김일성으로 시작해서 김일성으로 끝나는 과목들을 보며 인호는 성옥의 남한 적응을 방해하는 정서가 바로 이런 문화구나, 짐작하던 걸 기억했다.

다음날 인호는 어머니에게 그 여자를 더는 만나지 않겠고 선도 보지 않겠다고 최후통첩처럼 말했다. 어머니의 실망과 당혹은 이루 말할 수 없었다. 나쁜 놈이라고 몇 번이나 중얼거리던 어머니는 내가 왜 너 같은 바보를 낳았을까, 통탄하기에 이르렀다. 스물아홉 살 나이에 부모가 모두 교수인 좋은 집안 딸이 제 발로 들어온 격인데 그걸 뿌리 치는 아들은 사람도 아니었다.

"그러다 늙은 몽달귀신 되라!"

"동남아 여자랑 살아라!"

어머니는 그럴 일이야 상상도 못하면서 이렇게 분을 터뜨렸다.

"너 날 믿고 허투루 살려는 것 같은데 난 내 재산 몽땅 사회에 헌납 하고 죽을 거야!"

어머니의 협박은 이것으로 정점을 찍었다. 어머니의 재산이 많기는 했다. 부동산 붐을 잘 탔고 일찍 차린 이탈리안 식당도 지점이 세 군데 나 됐다. 어느 곳이나 손님이 끊이지 않았다. 인호는 사춘기 이후 어머 니에게 몇 차례나 연인이 있었다는 걸 알았지만 늘 모른 척해왔다.

"니 인생 니가 알아서 해."

어머니는 이렇게 소리지르고 팔매질하듯 전화를 끊어버렸다. 인호 는 끊긴 전화를 들고 미소지었다. 어머니는 어머니라고 생각했다.

엄마는 나의 운명, 나는 엄마의 운명.

인호는 이렇게 문자를 보내고 전원을 껐다. 한결 기분이 개운해졌 다. 그리고 자신이 진실해진 걸 느꼈다. 진실의 느낌은 언제나 편안하 고 좋았다.

"성옥이가 편할 때 언제든 연락해. 맛있는 거 먹자. 코가 삐뚤어지 게 마셔보자."

인호는 이렇게 말하고 전화를 끊었다. 전화가 끊긴 감각을 부여잡 듯 전화기를 가슴에 댄 성옥의 얼굴엔 행복감이 함박꽃처럼 피었다. 이른 저녁부터 손님이 몰린 것이 다행이었다. 그렇지 않았다면 아마 이모는 성옥에게 꼬치꼬치 캐물었을 것이다. 김밥집 일이 잘된 덕에 성옥은 어머니에게 연말 보너스라고 백만원을 보낼 수 있었다. 추운 겨울, 따뜻한 내복과 스웨터와 점퍼를 사입으시라고, 앞으로도 돈 걱 정은 말라고 말했다. 비록 두만강변의 어지러운 바람 소리에 서로의 말소리를 제대로 알아듣지 못했을 테지만 성옥은 뿌듯했다. 만나지 못하니 사진 속의 어머니나 다름없어도 돈을 보내고 목소리를 듣는 것이 돌아서면 잊혀지지 않는 꿈만 같았다.

16. 숨쉬기

인호와 약속한 날 성옥은 명숙네로 가야 했다. 인호는 토요일 오전 중에 자신의 집으로 올 수 있느냐 묻고 약속을 바꿔주었다. 명숙이 정숙의 간성집으로 가서 음식점을 내게 되어 오늘 이 자리가 송별연이나 다름없었다. 육이오 때 월남한 사람들이 많이 사는 간성은 음식맛도 함경도와 비슷했다. 간성에서 함경도 음식을 제대로 만들어 소문만 나면 전국에서 차를 타고 몰려들 거라는 게 가게를 내기로 결정한 이유였다. 명숙은 서울생활이 싫증났고 어머니와 아버지가 살던 연고지에서 언니와 여생을 마치고 싶은 욕심도 있었다.

성옥은 지하철역에서 나와 길가의 대형 마트에서 사과 한 상자를 배달시키고 날 듯이 걸어 명숙의 아파트를 찾아갔다. 개천가에 서향으로 지어진 이십 년 된 서민 아파트 구층에 명숙이 살았다. 아파트가 부족해 사 년이나 기다린 끝에 배정받은 집이었다. 성옥은 승강기에서 내리자마자 식용유 냄새를 맡았다. 집집마다 복도에 내놓은 플라

스틱 쓰레기통, 빈 골판지 상자, 낡은 자전거, 유모차, 화분과 내용물이 불분명한 비닐 자루들이 잡다해도 사람 지나다니는 덴 지장이 없었다. 성옥은 벌써 입안 한가득 고인 침을 삼키며 문을 열었다. 얼굴이 벌건 명숙이 한 손에 국자를 추켜들고 문을 열어주며 성옥의 뒤를 살폈다.

"혜교는? 같이 아이 와?"

명숙이 물었다.

"이모, 더 젊어지셨어요!"

성옥은 과장되게 말했다. 표정이 한결 밝아진 건 사실이었다. 명숙은 민망해하며 눈을 찌푸렸다.

"이모, 두부밥 함까?"

성옥은 두 사람이 등 대고 서 있기조차 빠듯한 주방에서 명숙에게 물었다.

"남조선식으루 두부밥 했다."

명숙이 말하며 베란다로 손짓했다. 베란다엔 의자가 없는 낡은 책상이 놓였고 그 위에 덮개를 씌운 큰 접시와 그릇 들이 몇 개 보였다. 성옥은 날름 그곳으로 갔다. 뚜껑을 덮은 건 열어보고 비닐을 씌운 건 들여다보며 이모! 너무 수고 많소! 맛있겠다! 소리쳤다. 채반 위의 동태순대, 유리그릇 안의 가자미식혜, 남조선식 두부밥이라고 말한 유부초밥이 풍성했다. 입안에 침이 가득 고이며 눈시울이 뜨거워졌다.

"나는예, 이모 있어서 얼마나 좋은지 모르겠슴다."

성옥은 마치 하늘에 소리치듯 큰 소리로 말하고 들어오다가 숨도 안 쉬는 듯 고요하게 누운 정숙을 보았다. 성옥은 눈이 마주친 명숙에게 손가락을 입술 가운데 세우고 조용히 해야 한다는 시늉을 했다. 눈을 감고 바닥에 붙듯이 누운 정숙을 잠깐 들여다보았다. 온화하고 소박하기 그지없는 인상이었다. 막무가내로 다시는 안 본다며 등 돌리던 정숙을 명숙은 여러 번 찾아가서 결국 정숙의 맘을 풀었다. 그럴때 성옥도 한번 따라가서 사납고 냉정한 정숙을 본 적이 있었다.

"이모, 큰이모 인사이 영 몰라보게 달라졌슴다."

명숙의 곁에 와서 성옥이 속삭였다.

"말두 마라. 처음에는 맨날 울기만 하더라. 내사 저렇게 울다가 진이 다 빠져서 죽으므 어쩌나 얼매나 걱정했는지 아니. 요새는 있재야, 자다가두 벌떡벌떡 일어나서 어머니, 아버지 생김새르 이야기해달란다. 언니는 두 분이 어떻게 생겼는지 모른단다. 그리구는 있재야, 조선에서 살던 이야기르 꼬치꼬치 묻는다. 뭐 먹는지, 뭐 입구 학교 다니는지, 정말 사람 차별 하지 않는지, 설날이 있는지, 연속극은 보는지, 그리그 응, 어째서 굶을 지경까지 됐는가 하구 궁금한 게 엄청 많은가보더라. 요새느 늙어서 그런가, 너무 울어서 기운이 다 빠져서 그런가, 언니가 서너 살짜리 애 같아 보여서 속상하다. 얼마나 더 사실지는 몰라도 어쩌겠니. 내가 우리 부모님 대신해가지구 보살펴드려야지. 그렇게 우시더니 이제느 원망이 풀린 거 같긴 한데…… 한이 없이 가셔야……"

명숙의 목소리는 한이 없이 가셔야, 라고 할 때 흔들리며 곤두박였다. 성옥은 손등으로 눈을 문질렀다. 배가 고플 때, 중국에서 이리저리 쫓기고 팔릴 때도 울 줄 몰랐다. 그런데 여기 온 뒤, 조금만 아린 이야기를 들어도 눈물부터 났다. 현관벨이 울리지 않았다면 두 사람은 부둥켜안고 한바탕 울었을지 모른다.

"혜교다!"

명숙이 맹맹한 목소리로 말했다. 성옥이 현관으로 나가자 명숙은 서둘러 볶은 돼지고기를 잡채에 넣고 참기름 방울을 떨어뜨린 뒤 뒤적였다. 하지만 혜교는 아니었다. 아까 배달시켰던 사과 상자를 받아든 성옥의 등뒤는 허전했다.

"혜교 애 밴 거 내 말했던가?"

"그 간나한테 직접 들었다. 뗀다메? 에미 되기 싫다구. 애애비는 뭐한다니? 그 간나느 돈 많은 서나들하구만 노니?"

명숙의 말에 성옥은 아무 말도 못했다.

혜교의 임신 소식을 최아림을 통해 듣던 날, 성옥은 혜교가 최아림에게 자신의 경력을 속인다는 사실도 함께 알았다. 자기 인생이 소설책으로도 나오고 영화가 되게 해달라고 졸라서 두 사람을 소개한 건 성옥이었다. 그런데 그후 함께 만난 적이 없었다. 지난달 최아림이 다급하게 전화해서 혜교가 임신 육 개월로 접어들었다. 어떻게 의학을 공부했다는 사람이 태동도 모르느냐, 그러고도 중절하겠다고 난리다, 아이는 싫단다, 어찌해야 하느냐, 성옥은 어안이 벙벙했다. 혜교의 임신도 놀라웠지만 그보다 의학을 전공했다는 말이 놀라웠다. 혜교가 다녔다는 경성의과대학은 존재하지 않았다. 북한에서의 경력을 속이는 사람이 꽤 된다는 말을 듣긴 했다. 그런데 혜교가 왜 그러는지 이해가 안 됐다. 현재 정신이 온전한지 걱정되었다.

성옥은 명숙이 간을 보라며 집어준 잡채의 맛이 느껴지지 않았다. 그저 맛있다고 웃으며 말하곤 그사이 일어나 화장실로 가려는 정숙을 부축했다. 음식상이 그득해지는 걸 바라보며 잔치해도 되겠다, 정숙이 중얼거렸다.

"벌써 여러 날 전부터 동상이 저러네."

기어들어가는 목소리로 정숙이 성옥에게 말했다.

"이모님, 고향에서 먹던 음식입니다."

성옥이 말했다. 동태순대. 보통 집에서는 순대에 동태를 넣기 어려웠지만 성옥이넨 넉넉하게 넣었다. 순대를 삶아낼 때면 동네 아이들이 잠자리처럼 성옥이네 창고 주위를 맴돌았다. 성옥이 아직 열 살도 되기 전, 배고픈 게 뭔지 모를 시절의 추억이었다. 동태는 한겨울 곡식 같았다.

"가자미식혜도 했어."

화장실에서 나온 정숙이 지켜 서 있던 성옥에게 잊었다는 듯이 말했다. 자랑과 기쁨이 밴 목소리였다.

"나도 얻어만 먹어봤지 하는 건 첨 봤어. 잘해. 어머니가 늘 해줬다니. 우리 어머니가 부잣집에 살아놔서⋯⋯"

정숙은 식모살이였다는 말은 하지 않았다. 사람은 보고 들으며 배우는 게 크다고 중얼거리며 다시 자리에 누웠다.

"언니, 맥 놓으므 안 됨다. 그러므 진짜루 큰일남다."

명숙이 정숙 쪽을 기웃하며 큰 소리로 말했다.

"맥을 놓긴. 늙어 그런 걸."

"요새느 백 살까지 산다는 거 텔레비에서 못 봤슴까?"

명숙이 말했다. 그리고 자신도 좀 씻는다며 화장실로 들어갔다. 성옥이 정숙의 곁에 붙어앉아 고우시다고 여러 번 앞머리 넘겨주며 말했다.

"어머니가 북에 있다구 했수?"

"네."

"아는 몇 명이나 됐수?"

"결혼 못했어요."

"거기다 식구들을 떨구구 혼자 나왔수?"

"어머니만 계세요."

"일루 불러와. 피붙이 안 갈라져서 사는 게 천당이지, 어디 천당이 따루 있어?"

성옥은 그저 웃었다. 도랑물 흐르듯 정숙은 얼굴 모르는 동생을 다시 만난 것, 부모님 소식 듣게 된 것이 아직 꿈만 같다고 조곤조곤 말했다. 그리고 성옥은 정숙이 궁금해하는 어머니의 이야기를 했다. 일본에서 살았다는 것, 아버지가 오랜 병환으로 살다 돌아가셨다는 것 등이었다. 이야기는 남혁이 여자친구 영옥을 데리고 나타났을 때야 끝났다. 남혁은 언제나 그렇듯 시간을 딱 맞춰서 왔다. 이곳에 온 지 반년이 채 안 된 영옥은 북경에서 곧장 비행기로 왔다. 정치학교 교수 출신의 아버지는 북한연구소에 연구원으로 일하고 음악 선생님이었던 어머니는 피아노를 가르친다고 남혁이 우쭐한 목소리로 영옥을 소개했다. 성옥은 영옥을 새삼스런 표정으로 바라보며 입을 다물었다. 자유가 좋긴 하네, 이런 비아냥 섞인 말이 입안에 맴도는 걸 삼켰다. 영옥은, 그곳에서라면 결코 한자리에 앉을 기회가 없을 다른 신분이었다.

"영옥이랬니? 나느 오미란이 들어왔는가 해서 깜짝 놀랐다."

일을 도울 게 없냐며 명숙의 곁에 붙어선 영옥을 두고 명숙이 커다랗게 말했다.

"오미란이 누굽니까?"

남혁이 물었다. 방금 성옥에게 혜교 누난 오지 않았느냐고 묻곤 그 대답도 듣지 않고 그쪽에 참견했다. 성옥은 누나랑 결혼하겠다던 남혁의 애절하던 표정이 떠올라 순간 씁쓸했지만 이내 그런 감정을 밀쳐내고 물었다.

"넌 도대체 어디서 왔는데 오미란이두 모르니? 도라지꽃……"

성옥은 퉁명스런 말투로 뱉다가 입을 다물었다. 입이 저절로 조개처럼 닫혔다. 〈도라지꽃〉은 성옥이 열 살 땐가 나온 영화인데 고등중학교 때 처음 보았다. 울어서 눈이 퉁퉁 부은 성옥에게 철이가 넌 오미란보다 더 예쁘다고 말했다. 후에 두 번은 더 보았는데 마지막으로 본 건 결혼 말까지 나왔던 교수의 아들과 함께였다. 그도 영화를 본 뒤 성옥이 오미란을 닮았다고 말했다. 어여쁜 인민배우 오미란과 닮았다는 말이 싫지 않았다. 영화에서 오미란은 산골 벽촌의 고향이 싫다고 도회지로 떠나는 연인을 뒤따르지 않고 살기 좋은 고향을 만드는 데 혼신을 다하다가 결국 목숨까지 바치는 주인공의 역을 사실적으로 연기했다. 오미란이 산사태로 죽을 때 극장은 울음소리로 가득했다. '고향을 사랑한 사람은 죽어서도 돌아올 수 있지만 제 고향을 버린 사람은 살아 있다고 해도 돌아올 권리가 없다'는 말을 하던 오미란의 극중 동생의 대사에서 관객들은 기다렸다는 듯이 박수를 쳤다. 성옥도 그랬다. 하지만 한두 해 후 굶어 죽거나 미쳐 죽거나 강을 건너야 하던 사람들 중에 극장에서 울며 박수 치던 감동의 기억을 붙잡을 수 있던 사람은 누구였을까.

"혜교 누나느 전화해두 안 받습데다. 돈 버는 재미 들렸는지……"

남혁이 말했다. 성옥은 남혁의 말을 듣고 다시 혜교에게 전화했지만 '고객님의 전화는 전원이 꺼져 있으니 다음에 다시 걸어주십시오'라는 기계음만 들렸다. 전원을 끄는 손끝으로 기운이 쫙 빠져나가는 것 같았다. 둥근 상에 음식을 나르는 영옥을 보면서, 그 옆에 껌처럼 붙어 있는 남혁을 보면서, 동작이 씩씩한 명숙을 보면서 성옥은 맘이 편치 않았다. 서로 외로울 땐, 아직 이곳에 뿌리를 제대로 내리지 못해 허둥거릴 땐 육친 같았는데 점점 벌어지고 옅어지는 느낌이 좋지만은 않다. 아무렇지 않게 젊은 애인을 데려온 남혁 때문일까? 원수 같던 자매가 너무 쉽게 다정해진 탓일까? 철부지 같은 시샘일까?

"언니, 내 보기에는 언니가 오미란 닮았슴다."

상에 둘러앉았을 때 곁에 앉은 영옥이 나지막이 말했다. 성옥은 자신도 모르게 상 밑으로 영옥의 손을 잡았다.

"영옥씬 도라지꽃 같애!"

성옥이 촉촉한 목소리로 말했다.

"누나 왜 하필 도라지꽃이요? 난 장미가 좋더라."

남혁이 뚱하게 말했다.

"도라지꽃이 여간 곱니? 〈도라지꽃〉 영화 못 봤니? 도라지꽃은 뿌리를 위해 핀다구 주인공이 말할 때 안 운 사람이 없었다."

명숙이었다. 성옥도 고개를 끄덕였다. 하지만 성옥이 도라지꽃을 떠올린 건 그 영화가 아니었다. 김정일의 특각이 올라가는 길을 닦으러 가서 지내던 때, 달빛 아래에서도 보고 이슬 맞은 아침에도 보며 도라지꽃에 반했었다. 깊고 그윽하고 맑고 고상한 분위기를 가진 꽃이었다. 명숙과 성옥은 도라지꽃에 대해 더 이야기했다. 남한에 와서 함경도 산중에서 자란 도라지만한 걸 못 보았다는 이야기에 잠깐 숙연해지기도 했다.

"강원도 설악산 도라지도 좋다!"

여태 말없이 오물오물 음식을 먹던 정숙이 툭 끼어들었다. 성옥이 정숙을 바라보며 낮게 웃었다.

"우리 언니 식성은 아부지랑 똑같으다."

동태순대 접시에만 손이 가는 정숙을 두고 명숙이 말했다.

"그래 피는 못 속이고 씨도둑은 못한다는 말이 있잖니."

정숙이 말했다. 성옥은 빈 접시를 들고 일어나 다시 가득 담아왔다.

"도라지가 요새야 약으로 쳐주지만 양귀비만한 약이 없느니라."

다시 정숙이 말했다.

"양귀비밭에서 도라지꽃도 봤어요."

성옥이 말했다. 순간 성옥을 쳐다보는 정숙의 회색 눈이 반짝 빛났다.

"아가씬 양귀비 모르겠다."

명숙이 영옥을 두고 말했다.

"아이구, 압니다. 나도 양귀비 진액 받으러 다녔답니다. 조선 사람들은 못해본 게 없슴다."

영옥이 말했다.

"아직도 그렇구나."

성옥이 중얼거렸다. 명숙은 어머니가 말년에 통증을 이기지 못해 양귀비 주사를 맞으며 견딘 이야기를 했다. 성옥은 양귀비 채취를 나가 아버지를 위해 따로 받아왔던 기억을 떠올렸다. 아버지를 위해서 한 일은 그게 전부 같았다. 정숙은 또다시 혼잣말로 양귀비만한 약이 없다며 배가 아플 땐 직방이라고 중얼중얼했다. 정숙은 자신의 동생이 일 나갔다 돌아오는 길이나 쉬는 날 음식을 장만하자고 여러 번 시장을 드나들었던 것, 참가자미 산다고 지하철 첫차로 노량진 수산시장에 갔던 것, 동태를 다듬어 말리고 열흘 보름을 수고했던 것을 조곤조곤 말했다. 그 말 끝에선가, 남혁은 드디어 수저를 내려놓았다.

"언니, 일없습다. 그거 장만하느라구 내가 좋았으므 그만이지 뭐."

명숙이 말했다.

"일없습니까?"

남혁이 북한 사투리를 의미 있게 되받아 읊조리며 성옥을 흘깃 쳐다보았다. 아무리 탈북자인 걸 감추려고 서울말을 해도 급하면 툭 튀어나오는 말 중에 하나가 '일없습니다'였다. 그래서 당혹스러웠던 일이 한두 번이 아니었다는 걸 남혁과 성옥은 알았다. 접힐 듯 굽은 허리를 하고도 자리를 지키던 정숙이 슬며시 일어나 당신의 방으로 자작자작 걸어갔다. 명숙이 따라가서 자리를 살펴주고 돌아와 앉았다.

"우리 언니가 갑자기 늙으셨다."

명숙이 작은 소리로 말하고 휴우, 한숨을 쉬었다.

"사람이 고생이 있어야 명이 길어진단다."

그러고는 이렇게 덧붙였다.

"그러므 탈북자들은 다 백 살까지 사는 게 아인가? 큰일이네."

성옥이 정말 걱정스런 말투로 말했다. 명숙은 냉장고에서 사이다를 꺼내 거품이 일도록 유리잔에 가득 따랐다. 남혁과 영옥은 콜라를 마시고 성옥은 아무것도 마시지 않았다.

"언제 만났어?"

성옥이 남혁을 쳐다보며 물었다. 지난가을만 해도 남혁은 누나밖에 없다며 인호를 질투했다. 몽골에서 죽어가는 자신을 살려준 것이 누나니까, 남은 인생도 살려줘야 한다고 울먹이며 고백도 했다. 오리는 오리끼리, 송충이는 송충이끼리만 살 수 있다고 격렬히 주장했다. 성옥은 지나가는 청춘의 감정이라 생각했지만 때때로 남혁의 말과 표정이 떠오를 때면 가슴이 아렸다. 인호가 남자친구도 결혼 상대자도 아니듯이 남혁도 그럴 테지만 이제 더 멀게 느껴지는 이 순간이 낯설었다.

술이 돌고 음식이 넘치고 이야기도 사방팔방으로 돌고돌았다. 시간은 그들 밖에서만 흐르는 것 같았다.

"결혼은 언제 하니?"

명숙이 물었다.

"벌써 같이 삽니다."

남혁이 명쾌하게 대답했다. 하지만 다른 사람들은 찬물 바가지를 덮어쓴 듯 표정이 굳었다. 남혁이 어른들에 대한 예의라며 영옥과 함께 북한 노래 몇 곡을 부른 후, 모두 일어났다. 성옥은 혜교네 집에 들러본다며 명숙이 따로 싸준 음식 봉지를 들었다.

지하철역에서 남혁과 헤어지려는데,

"누나, 누나도 행복해야지!"

한 발 앞으로 나갔던 남혁이 돌아와 성옥을 끌어안으며 말했다. 그 찰나에 성옥은 정신이 아찔했다. 남혁의 등을 어설프게 두른 손으로 살집이 단단한 등을 두들기기만 하고 아무 말도 못했다. 영옥이 그런 그들을 몇 발 뒤에서 행복한 미소를 지으며 바라보았다.

"누나한테 무슨 일이 생기므 내가 다 해결해줄게. 누나 잊지 마시오."

남혁은 이렇게 말하고 다시 한번 팔에 힘을 준 뒤 돌아보지 않고 달려갔다. 아마 이런 일이 없었다면 성옥도 지하철을 탔을 것이다. 하지만 성옥은 지하철로 내려가면 비록 방향이 다르더라도 마주칠 것 같아 역을 나와 버스를 탔다. 버스는 조금 돌고 시간도 걸렸다. 밤거리의 불빛이며 소란스러움을 바라보는 성옥의 눈엔 남혁을 만났던 몽골 벌판이 가득했다. 초여름이라고, 화려한 서울에 어울리는 옷이라며 잠자리 날개옷을 입고 길을 떠난 누나들. 서울 가서 친절한 남한 남자랑 사랑하려는 꿈에 부풀었던 누나들은 길을 잃고 헤매던 중에 결국 동사했다고 했다. 눈보라가 사납게 몰아치는 벌판을 따뜻한 아랫목인 것처럼 누워서 뭐라 알아들을 수 없는 말을 하던 누나…… 남혁은 몽골로 가는 길에 처음 만난 누나들이 죽을까봐 제 솜옷을 벗어 덮어주고 불을 피워줬지만 누나들은 여기가 편하니 너 혼자 가라고 떼미는 시늉을 하며 죽어갔단다. 그때 남혁도 곧 죽는다고 생각했단다. 죽는 것이 현실에서 멀어지는 것이구나, 생각했다고. 지나가던 몽골 병사에게 발견되었을 때 남혁은 죽어가는 중이었다. 말 등에 얹혀서 따뜻한 대기소에 왔을 때 남혁의 얼굴은 얼어 푸르딩딩했다. 삼십 시간을 넘게 잠만 자고 일어나서도 말을 하지 못했다. 눈은 동공이 풀렸고 얼굴은 여기저기 거무죽죽한 물감이 든 것 같았다. 성옥은 몸밖에 남은 것이 없는 남혁에게 용돈을 줬다. 빵도 사줬다. 성옥에게 남혁은 오랜

만에 만나는 동포였다.

성옥의 짐작과는 달리 혜교는 담배 연기 가득찬 방에 혼자 있었다. 성옥은 방 가운데 놓인 쟁반의 소주와 맥주병을 바라보았다.

"손님 왔었어?"

"응. 손님이지. 소설가."

혜교가 침대에 벌렁 누우며 소리쳤다.

"니 몸이 지금 술 마셔두 되니?"

"왜 나는 술 마실 자유두 없니?"

"안 되지. 아이한테 지장이 가니까!"

"누가 엄마 된다니. 나 같은 인간을 세상에 또 만들라구? 싫다. 난 이미 자본주의를 알아버렸다. 돈이면 안 되는게 어디 있니. 돈 벌어서 내 맘대루 살다가 그냥 죽을란다. 그게 내 목표다. 왜 그런 눈으루 보니. 그러지 말라. 이 자본주의 세상에서 내 맘대루두 못하면 너무 억울할 것 같아서 말이야. 최아림이한테두 선언했다. 난 내 인생에 복수한다구. 복수하고야 말거야. 웃기지. 내일 보톡스 맞기로 예약했다. 여기 서나들은 나 같은 애들을 좋아하나보더라. 내가 순진하단다. 너두 그렇게 생각하니? 내 순진하니?"

혜교가 침대 위에서 몸을 이리저리 굴리며 말했다. 듣고만 있는 성옥의 표정이 점점 일그러졌다.

"결혼도 닥치는 대로 할 거야. 늙지도 않을 거야. 돈을 많이 벌 거야. 외국을 안방 드나들듯 할 거야. 맘껏 사치할 거야. 내키는 대로 살 거야. 하지만 오래 살진 않을 거야……"

성옥은 여전히 취한 목소리로 지껄이는 혜교를 두고 빈 술병을 모

214

아 종이봉지에 담고 재떨이를 비우고 싱크대의 그릇들을 설거지했다. 물 흐르고 그릇 부딪는 소리 사이로 혜교의 말소리가 들렸지만 무슨 말인지 분간할 순 없었다. 행주에 젖은 손을 닦고 혜교 앞으로 왔을 때 혜교는 거웃이 드러나는 폭 좁은 레이스 팬티를 드러내고 누워 있었다. 성옥이 허리께로 말린 스커트를 내려주고 얼마나 서 있었을까. 저절로 소리없이 울음이 터져서 휴지로 코를 풀 때 혜교가 한 손을 추켜들며 성옥을 가리켰다.

"무서운 것도 없어⋯⋯"
성옥에게 선언하는 것 같았다.
"울지 마. 우는 거 보기 싫고 울고 싶지도 않아. 가. 울려면 가버려. 택시 타고 가. 저기 지갑에서 파란 거, 남자들이 배추잎이라며 주는 거 열 장 가져가."
혜교가 절망적인 목소리로 말했다. 성옥이 침대 앞에 주저앉아 껙껙 울었다.
"울지 말라니까!"
혜교가 침대에서 벌떡 일어나 앉으며 매섭게 소리쳤다. 성옥은 마치 기도하듯 두 손을 맞잡고 혜교를 쳐다보았다. 오래도록 둘은 아무 말도 없이 그렇게 노려보고 울었다. 혜교가 시들듯이 잠이 든 뒤에도 성옥은 떠날 수가 없었다.

17. 상면

　토요일 아침 인호는 눈을 뜨면서 날아갈 것 같은 상쾌함을 느꼈다. 흔한 일이 아니었다. 기지개를 켜며 일어나 앉아 집 안을 둘러보았다. 엊저녁 퇴근길에 사다 꽂은 노란 장미는 책상 위에서 활짝 웃었다. 커튼 사이로 비쳐든 햇살이 벽에 몸을 대고 비볐다. 그는 저도 모르게 콧노래를 흥얼거렸다. 무지개 너머 어딘가에…… 꿈꾸던 것들이 정말 나타나는 곳…… 그는 펄쩍 뛰어오르고 싶은 기분이었다. 침대 커버를 손바닥으로 쓰다듬는데 마음에서 살포시 피어오르는 어떤 것이 느껴졌다. 그는 느낌에 붙들린 채 숨소리도 죽이고 무언가를 기다렸다. 먼 데서 한 사람이 자신의 삶으로 걸어오는 기미가, 아지랑이의 흔들림 같은 소리가 들리는 것 같았다. 그는 감당할 수 없어서 짐짓 콧노래를 흥얼거렸다. 무지개 너머 어딘가에…… 꿈꾸던 것들이…… 눈을 깜빡거리며 뜨지 못하던 여자가 기억났다. 인호는 침대 커버에 얹은 손을 그윽하게 내려다보았다. 제 몸을 가장 작고 단단하게 오므리고 웅크렸던 그 여자. 울면서 하모니카집으로 가야 한다고, 놀이터였다가 나중에 시장이 된 인민반 21반에 속한 집으로 데려다달라던 그 여자. 어머니가 사는 집에 가야 한다고 절망적으로 애원하던 한 여자. 삼십대에도 아이의 마음을 벗지 못한 여자, 성옥.

인호는 윗옷을 벗고 자는 잠버릇 때문에 벗어둔 티셔츠를 입었다. 소리를 죽인 핸드폰을 열어보았다. 전화, 문자, 메일, 어느 것도 무소식이었다. 무소식이 좋아서 인호는 히죽 웃었다. 성옥의 일정에 변화가 없다는 의미였다. 아홉시에 오면 간단하게 아침을 먹고 열한시에 오면 어머니의 집으로 갈 것이다…… 인호는 당사자인 성옥과 어머니에게 아무런 말도 하지 않은 것에 대해 신경쓰지 않았다. 지난달 말 어머니의 생일선물을 사들고 레스토랑으로 갔을 때 어머니는 다시 디자이너를 아까워했다.

"존경하고 사랑하는 어머니. 저의 취향을 정말 모르세요?"

인호가 어머니의 어깨를 부여잡고 흔들며 물었다.

"정형화된 사람은 누구든 싫어요. 그렇게 살지도 못하고요. 엄마 닮아서 자유와 평화를 좋아해요."

"새끼 이기는 에미가 세상에 있겠니?"

어머니는 넋두리처럼 말했지만 못을 박는 것도 잊지 않았다.

"난 동남아 며느리는 못 본다."

마주앉아 봉골레를 먹는 아들을 지켜보던 어머니가 정색하고 말했다. 순간 인호가 고개를 추켜들고 어머니를 응시했다.

"북한 여자가 낫지 않아요? 동남아보다야."

인호가 빙그레 미소까지 지으며 말했다. 어머니는 그 말의 의미를 이해하지 못한 표정으로 아들을 바라보았다.

"무슨…… 여자라고?"

"북한 여자요."

"야, 너 그 뭐 설마 탈북했다는 여자들은 아니겠지?"

어머니가 질겁한 표정으로 아들에게 확인했다.

"북한 여자는 당연히 탈북한 여자지요 뭐."

인호가 대수롭지 않게 말했다. 어머니가 한참이나 인호를 제정신인가? 하는 표정으로 바라보았다.

"이 미친놈아! 그래 겨우 고작 탈북자냐?"

어머니가 치미는 욕지거리를 토하듯 뱉었다. 인호는 물을 마시며 어머니의 눈길을 피했다.

"너 혹시 엄마 모르는 병이라도 있냐?"

어머니는 모질게 말했다.

"엄마. 화내지 말아요. 엄마가 하도 이 여자 저 여자를…… 농담으로."

"그걸 농담이라고 해? 미친놈!"

"알았어요. 농담도 못 알아듣고, 할머니가 됐나?"

인호가 벌떡 일어나며 말했다. 어머니는 여전히 미심쩍은 표정으로 아들을 살폈다. 설마, 우리 인호가…… 생각하다가도 문득 평화니 자유니 따위의 단어들이 떠오르면 의심이 솟구치고 화가 치밀었다. 제 앞가림 겨우 하는, 박봉에 이름만 좋은 건축가 아들. 이유도 뚜렷하지 않은 이혼도 어미로선 부끄러운 일이었다. 다 큰 자식 때문에 신경쓸 일 없다 해도 마흔을 바라보며 혼자 사는 아들은 짐이었다. 짝만 지어

주면 빌딩 하나 넘겨주고 자신은 훨훨 날고 싶었다. 어린 아들 부여안고 울면서 살던 이혼 초기의 서러움은 아직도 뼛속에 남은 슬픔이었다. 인호가 행복해야 덮일 상처라고 어머니는 믿었다.

며칠 전 지나가는 말로 집밥이 먹고 싶어 주중에 한번 들르겠다고 아들이 전화했다. 엊그제 전화해서 토요일 점심으로 약속을 정했다. 어머니가 만든 밥이 그립다는 아들의 전화는 기뻤지만 순간, 가슴이 철렁했다. 불길하고 두려운 예감이 훅 끼친 것이었다. 마음보다 몸이 더 정직하고 예민하다던데. 설마, 설마, 어머니는 밀려드는 의구심을 예순 줄에 든 노인이 과로해서 신경이 예민해졌겠지, 우격다짐으로 위로하고 접었다.

인호는 성옥이 현관으로 들어서면 눈에 잘 띄도록 꽃병을 놓고 사무실에서 들고 온 수복지구 기념관의 작은 모형도 탁자에 얹었다. 청소기로 여기저기를 밀고 창을 열어 환기도 하고 노래도 계속 그 소절만 되풀이 흥얼거렸다. 무지개 너머…… 꿈꾸던 것들이 정말 나타나는 곳……

인호는 연하게 내린 커피를 들고 다니며 마셨다. 벽시계를 흘깃거리며 성옥의 동선을 상상했다. 성옥이 자정 넘도록 김밥집에서 일했다는 건 그가 상상하지 못하는 일이었다. 혜교네 집에서 지치도록 울었던 것도 상상할 수 없었다. 그는 반 남은 커피를 한 모금에 들이마셨다. 빈 잔을 모형 옆에 뒀다. 건배라고 느꼈다. 건물 모형이 살아서 숨쉬는 것 같았다. 그 선과 선 사이, 공간과 공간 들 속에 보이지 않지만 존재하는 것이 있었다. 인호는 보이지 않지만 존재하는 것을 성옥에게 자랑하고 싶었다. 성옥이 느끼고 말해주길 기대했다. 설계를 의

뢰한 쪽에서 만족했고 소장도 칭찬을 아끼지 않았다. 연말에 신진건축가상을 수상하게 될지 모른다는 말도 들었다. 그러나 무엇보다 성옥이 느껴야 한다고 인호는 생각했다. 이런 생각이 들면 인호는 가슴이 두근거렸다. 성옥이 없었다면 이 건물에 생명을 담지 못했을 게 분명했다. 성옥을 통해 인호는 선과 공간의 영감을 잡을 수 있었다. 그리고 그 모든 과정에 쏟은 열정이 사랑이었음을 인호는 깨달았다.

열한시에 전화벨이 울렸다. 성옥이었다. 인호의 얼굴이 활짝 피어났다.

"왔구나."

그가 나직이 소리쳤다.

"귤을 좀 사가지고 갈까요? 빵이나."

"그냥 와. 다 있어."

인호가 말했다. 그리고 그는 밖으로 나갔다. 성옥이 빌딩의 왼편 그늘에서 걸어오고 있었다. 우수가 지난 지 며칠 됐지만 바람은 쌀쌀했다. 외투도 입지 않은 키 작은 여자를 인호는 그림자처럼 서서 마중했다. 저 자그마한 여자의 어디에 그토록 큰 슬픔이 서렸을까, 모두 거짓 같았다. 인호를 본 성옥이 활짝 웃으며 고개를 숙였다 들었다. 앞으로 흘렀던 긴 머리가 뒤로 넘어갔다. 예쁜 아이로 귀여움받고 그렇게 특별 관리되기를 바랐던 붉은 소녀. 인호는 이런 상상을 했다. 북한 자료관에서 읽은 교과서로 그는 그 사회의 체제를 조금 이해한 기분이었다.

"왜 추운데 나오셨어요?"

인호의 앞에 와서 성옥이 물었다.

"호랑이가 잡아갈까봐."

인호는 깔깔 웃는 성옥의 가방을 들고 앞세웠다.

"호랑이가 잡아가면 좋을 텐데."

성옥이 중얼거리며 뒤돌아보았다.

"아침 먹었어?"

눈살을 찌푸리며 인호가 물었다.

"선생님은요?"

"성옥이 안 먹었으면 나도 안 먹었겠지 뭐."

"말장난도 잘하세요."

성옥이 말했다. 인호가 문을 열었다. 성옥은 현관에서 신발을 벗다
가 멈칫했다. 정갈하고 은은한 분위기가 현실 같지 않았다. 인호는 성
옥의 등을 밀었다. 노란 장미를 바라보며 성옥은 자기가 가장 좋아하
는 색깔이라고 감탄했다. 그리고 인호의 눈길을 피해 자신의 몸에 코
를 대고 큼큼거렸다. 행여 김밥 냄새가 날까 머리도 여러 번 헹구고
몸에도 비누칠을 해서 샅샅이 씻었다. 그런데도 냄새가 가시지 않은
것 같았다. 아버지가 미싱을 팔아 동태로 바꾼 뒤로 동태의 내장까지
밥처럼 먹어서 비린내가 입에 고였던 때도 이렇게 신경이 쓰이진 않
았다.

인호는 성옥의 관심이 움직이기를 기다렸다. 하지만 성옥은 일자로
놓인 소파에 몸을 내던지듯 주저앉았다. 이곳이 비현실 같아선지, 아
니면 몸이 저절로 의지할 곳이라 느낀 것인지, 성옥은 기진맥진한 기
분이었다.

"배고프구나."

인호가 성옥의 곁에 앉아서 말했다. 그러곤 손을 잡다가 깜짝 놀랐다. 굳은 손이 얼음장같이 찼다.

"배는 안 고파요."

성옥은 인호의 눈길을 피한 채 살며시 손을 빼고 말했다. 그러나 인호는 온기가 피어나도록 성옥의 두 손을 꼭꼭 부여잡았다.

"요즘 어려운 일 있어?"

잠시 침묵하던 인호가 나직이 물었다. 성옥은 고개를 숙이고 대답할 말을 생각했지만 떠오르지 않았다.

"학교는 잘 다니지?"

성옥은 인호의 말소리가 육친 같다고 느꼈다.

"졸업은 해야죠."

잠시 뜸을 들인 성옥이 말했다. 인호는 어머니와의 약속을 잊고 성옥의 장래에 골몰했다.

"전공을 잘 선택했어. 중국어는 여러 가지로 쓸모가 많을 거야. 그런데 지금 어려운 게 뭐 있지?"

"어려운 건 없어요. 기본적으로 의식주는 해결되고요. 혼자니까요……"

성옥은 한꺼번에 딸려나오는 말들을 삼켰다. 몸으로 하는 일은 임금이 박해서 그렇지 일거리는 많다, 명숙 이모가 간성에서 식당을 개업하면 아르바이트를 할 수 있다, 이런 말도 하지 않았다.

"그럼 걱정은 없네. 기운이 없어서 그렇지."

"네, 그냥 기운이 없어요. 밥 잘 먹고 잠 잘 자는데 왜 기운이 없는지 저도 알고 싶어요. 아는 분이 소개해줘서 병원에도 가봤는데 몸에 특별한 이상은 없대요."

성옥이 쓸쓸하게 말했다. 인호도 왠지 쓸쓸한 기분이 들었다. 몸에 이상은 없는데 기운이 없다. 이 말을 되새기며 인호는 말없이 주방으로 가서 우유에 계란을 풀고 바게트 두 조각을 적셔서 프라이팬에 구웠다. 성옥은 지글거리는 소리와 구수한 냄새에 빙그레 웃었다. 북한 여자들이 신기하게 생각하는 것 중의 하나가 앞치마를 두르고 음식을 만드는 남한 남자였다. 남혁과 몽골사막을 건너다 동사한 여성의 꿈도 남한의 친절한 남자를 만나는 것이었다. 성옥은 인호를 바라보다가 꽃병 곁에 얹힌 하얀 건물 모형을 보았다. 아이 장난감인가? 이런 생각을 하며 다가갔다. 하지만 곧 언젠가 인호의 사무실에 가서 크고 작은 건물의 모형을 본 기억이 떠올랐다.

"그거 뭔지 알아?"

인호가 김이 오르는 접시를 든 채 물었다. 성옥이 다 안다는 듯이 입술을 길게 밀며 웃었다.

"그거 잘 봐. 느낌이 어떤가, 말해줘."

인호가 눈을 반짝이며 조용히 말했다.

"신기해요……"

성옥은 읊조리듯 말하곤 입을 다물었다. 그러나 들어올 때보다, 기운이 없다고 할 때보다 생기가 감돌았다. 인호는 성옥의 등뒤에 섰다. 접시를 받아든 성옥은 포크에 찍은 토스트 조각을 입에 넣었다. 고소하고 달콤하고 부드러운 맛이 좋아 이내 한 개를 더 입에 넣었다.

"맛있어요. 첨 먹어보는 거예요."

성옥이 모형에서 눈을 떼지 않은 채 말했다.

"그걸 봐. 성옥의 느낌이 중요해."

인호는 이렇게 말하고 소파에 깊이 파묻히듯 앉았다. 성옥은 숨도 쉬지 않는 것처럼 서 있었다. 이때 인호가 진동하는 핸드폰을 받아 곧 다시 전화한다고 급히 말하고 끊었다. 인호가 침을 삼켰다. 성옥이 접시에 포크를 내려놓는 소리가 울렸다.

"꼭 말해야 하나요?"

성옥이 울 것 같은 목소리로 물었다. 인호의 눈이 커졌다. 그는 두 손을 펴서 앞으로 펼치며 상관없다는 시늉을 했다. 하지만 다시 고요하게 앉아 성옥의 감상을 기다렸다.

"아름다워요."

거의 일 분이나 기다린 후에 인호는 이런 말을 들었다. 그의 다문 입술이 길게 밀리며 눈가에 미소가 어렸다.

"자꾸 보고 싶어요."

성옥이 말했다. 그리고 돌아섰다. 인호가 고개를 끄덕였다. 설명할 수 있으면 이미 예술이 아니라고 말한 건축가가 누구였지? 인호는 기억하려 잠깐 애썼다. 그리고 일어나서 성옥을 가볍게 포옹했다.

"고마워. 그것으로 충분해."

떨리는 목소리로 말했다. 그건 사랑이란다, 이렇게 말하고 싶었다. 아름답다면 그건 성옥의 몫이라고 말해야 했다.

"실제로 다 지어지면 좀 다를 거야. 주변 환경도 있고 그 안에 들어설 시설들이 있을 테니까. 머리카락 한 올 흘러내려도 인상이 달라지잖아. 똑같아."

"선생님은 정말 집 짓는 남자예요."

성옥은 감동해서 말했다. 인호는 그 말이 싫지 않았다. 모형을 이리 저리 돌려놓았다. 앞면과 뒷면의 차이는 별로 없었다. 측면도 거의 같았다.

"지나간 인생들이 자기 시간을 데리고 들어오면 건물이 달라질 거야. 살아 있는 사람들이 와서 숨쉬고 말하고 먹고 머물고 그러면 건물의 일생이 시작되거든."

인호는 조금 흥분했다. 하지 않아도 될 말들이 튀어나왔다. 그는 성옥이 빈 접시를 들고 부엌에 가 설거지를 할 때 생각났다는 듯이 어머니에게 전화를 했다.

"엄마, 조금 늦어요. 삼십 분쯤요. 지금 출발해요. 알았어요."

그가 전화기를 주머니에 넣을 때 성옥이 놀란 눈으로 그를 바라보았다.

"어머니한테 가시나요?"

인호는 대답 대신 성옥의 손을 잡고 힘을 주었다. 괜찮다고 손이 말하는 소리를 성옥은 놓치지 않았다.

"함께 엄마를 만나자."

인호가 말했다. 성옥의 얼굴이 순식간에 어두워졌다. 하지만 아주 놀라지는 않았다. 어쩌면 자신도 모르는 사이에 이런 날을 예감했는지 몰랐다.

"미리 말했어야 하는데…… 내가 소심한 사람이야. 미리 말했다가 딱지 맞을까 겁이 났었어."

인호가 낮게 말했다. 키 큰 남자가 싱겁다더니 겁도 많은가? 성옥은 이런 생각을 하며 그냥 부딪쳐보리라 마음먹었다. 마음을 정하자

기분도 개운해졌다.

"넌 여기 혼자잖아. 보호자가 있으면 좋겠다, 늘 생각했어. 그게 내 진심이야."

주차장에서 조수석에 앉은 성옥에게 인호가 말했다. 성옥은 가만히 웃었다. 문득 경성에서 비행군관학교 교수의 아들과 결혼하겠다고 아버지에게 혼이 났던 일이 슬쩍 비끼듯 지나갔다. 그때 아버지의 판단이 훨씬 현실적이었다는 걸, 자신보다 아버지가 더 현실을 직시했다는 걸 왜 몰랐을까, 잠깐 생각했다. 미워하고 불신하기만 했던 자신의 성장기가 메마른 나뭇잎처럼 우수수 떨어지는 것 같은 느낌도 끼쳤다. 아버지가 실패한 사람이 아니라 내가 실패한 사람이 아니었을까, 성옥은 처음으로 이런 의문이 들었다. 손대지 않았다면 자연스럽게 살았을 인생이 아니었을까. 아버지는 아버지대로, 나는 나대로. 이런 생각도 했다. 자동차는 네거리를 왼편으로 돌아 곧장 뻗은 길로 들어섰다. 주말의 길은 오가는 차들로 빈틈이 없었다.

인호는 자신의 어머니에 대해 설명했다. 이혼한 것, 혼자 사는 것, 이재에 밝은 것, 고독한 성품인데도 친화력이 뛰어나 장사를 잘한다는 것 등.

"내면이 고독한 사람들이 일중독에 걸리잖아. 엄마도 그래."

인호가 웃으며 말했다. 성옥은 그 말을 들으며 인호가 어머니를 사랑한다고 느꼈다. 아버지도 어머니를 사랑했을까? 아버지는 누구를 사랑했을까……

성옥이 아버지를 추억하는 동안 차는 벌써 정원수로 그늘이 진 빌라에 들어섰다. 성옥은 눈이 휘둥그레졌다. 주차를 하고 성옥의 손을 잡은 인호가 아무것도 아냐, 귀에 대고 속삭였다. 그리고 웃었다. 성옥은 인호가 어느 현관문 앞에 멈춰서 벨을 누를 때 갑자기 뒷걸음질 쳤다. 지하철 승강장에 서면 달려오는 열차를 향해 달려들 것 같아 뒤로 물러서던 그런 기분을 느낀 것이었다.

"너 왔구나!"

열리는 문틈으로 말소리가 먼저 들렸다. 성옥의 가슴이 두근거리기 시작했다. 문이 열리며 어서 와아! 하는 다정한 말소리, 그리고 누구? 이런 말도 들렸다.

"엄마, 친구야. 들어가자."

인호가 성옥의 손목을 잡고 현관으로 들어서자 어머니의 눈길이 날카롭게 성옥을 훑었다.

"넌 요즘 왜 이래? 손님을 모시고 오려면 미리 말을 해야지. 음식도 안 했는데."

어머니는 아들을 진심으로 책망했다. 그러나 식탁에는 전복과 옥돔구이와 비지찌개와 보쌈김치가 놓여 있었다. 인호는 며칠 굶은 사람처럼 허둥지둥 밥을 먹었다. 인호의 어머니는 가게에 단골로 드나드는 영화배우가 있는데 한국에도 파파라치가 생겨 당신은 그가 오면 완벽하게 감춰준다고 이런저런 이야기를 풀어놓았다. 성옥은 자신이 좋아하는 영화배우가 단골인 식당의 주인이 인호 어머니라는 게 좋았다. 하지만 식사를 마치고 인호가 내려온 커피를 앞에 놓았을 때 인호 어머니는 이제부터라는 듯이 성옥에게 이것저것 묻기 시작했다. 서울에서 빠지지 않는 대학에 다니는 것, 중국어를 전공한 것 등에는 호감을 보였다. 요즘 강남의 젊은 엄마들은 아이가 말을 배울 무렵 영어하고 중국어를 가르치는 게 유행이라는 말도 덧붙였다. 성옥은 오로지 중국에 살 때 귀동냥으로 익힌 중국어 때문에 택한 전공이란 말은 하지 않았다. 하지만 곧 난감해졌다.

"아버님은 무슨 일에 종사하시나요?"

어머니가 친근감을 감추지 않고 물었다. 성옥은 갑자기 숙연해졌다. 언제부턴가 두 손을 맞잡고 비틀었다 펴기를 반복하는 손을 인호가 슬그머니 잡았다. 그들의 손 위로 어머니의 눈길이 빠르게 떨어졌다.

"돌아가셨습니다."

성옥은 고개를 숙인 채 대답했다.

"어쩌면…… 성옥씨를 봐선 연세가 그리 많진 않으셨을 것 같은데…… 지병이 있으셨나요?"

"네."

성옥은 짧게 대답하고 예의가 아닌데, 생각했지만 점점 가슴이 옥죄는 느낌 때문에 정신까지 아득해지는 기분이었다.

"고향은 어디지?"

어머니가 물었다. 인호가 재빨리 성옥을 바라보고 어머니를 응시했다. 어머니는 성옥의 첫인상이 나쁘지도 않고, 오히려 얼굴은 미인형이라고 생각했다. 그러나 어딘지 모르게 촌스러워 전라도나 강원도 시골 출신이 아닌가 짐작했다.

"엄마, 처음 만났는데, 꼭 취조당하는 기분이겠네."

인호가 농담하는 투로 말해보았다. 어머니가 인호에게 네가 왜 나서냐는 듯 눈을 흘겨 떴다.

"저는…… 북한 사람입니다."

성옥이 낮은 소리로 말했다. 어머니는, 성옥의 말을 금방 알아듣지 못했다. 일상에서 듣기 어려운 말이었다. 그런데 문득 인호가 북한 여자 어쩌고 하던 것이 떠올랐다. 어머니 얼굴이 붉어졌다. 눈매가 팽팽해 보였다.

"북한이라고, 그랬어요?"

어머니는 교양을 잃지 않으려 신경쓰며 차분한 목소리로 물었다.

"네."

성옥은 짧게 대답했다.

"엄마! 내가 나중에 자세히 말할게."

인호가 다급한 듯 나섰다.

"제 고향은 함경돕니다. 전…… 탈북했습니다."

성옥은 거짓말을 하기 싫었다. 고향을 바로 말하는 건 남한에 와서 몇 번 안 됐다. 강의실에 모인 학생들이 성옥의 고향을 물었던 적이 있었다. 처음엔 함경도라고 말했다. 학생들은 더 확인하지도 않고 조부모나 부모 세대의 고향을 말한다고 생각했다. 그런 뒤로 성옥은 인터넷을 뒤져 고향을 만들었다. 강원도 철원군 동송면 삽술리. 삽술리는 철새가 날아드는 곳이라 맘에 들었다. 겨울에는 두루미 같은 철새들이 찾아온다고 말하면 어느 누구도 성옥의 고향을 의심하지 않았다. 어쩌다 다급할 때, '일없습다'라는 말만 튀어나오지 않으면, 괜찮았다.

성옥은 몸이 차게 식어가는 걸 느꼈다. 여태 잡고 있는 인호의 손을 뿌리치고 스커트 옆단을 잡았다.

"엄마, 이제 그만하세요. 제가 나중에 다 말씀드릴게요."

인호가 화난 음성으로 말했다. 어머니가 눈을 하얗게 흘겼다. 인호가 재빨리 성옥을 돌아보았다. 고개를 허리부터 굽혀 숙인 채 고요히 앉아 있었다. 안쓰럽고 가여웠다. 모욕감을 느꼈을까, 걱정됐다.

"지난번에 말씀드렸잖아요. 북한에서 왔다고."

인호가 버럭 말했다. 어머니의 거친 숨소리가 울려퍼지듯 들렸다. 한동안 아무도 말하지 않았다. 인호는 어머니의 눈치를 살피고 이제 일어날까, 최후통첩을 할까, 생각을 굴렸다.

"엄마, 난 성옥이가 좋아요."

인호가 힘차게 말했다. 커피잔을 집어들려던 어머니의 손이 흠칫 떨렸고 탁자 아래로 커피가 흘렀다. 다시 세 사람 사이에 깊고 어두운 침묵이 고였다. 그들 사이에서 시간이 굳어가는 것 같았다. 침묵의 시간이 토막토막 잘리며 지나갔다.

"우리 갈게요, 엄마. 난 성옥이랑 결혼합니다."

인호가 성옥의 손을 잡고 일어서며 말했다. 성옥의 몸은 본드에라도 붙었는지 잘 일으켜지지 않았다. 결혼이란 말에 성옥은 어머니보다 더 놀랐다. 어머니를 만나러 간다고 할 때, 얼핏 결혼? 이런 생각이 스치지 않은 건 아니었지만 막상 그의 입에서 터져나온 결혼은 낯설었다.

"미친놈."

어머니가 뱉었다. 현관으로 나서는 아들과 성옥의 뒤를 멀찍이 비켜서며, 겨우, 그래, 불효막심한 놈, 중얼거렸다. 어머니의 머리 위로 깊은 그늘이 드리워지는 것 같았다. 어머니는 아들이 현관문 앞에서 인사해도 거실 끝에 붙박인 채 움직이지 않았다.

차에 오른 후 인호가 성옥의 손을 잡고 미안하다, 말했다. 성옥은 아무 말도 할 수 없었다. 이렇게 말이 떠오르지 않았던 적이 또 있었던가? 글도 잘 쓰고 말도 잘한다는 칭찬은 학년이 올라갈수록 많이 들었던 말이었다.

"나를 믿어."

차가 빌라의 정문을 지나 긴 골목을 벗어난 뒤에 인호가 비장하고 결연하게 말했다. 성옥은 여전히 말이 떠오르지 않았다. 인호는 운전에 몰두한 것처럼 앞만 보고, 나는 열정에 정신을 잃는 청춘이 아니다, 속으로 말했다. 성옥인 나와 헤어질 수 있을지 몰라도 난 그러기 어려울 것 같다, 네가 내 삶에 속속들이 스며들었기 때문에…… 인호는 아무렇지 않게 성옥을 처음 만났던 날부터 수복지구 기념관을 설계하기 위해 정신없이 빠져들었던 시간들이 결국은 사랑이었다고 성옥에게 고백하고 싶었다. 그러나 말하지 않았다.

길은 갈 때보다 훨씬 한적했고 이십 분도 걸리지 않아 오피스텔에 도착했다.

"4월에 압록강 가자. 여름휴가 미리 쓴다고 소장한테 벌써 말해놨어. 성옥이랑 꼭 가보고 싶어. 너의 슬……"

주차장에서 인호가 성옥에게 말하다가 슬……픔, 에서 그의 입이 콱 막혔다. 아랫입술을 깨문 성옥이 고개를 휙 돌렸다. 순간 인호는 성옥의 눈이 빨개진 걸 보았다. 가슴이 쓰라렸다.

18. 기슭의 생

인호의 뜨겁고 단단한 고백보다 성옥은 그 강에 다시 가본다는 것 때문에 설레었다. 그뒤부터 잠자리에 누우면 자꾸 이런 상상을 하며 뒤척였다. 때론 황홀하고 때론 슬프고 때론 애달파지곤 했다.

만약 고향에 한 번만 갔다올 수 있다면…… 어머니를 모셔오는 일이 어그러진 뒤로 성옥은 잠자리에 누우면 습관처럼 상상했다. 한 번만 갔다올 수 있다면.

상상만 해도 행복했다. 그곳의 산과 골짜기와 개울과 공기와 물과 사람들과 집이 모두 생생하게 떠올랐다.

1. 아버지 산소에 가봐야지. 하온포리 가는 길가 야산이라고 했으니. 아버지 좋아하시는 담배와 술을 드리고 모지에 다녀온 이야기를 해드려야지.

2. 엄마랑 손잡고 잠자리에 누워 옛날이야기하다가 스르르 잠들어

야지.

3. 엄마랑 장마당에 갔다와야지. 필요한 것, 가지고 싶었던 것, 팔았던 것 다 도로 사야지.

4. 사람들이 날보고 누구네 딸이냐고 부러워할 거야. 딸이 없어져 울고불고하더니 엄마 호강시켜준다고 부러워하는 눈길들마다 공손하게 인사해야지.

5. 동네 사람들에게 잔치 벌여줘야지.

6. 결혼했더라도 철이를 한번 만나봐야지. 철이 동무들이 엄청 부러워하겠지? 동창회 열어야지.

7. 아버지가 지었던 그 집, 다시 사드려야지.

만약 북한에 한번 갔다올 수 있다면……

3월 삼짇날이 지난 며칠 뒤, 성옥은 돈만 있으면 어머니를 잡아서라도 모셔올 수 있다는 말을 들었다. 처음엔 믿지 않았다. 탈북자들의 향수병을 건드려 돈을 벌려는 브로커들이 모기떼 덤비듯 한다는 건 누구나 알고 있었다. 성옥은 저승사자보다 무서운 브로커를 절대 믿지 않았다. 일 년에 한두 번 통화하는 어머니를 연결해주는 단골 브로커 이외엔 말도 섞지 않았다. 그런데 인호와 압록강에 갈 날이 다가오자 조금씩 맘 한구석이 해동 무렵 언 땅 부스러지듯 허물어지기 시작했다. 육칠백만원만이면 일주일 만에라도 가족을 최소한 심양에서 북경까지, 심지어 서울까지 데려다줄 수 있다는 말을 들은 뒤, 자꾸만 마음이 흔들렸다. 안 쓰고 모은 통장의 잔고는 삼백만원이 채 안 됐고 일 년도 못 부은 적금은 깨봤자 보탬이 안 됐다. 성옥은 지나가는 말로 명숙에게 얘기했다. 명숙은 자세히 묻지도 않고 얼마나 필요한가, 이자 없이 빌려줄 테니 계좌번호를 대라고 시원시원하게 말했다.

브로커는 심양에 있었다. 서울에선 그에게 통화만 할 수 있었다. 브로커는 누워서 꿀떡 먹기보다 쉬운 일이라고 했다. 계약금을 주면 당장 경성에 연락해서 어머니를 찾겠다, 주소를 대라고 했다. 성옥은 현재 살고 있는 주소를 알지 못했지만 인민반 21반 근처일 것이라고 말했다. 계약금은 이백만원이었다. 잔금은 어머니를 만난 뒤에 달라고 해서 성옥은 어머니를 만날 수 있을 거라 믿었다. 브로커는 딱 일주일, 늦어도 열흘이라고 큰소리쳤다. 그러나 열흘에서 다시 닷새가 지나도록 전화조차 받지 않던 브로커는 스스로 전화를 걸어와서, 성옥의 계약금을 전부 중국돈으로 바꿔 보냈는데 그쪽에서 확인한 결과 모두 백원짜리 위폐였다고 했다.

이것으로 끝이었다. 성옥은 명숙에게 빌렸던 돈을 도로 송금하고 어머니를 모셔오는 황당한 꿈을 접었다. 성옥은 이 일에 관해 스스로 입 밖에 낸 적이 없었는데 소문이 돌아 나주, 창원, 수원, 평택에서도 위로 전화가 왔다. 대부분 그런 일을 당한 탈북자들이었다. 성옥은 인호에겐 말하지 않았다. 그는 이해할 수 없을 것 같고, 걱정을 끼치고 싶지 않았다. 4월 중순에 인호는 비행기와 호텔 예약이 끝났다고 문자를 보냈다. 그의 어머니를 만난 이후 두 사람은 압록강 여행 이외의 다른 이야기는 하지 않고 지냈다.

압록강에 가면 어머니가 강 건너에서 손을 흔든다…… 성옥은 상상했다. 혜산시 쪽은 보는 눈이 많으니, 자신이 처음 건넜던 위연역 근처의 후미진 기슭이 낫겠지, 생각했다. 키가 작고 얼굴이 동그란 엄마. 일본에서 나고 자라 도저히 고쳐지지 않는 일본식 발음…… 성옥이 어머니를 생각하고 그 말투를 떠올리면 여지없이 죄책감이 밀려들었다. 세월이 흘렀어도 죄책감은 옅어지지 않고 생생했다.

성옥은 최근 어머니와의 통화를 떠올렸다. 어머니의 목소리를 듣다니, 하늘이 무너질 일이었다. 브로커에게 전해준 번호로 수신자 부담의 전화를 건 남자는 전투적이고 공포감을 불러일으키는 목소리로 말했다.

"여보시오! 어머니가 왔으니 전화번호를 받아적으시오! 빨리 적으시오!"

성옥은 그가 불러주는 숫자들을 적었다. 손가락이 바람에 흔들리는 풀잎보다 더 힘없이 나풀거리는 느낌이었다. 86133433…… 말소리는 바람 소리에 휘날리고 알 수 없는 소음에 섞여 잘 들리지 않았다. 두만강에서 백두산 압록강에 이르는 황량한 기슭과 등성이와 둔덕 들이 눈에 훤히 그려졌다. 그곳 어디쯤으로 남자는 어머니를 데려온다는 것이었다. 그러니 자기가 정해준 오전 열한시에 전화를 하라고 했다. 어머니가 어디로 오시느냐 물어도 그런 것은 알려줄 수 없다고 거칠게 끊었다. 자기들이 목숨을 내놓고 감시를 피해 하는 일이니 돈을 아까워하지 말라는 말도 했다.

중국 전화가 통하는 곳이려면 국경의 강 쪽이어야 했다. 성옥은 어머니가 기차를 타고 혜산까지 오시겠구나, 짐작했다. 오전 열한시면 오래 기다리지 않아도 됐다. 그래도 그 시간 동안 성옥은 미치광이처럼 휘둘렸다. 가슴이 싸늘하게 식는가 하면 화끈거리고 쿵쾅쿵쾅 뛰다가 미동도 하지 않았다. 그러나 그 시간이 와서 전화기를 들고 숫자를 차례차례 누를 때 성옥의 마음은 차분히 가라앉았다. 하지만 끝자리 459에서 4를 3으로 잘못 눌렀을 때 성옥은 절망감에 깜짝 놀랐다. 강물에 빠진 어머니를 낡은 밧줄로 끌어올리다가 놓친 것 같았다. 하늘이 무너져도 정신만 차리면, 호랑이 굴에 들어가도 정신만 차리면, 성옥은 옥죄이는 마음을 달래며 숫자를 다시 꾹꾹 눌렀다. 신호음의 속도가 성옥의 가슴에서 빛살같이 휘젓고 다녔다.

"여보시오."

곧 아주 가느다란 여자의 목소리가 들렸다. 엄만가? 문득 성옥은 소음에 섞인 음성이 귀에 설었다. 진짜 엄마일까? 의심이 들자 돈만 떼였다는 탈북자들의 허다한 이야기들이 떠올랐다. 탈북 가족을 둔 가정을 찾아가 교묘하게 인적사항을 알아내서 가족 행세를 하며 돈만 가로채는 일은 흔한 이야기였다. 그래서 탈북자들은 믿을 수 있는 브로커를 찾으려고 정보를 주고받았다.

"내 이름이 누군지 아오?"

"김성옥이 내 딸 아니오? 목소리가 그런데."

"그럼 내 생일이 며칠인지 말해보세요."

"10월 9일이다."

"아버지 이름은요?"

"김대건이다. 너 왜 그러니?"

어머니가 슬픈 목소리로 물었다. 성옥의 경계심은 풀리지 않았다.

"아버지 생일에 어머니가 노래를 불렀다. 그게 무슨 노랜지 불러보오."

성옥이 말했다. 바람 소리에 섞인 어머니의 한숨을 성옥은 듣지 못했다. 곧, 나의 살던 고향은 꽃피는 산골. 복숭아꽃 살구꽃…… 노랫소리가 들렸다. 성옥의 가슴이 철렁 내려앉았다. 어머니는 살구꽃에서 숨이 멎은 듯 더이상 노래를 부르지 않았다. 성옥도 더 말하지 못했다. 생각지도 않았던 감정들이 성옥의 얄팍한 가슴을 후벼팠다. 영원히 갈 수도 볼 수도 들을 수도 없다고 생각했던 저쪽. 홀로 남은 어머니와 통화를 하는데 견디기 어려운 억울함이 치받쳐올랐다. 분명 슬픈데 슬퍼지지가 않고 분하기만 했다. 그래서 성옥의 숨소리는 거칠고 거칠었다.

"성옥아, 내 니 엄마 맞다. 왜 그러니?"

어머니가 고단하고 절망적인 목소리로 말했다. 그제야 성옥의 가슴이 울컥했다. ㄹ 발음을 잘 못하는 엄마, 어머니가 틀림없었다. 어머니를 의심해서 이것저것 물을 때보다 성옥의 가슴이 더 찢어졌다.

"아버지는 잘 계세요? 건강은 어때?"

한참 만에 성옥이 물었다. 강을 건넌 뒤 그리운 건 언제나 어머니였다. 달을 보아도 별을 보아도 어머니가 저 달과 별을 볼까, 상상하고 눈물 흘렸다. 그런데 한 번도 꿈에 보이지 않던 어머니와 달리 아버지는 자주 꿈에 보였다. 깨고 나면 어머니가 더 보고 싶었다. 꿈에라도 나타나주지……

"아버진 돌아가셨다."

어머니가 말했다. 집을 떠나던 날 부은 다리 한 짝을 질질 끌며 집 앞에 나와 보이지 않을 때까지 지켜 섰던 모습이 잡힐 듯 떠올랐다.

"아버지가 너 살아 있는 거 알았으면……"

이 말을 들을 때, 성옥은 아무 감정이 없었다. 아버지는 죽을 사람이었으니, 죽기를 바랐으니, 그래서 산소가 어딘지 묻지도 않았다. 대신 여기서 돈을 보낼 수 있다, 어머니 혼자 살 돈은 내가 벌어 보낼 테니 먹고사는 거 걱정 말라, 이리 와서 나랑 살자, 하모니카집 다시 사드리겠다, 중구난방으로 떠들었다. 통화를 끝내고도 흥분이 가시지 않았다. 고층 아파트 사이의 키 작은 나무들을 바라보면서도 이곳이 경성이라고 생각했다. 마음이 서울로 곧장 돌아오지 않았다. 하도 이상해서 동기들에게 물었더니 모두 그랬다고, 심지어 통화하고 나서 더 괴롭다고.

정착하고 일 년이나 지나서였다. 성옥은 재일 교포 영화감독 양영희의 다큐멘터리를 보았다. '삼십 년 전, 아버지는 한 번도 본 적이 없는 '조국'으로 오빠 셋을 보냈다……' 영화가 끝나도록 성옥의 마음은 이 자막에서 헤어나지 못했다. 집에 와서도 영화 내용은 하나도 기억하지 못하고 기억하고 싶지도 않은데 '삼십 년 전'으로 시작되는 자막 한 줄은 잊혀지지 않았다. 성옥의 아버지 김대건의 삶이 올가미처럼 성옥을 옥죄기 시작한 건 이때부터였다. 자기 인생이 아버지처럼 될까봐 두렵고 죄책감도 생겼다. 술을 마시다가, 북한 노래들을 부르다가, 사투리로 떠들다가, 생활총화를 하자고 그곳에서의 생활방식을 가지고 장난치다가, 아버지가 떠오르면 혼란스러웠다. 나는 아버지하고는 다르다, 시대가 다르고 처지가 다르다……고 헝클어진 머리를 빗질하듯 생각을 가다듬어야 겨우 숨이 쉬어졌다.

비행기는 정해진 시간에 땅을 박차고 머리를 들어올렸다. 비행시간은 한 시간 사십오 분. 기체는 인천 앞바다에서 중국 쪽의 동북 방향으로 길을 잡아 바다를 건널 것이었다.

성옥은 비행기에 오른 이후 외톨이 같았다. 인호가 두 개의 가방을 짐칸에 얹는 동안 성옥은 오직 혼자라는 듯 창가 자리에 앉자마자 안전벨트를 맸다. 그리고 눈을 감았다. 직각의 등받이에 허리를 세우고, 두 손은 아랫배쯤에 붙인 채였다. 인호가 옆자리에 앉으며 부러 눈썹이 닿을 정도로 이마를 붙였지만 성옥은 미동도 하지 않았다. 너랑은 이제 끝이야, 흡사 이런 상상을 해도 좋다는 태도도 같았다. 곧 비행기는 안정적으로 비행을 하고 이곳저곳에서 웅성거리는 소리가 들려왔다. 성옥은 기내식에도 손대지 않았다. 고단하겠지. 인호는 말을 걸지 않고 이런 생각을 했다. 더군다나 이른 아침 집을 나서서 공항 출국장에서 만난 두 사람은 햄버거와 커피로 간단한 요기를 했었다.

한 시간 사십오 분은 금방 지나갔다. 비행기가 곧 착륙한다는 안내방송이 들려왔다. 인호는 성옥을 바라보았다. 그때 비로소 성옥이 눈을 떴다. 순간 인호는 너무도 강렬한 망연함에 놀랐다. 성옥의 눈 속에서 비치던 삭막함, 서늘함, 혹은 그와 흡사한 느낌들 때문이었다. 내가…… 가혹했나? 순간 인호는 자신의 친절이 실수가 아니었을까, 생각했다. 가슴이 철렁 내려앉았다.

"심양이다!"

그러나 바로 이때 성옥이 낮게 소리쳤다. 인호가 눈을 반짝 뜨고 성옥을 바라보았다.

"아, 금방이네요."

성옥이 그의 눈길을 피한 채 낮은 소리로 말했다. 말끝이 나락으로 떨어지듯 작아졌는데 마치 눈물 속으로 곤두박이는 것 같았다. 인호의 마음도 따라서 곤두박였고, 그 순간 그는 불현듯 깨달았다. 아직은…… 편안하지 않다는 걸.

장백현으로 떠나는 버스는 한 시간을 기다려야 했다. 성옥은 남루하거나 소박한 차림의 중국 여행자들 사이에 인호를 세워두고 버스표를 사러 갔다. 인호에게 성옥은 거의 한 시간 만에 돌아온 것 같았다. 돌아온 성옥의 손엔 물과 옥수수가 담긴 주황색 비닐봉지가 들려 있었다. 성옥은 인호에게 화장실 방향을 손짓하며 아주 오래도록 가야 하니 다녀오라고 했다.

버스가 도시를 벗어나자 중국의 농촌 마을들이 나타났다. 드넓은 들판에 씨앗을 뿌리는 농부, 흙을 갈아엎는 소 들이 보였다. 그런데도 길가의 집들엔 해를 넘긴 노란 옥수수들이 주렁주렁 매달렸다.

"옥수수가 많네."

인호가 말했다. 창가에 앉은 성옥은 창밖만 바라보고 있었다. 옥수수 한 배낭만 얻으면 그날도 강을 건너 돌아갈 생각이었다……

인산인해를 이룬 혜산에서 성옥은 배가 고파 견딜 수가 없었다. 어머니가 만들어준 점퍼를 벗어 빵 세 개와 바꿨다. 하루 반나절은 그것으로 버텼다. 집을 나온 지 보름째였고 빵이 다 떨어진 뒤에는 꽃제비가 되었다. 아이들이 우르르 몰려다니는 골목과 장마당에서 먹을 것을 훔치거나 구걸하거나 주웠고, 역사와 골목에서 웅크리고 잠을 잤다. 세수를 하고 머리를 감는 습관은 금방 사라져서 머리는 떡으로 뭉치고 얼굴은 땟국으로 얼룩졌다. 이가 피를 빨아 사방이 가렵고 부스

럼은 여기저기 퍼졌다. 수치심이나 체면, 동정심이나 그리움, 죄책감 같은 건 배가 부른 뒤에야 생기는 감정들이었다. 시신에서 신발을 벗기고 양말을 벗기고 짐을 뒤져 돈이 될 성싶은 것들을 남 먼저 차지하지 않으면 꽃제비로도 살아남을 수 없었다.

강을 건너면 조선족들이 사는데 그들이 밥을 주고 옥수수나 감자를 한 배낭씩 준다는 이야기를 장마당에 모여 선 여자들로부터 들었다. 위연역이 강을 건너기에 가장 쉽고 단속도 덜하다는 정보까지도 여자들의 수다 속에서 알았다. 하루에 건너갔다 그날로 돌아온다는 여자, 일을 하고 돈을 벌었다는 여자, 그들은 확인할 길 없는 정보들을 마구 쏟아냈다. 그들 곁에 서서 이야기를 엿듣는 성옥을 눈여겨보던 한 여자가 다가왔다.

"여자가 왜 굶어 죽어? 몸은 뒀다 뭐하니?"

그 여자의 말이 무슨 뜻인지 성옥은 알아듣지 못했다.

"취직만 해도 한 달에 삼백원은 벌어!"

그러나 삼백원이라는 말에는 귀가 번쩍 열렸다. 함께 돌아다니던 꽃제비 소년 중에 위연역에 집이 있는 아이가 있었다. 그애를 데리고 성옥은 위연역을 어슬렁거렸다. 국경경비대가 지킨다는 건 알았지만 주의하지 못했다. 한나절도 되기 전에 경비대에 잡혔다. 경비대는 성옥을 이리저리 살피고 별것 아니라고 여겼다. 주소와 이름만 묻고 수색대에 넘기면 끝이었다. 성옥은 아버지와 어머니가 추방될 것이 걱정되었다. 수력발전소를 만든다고 나갔던 곳, 장군님의 특각 길을 닦을 때 갔던 산골엔 추방당해 사는 사람들의 작은 부락들이 있었다. 성옥은 경비대원에게 주소를 그때 그곳 단천시 금봉동 31번지라고 말했다. 주소를 확인할 방법은 아무것도 없었다. 곧 이어서 삼십대로 보이는 여성이 성옥의 몸을 수색했다. 윗옷을 벗겨 손으로 더듬더니 바지와 팬티를 허벅지 아래로 내렸다. 그 순간 여자가 코를 막고 눈살을 찌푸렸다. 사타구니를 살피는 내내 그 여자는 손으로 부채질을 하며 역한 냄새를 참는 것 같았다.

성옥은 집으로 돌아가라는 말을 듣고 풀려났지만 강을 건너고 싶었다. 가서 옥수수 한 배낭을 얻거나 삼백원을 벌고 싶었다. 밤이 이슥하도록 산비탈 나무숲에 앉아서 졸다 깨다 했다……

"여기 사람들은 옥수수가 주식인가?"

인호가 지나가는 말로 물었다. 과거의 기억 속에서 미처 깨어나지 못한 성옥은 한동안 아무 말도 하지 못했다.

"옥수수를 어떻게 해먹지?"

인호가 혼잣말을 했다. 그러다가 고개를 꾸벅거리며 졸기 시작했다. 성옥은 졸리지도 않았다. 저 옥수수 한 배낭 얻어가려다가……

그해 4월 중순, 집을 나와 한 달 보름을 헤맨 끝에 강을 건넌 건 이맘때였다. 아직 강의 군데군데가 얼음이었다. 얼음이 녹은 곳으론 발이 빠지고 물이 허벅지까지 차올랐다. 강을 반도 채 건너기 전에 등 뒤 산에서 잡으라는 소리가 돌팔매처럼 날아왔다. 그러나 성옥은 죽어도 좋다고 생각하며 엎어지고 일어서고 자빠지고 또 일어서며 강을 건넜다. 곧 건너편 중국땅의 둔덕이었다. 잎이 돋은 관목들의 사이에서 찔레덤불의 가시가 살을 할퀴었다. 언 다리는 피가 흘러도 잠깐

얼얼할 뿐 이내 감각이 사라졌다. 둔덕에 올라서서 성옥은 자신도 모
르게 등을 돌렸다. 방금 건너온 저곳은 어두웠다. 별똥별이 흘러 산등
성이를 넘어 사라졌다. 성옥은 길을 가로질렀다. 어느 집에 불이 보였
다. 불 켜진 집의 문을 두드렸다. 배가 고파 왔소, 밥 좀 주시오……

그날 성옥은 자신에게 다른 운명이 시작되고 있다는 건 상상할 수
없었다. 단속이 심해서 비법 도강자를 숨겨주면 벌금을 물어야 한다
고 고봉밥을 차려준 주인이 나가달라고 말할 때도 인정을 의심하지
않았다. 내일이면 옥수수를 얻어 강을 후다닥 건너가게 될 것을 의심
하지 않은 채 성옥은 주인이 열어준 문을 나가 마당에 섰다. 어둡고
막막하고 졸음이 몰려왔다. 들어올 때 물어뜯을 듯이 짖던 개가 다시
짖으며 다가왔다. 성옥은 개가 무섭고, 이럴 땐 어떻게 해야 하는지
몰라 본능적으로 뒤를 돌아보았다. 그 순간 방의 불이 꺼졌다. 불이
꺼지나보다, 그런 생각이 스쳤다. 하지만 어디로 가면 산이라던 주인
의 설명은 기억나지 않았다. 그저 이곳을 벗어나야 한다는 생각으로
걸음을 내디뎠다. 발등의 생살이 찢어지는 것처럼 아팠다. 성옥은 통
증을 이기지 못해 허리를 꺾고 주저앉았다. 짖던 개가 울음을 멈추고
주저앉은 성옥의 곁을 느릿느릿 서성였다. 주저앉아 들어올린 눈길에
헛간이 보였다. 성옥은 네발짐승처럼 기어서 헛간으로 들어갔다. 앞
은 비었고 뒤론 볏짚이 가득했다. 볏단을 깔고 단이 풀린 지푸라기 속
에 몸을 뉘었다. 목숨이 가물가물 스러지듯 잠이 몰렸다. 어느새 개가
옆으로 와서 누웠다. 짖지 않고 옆에 와 눕는 개가 고마웠다.

어느 때쯤 눈이 떠졌다. 자동차 소리를 들었던 것 같았다. 아직 어
두운 밤중이었다. 성옥은 귓가에서 사라지지 않는 자동차 소리의 여

운이 무서웠다. 성옥은 짚더미에서 빠져나와 산으로 짐작되는 곳으로 걸어갔다. 별빛에 희미한 논두렁 밭두렁을 지나 무턱대고 높은 곳으로 기어올라갔다. 잊고 있었던 발등이 아프기 시작했다. 맨손으로 아무것이나 휘어잡고 올랐다. 썩은 나무를 잡아 아래로 굴러떨어지면 죽을 것만 같았다. 그렇게 산등성이에 올라섰을 때 동이 텄다. 산을 넘고 또 낮은 산을 넘었다. 동쪽인지 서쪽인지 분간도 못했다. 드문드문 집들이 나타나면 무턱대고 들어가 주인을 찾았다. 성옥을 본 아주머니가 급하게 부엌으로 들어가 바가지에 물을 들고 나와 휙 뿌렸다. 그러고도 성이 안 차 손으로 개를 쫓듯 휘휘 소리냈다. 몇 집에서 그렇게 쫓겨났다. 나무작대기를 들고 달려나와 때릴 듯이 내쫓는 집도 있었다. 얼음이 성긴 구렁텅이에 빠지고 눈이 녹지 않은 비탈에서 미끄러지면서 성옥은 중국공안에 잡히지 않아야 한다는 생각만 했다. 국경경비대의 눈에 띄지 않았다가 밤에 옥수수를 얻어서 돌아간다는 생각만 했다. 해가 중천에 떴을 땐 산골짜기 후미진 곳에 몸을 웅크리고 졸다가 기절했다가 이름도 모르는 어린싹을 뜯어먹고 얼음을 주워먹고 눈을 뭉쳐먹었다. 하지만 날이 저물었을 때 성옥은 위연역 건너편이 어딘지 기억할 수 없었다. 산속에 짐승의 불빛 같은 것이 보였다. 성옥은 기어서 불빛으로 다가갔다. 추녀가 낮아 움막 같은 집이었다. 성옥은 사람의 기척이 반가워 문을 두드렸다. 수염이 얼굴을 다 덮은 듯 보이는 아저씨가 문턱에 서서 성옥을 바라보았다. 몇십 초가 하루처럼 길게 느껴졌다.

"아저씨, 밥 좀 주세요. 추워서 그러니 문턱에서 잠 좀 자게 해주세요……"

성옥은 말이 없는 아저씨가 제 말을 듣지 못해 그런 줄 알고 말하고 또 말했다. 그러다가 아저씨가 문을 닫지 않고 안으로 들어갔다. 성옥이 자석에 끌리듯 따라들어갔다. 방은 한 칸. 벽에 나무 침대가 놓여 있었다. 아저씨는 아무 말도 하지 않고 숯불에 구운 밀가루 반대기를 주었다. 성옥은 그렇게 구수하고 고소한 것을 먹어본 적이 없었다. 하지만 아저씨가 물이 든 알루미늄 통을 내밀 때 성옥은 툭 군드러졌다. 누가 자꾸만 사타구니를 젖히는 느낌에 성옥은 정신을 차렸다. 성옥의 양편에 남자 둘이 누워 있었다. 그중 한 남자가 성옥의 가슴을 더듬고 다른 남자는 사타구니를 찔러보고 있었다. 성옥은 쓰라려서 울었다. 무서워서 낮은 비명을 질렀다.

날이 밝았다. 남자 하나는 성옥이 깨어날 때 어딘가로 갔다. 두 사람이 중국말을 주고받았다. 그가 떠난 뒤에 수염이 더부룩한 아저씨가 성옥에게 구운 밀가루 반대기 한 장을 건네주고 손으로 문을 가리켰다. 성옥은 문턱에서 그에게 허리 굽혀 인사하고 무턱대고 산 아래로 내려갔다. 한나절이 걸렸다. 성옥은 숲속에서 우당탕거리는 다급하게 엉킨 여러 사람들의 발소리, 그리고 남자들의 말소리를 들었다. 성옥은 두리번거리다가 어느 순간 눈 깜짝할 사이에 등덜미를 낚아채였다. 중국공안이었다. 그날 이미 잡힌 도강자들을 모아 한꺼번에 실어보내는 트럭에 끼어 성옥도 강을 건넜다. 그리고 그날은 조선의 최대 명절인 김일성의 생일날, 태양절이었다. 태양절은 기쁘고 행복한 날이어서 당이 선물한 술을 마시고 흥청거렸다. 국경의 밤도 취해서 경비는 허술했다. 성옥은 그 밤에 다시 강을 건넜다.

어디쯤일까, 인호는 갑자기 정신을 차렸다. 옆을 보았다. 성옥이 창에 얼굴을 대고 있는데 허리를 한껏 낮추고 숨어 망을 보는 아이 같았다. 인호는 성옥의 등에 손을 얹고 성옥의 시선이 바라보는 곳으로 눈길을 주었다. 거기 산허리에 흰 글씨로 쓰여 있는 구호들이 보였다.

당의 수뇌부를 목숨으로 사수하자
위대한 영도자 김정일 장군 만세

성옥은 말을 배우기 시작할 때, 겨우 엄마 아버지라고 말할 수 있을 때 배운 노래가 있다고 했다. 궁금해하던 인호 앞에서 성옥이 노래했다.

우리의 아버진 김일성 원수님
우리의 집은 당의 품
우리는 모두 다 친형제
세상에 부럼 없어라

구호는 이어졌다.

당과 원수님과 장군님을 목숨으로 보위하자
당에서 하라면 우리는 한다

언젠가 성옥이 그랬던가? 아니면 탈북자 사이트에 실린 수기에서 읽었던가? 강냉이를 구걸하러 강을 건너온 북조선 사람의 가슴에 붙어 있는 초상화를 조선족이 떼어 발로 짓밟았단다.

인민을 이 지경으로 만든 사람을 아직도 섬기느냐, 그랬다던가? 그러자 그 사람은 불같이 화를 내며, 왜 우리 수령님을 모욕하느냐, 항의하고 강냉이도 얻어가지 않았다고 했다던 이야기를 떠올렸다.

성옥이 빼꼼히 고개를 돌렸다. 인호는 당황했다. 한 번도 본 적 없는 성옥의 눈빛이 말로 설명할 수 없는 표정을 지어 보인 것이었다.

"북한에서는요, 아이가 복스럽게 보이면 뭐라는지 알아요?"

인호는 그저 웃기만 했다.

"아기가 충성스럽게 복스럽다고 말해요."

성옥이 메마른 목소리로 말했다. 인호에겐 농담같이 들렸는데 성옥은 웃지 않았다. 화를 내는 것도 아닌 것 같았다.

버스는 김형직군과 김정숙군을 지났다. 구호는 계속되었고, 잦아들었던 중국말 소리가 막 끓기 시작하는 풀죽처럼 띄엄띄엄 올라왔다 가라앉곤 하였다. 인호는 '분단된 조국'인 북한을 이 순간처럼 현실적인 느낌으로 바라본 적이 없었다. 그런데 그 현실이 비현실처럼 낯설었다. 맨 처음 여행했던 인도 바라나시에서의 낯선 것에 대한 친밀한 호기심도 생기지 않았다. 상상이 불가능한 저곳에 성옥의 출생과 성장의 추억이 존재한다는 게 기이했다. 김대건의 자본주의, 자유주의는 어떻게 숨쉬었을까. 문득 인호는 본 적도 없는 김대건을 느꼈다.

어디쯤에서였을까.

"야, 뭘 먹겠다고 아직 거기 붙어 있니!"

아주 낮은 고함이었다. 그러나 성옥의 입에서 튀어나온 말은 틀림없었다. 인호는 성옥이 아직도 제 몸을 감추듯 웅크리고 눈만 빼꼼히

내놓고 바라보는 창밖에 눈길을 주었다. 폭이 좁고 깊이도 얕아 보이는 강이 눈에 들어왔다.

"저것도 압록강인가?"

그가 물었다. 강이라고 하기엔 너무 얕고 중국 쪽과 가까웠다. 물위로 솟은 돌을 이리저리 뛰어서 이편으로 건너는 게 아이들 놀이일 것 같았다. 조국 반역자가 되거나 비법 도강자가 되어 추방되는 운명을 결정하는 경계치곤 너무 허술해 보였다. 구호가 사라진 농촌의 지붕은 재를 뒤집어쓴 듯 어둡고 낡아 보였다. 그런 차림의 아낙네가 강에서 빨래를 하고 조금 떨어진 곳에서 배추를 씻는 모습도 한 세기 전의 흑백영화처럼 보였다. 강가 둑길의 미루나무나 버드나무 사이로 자전거를 탄 군인이 한가하게 지나갔다. 가파른 민둥산엔 희끗희끗 눈이 덮였고 지난해 추수를 끝냈을 옥수숫대가 이불처럼 더러 널려 있었다. 인호는 아마 저것을 불태워 거름으로 삼지 않을까, 생각했다. 척박하고 가파른 산중턱으로 구호가 지나갔다.

김정일 원수님 고맙습니다. 위대한 영도자 김정일 동지 만세! 위대한 김정일 원수님께서 결심하시면 우리는 무조건 한다……

대기가 청량한 장백현엔 가랑비가 내렸다. 비안개보다 더 아득히 먼 곳에 백두산이 있을 것이었다. 버스에서 내린 사람들은 마중나온 이들과 반갑게 만나고, 남보다 먼저 짐을 찾으려고 앞선 사람의 어깨를 밀치기도 했다. 그런 광경 속에서 조선말과 중국말이 뒤섞였다.

성옥은 말이 없었다. 인호도 말을 붙이지 못했다. 까닭 모르게 두 사람은 그랬다. 마치 이제 곧 헤어질 사람들 같았다.

"어떡할까요?"

성옥이 배낭의 끈을 느슨하게 잡은 채 눈을 찡그리며 물었다.

"과원촌까지는 사 킬로쯤 돼요……"

성옥이 발끝으로 길바닥을 직직 긁으며 말했다. 발끝에서 물기가 미세한 실도랑으로 모이곤 했다. 인호는 성옥을 바라보았다. 절망과 과로, 분노와 슬픔, 그리움과 좌절…… 그런 감정들에 짓찧어지는 걸까? 인호는 입을 열 수 없었다. 중국돈이 든 지갑을 성옥에게 내밀었다. 성옥이 눈을 크게 떴다가 고개를 끄덕이며 지갑을 받아들었다.

"지금부터 성옥이 맘대로 해야겠네. 배는 안 고파?"

인호가 말했다. 그는 압록강 건너편으로 바라보이는 북한의 산을 외면하려고 애썼다. 성옥에겐 아직 아물지 않은 상처라는 느낌이 들면 자신이 친절이니 배려니 하는 것이 오만 같아서 부끄러웠다. 그래도 성옥이 그런 내색 하지 않아 고마웠다.

"택시 타요."

반걸음 앞선 성옥이 굳은 표정으로 인호를 바라보고 말했다. 인호는 아무 말도 하지 않았다. 그러다가 순간 성옥을 쳐다보았다. 설마, 그럴 리야 없겠지, 돌아간다고 강으로 뛰어드는 일. 하지만 그는 말하지 않고 슬쩍 내비치지도 않았다.

"미안해요."

성옥이 곁으로 다가온 인호에게 말했다.

"왜?"

인호는 짐짓 유쾌하게 물었다.

"나 때문에 이런 데까지 와야 하고."

"반대 아냐? 나 때문에 이런 데까지 와야 하고."

인호가 진심으로 말했다. 성옥은 입을 삐쭉 내밀었다. 그런 반응에
인호는 마음이 놓였다. 강을 건널 거란 생각은 다시 하지 않았다.

과원촌은 압록강과 마주한 산비탈 아래 오목하니 들어선 작은 마을
이었다. 마을 앞으론 최근에 새로 포장한 도로가 있고 도로 왼편은 강
으로 내려가는 관목 우거진 둔덕이었다. 성옥은 과원촌 어귀의 주차
장 같은 공간에서 기다려달라고 기사에게 능숙한 중국말로 말했다.
북경에서 온 관광객이라는 말도 했다.

가랑비는 그새 그쳤고 흐린 날의 대기는 차고도 눅눅했다. 인호는
4월에도 얼음이 남아 있다는 말을 상기했다. 인호는 마치 관광 가이
드처럼 길 오른편 인도에 서서 움직이지 않는 성옥을 혼자 두고 길을
가로질러 강이 내려다보이는 둑으로 갔다. 비에 흠뻑 젖은 나무며 풀
들이 압록강 둑길을 적셔놓고 있었다. 넓지 않은 강의 저편은 가파르
게 치솟은 검은 바위산. 산 위엔 강바람을 타는 키 작은 나무들이 서
있고 물소리가 아무렇지 않게 위로 올라가 산 위에서 퍼졌다. 인호는
빗물에 젖은 관목 가지를 젖히고 강을 내려다보았다. 강폭은 좁고 물
살은 빠르고 물빛은 검은 수정 같았다. 인호는 시야를 가린 산 너머의
다른 세상을 상상했다. 국립도서관의 북한 자료관에서 보았던 천연색
화보의 사진들을 떠올렸다. 다른 나라에서 민족적 차별을 받는다면,
가난해서 늘 먹고사는 일이 불안하다면, 자식들을 학교에 보낼 수 없
다면…… 누구에게라도 천국 같았을 그 사진들. 인민이라면 의식주
를 걱정하지 않고 안락하게 살 수 있으며 누구나 평등하게 능력껏 일
하고 필요한 만큼 가질 수 있는 조국. 노동자도 악기를 연주하고 특기

를 살릴 수 있는 인민의 낙원이라고 화보는 말했다…… 거기서 성옥은 목숨의 진액이 소진되어 저 강을 건넜다…… 태양절에만 먹을 수 있었던 사탕과 과자를 아직도 행복한 추억으로 간직한 성옥…… 작은 가정의 아버지는 김대건이지만 민족이란 가정의 아버지는 김일성이라 가르치던 교과서의 내용들을 떠올렸다. 자궁 속에서부터 김일성의 삶, 김일성의 생각과 느낌, 그의 혁명성과 위대함을 태양빛으로 받았을 성옥의 비애와 절망과 분노와 희망을 이해하는 일이 가능할까?

저 세상은 어딜까. 성옥은 왜 가까이 다가와 건너온 강을 들여다볼 수 없을까. 저 세상을 알려는 게 국가적 금기이던 시절에 인호는 유년과 청년기를 보냈다. 그런 만큼 인호에겐 저 세상이 불가사의였다. 이제 저 불가사의와 금기가 어정쩡하게 만나 한 사람은 산천을 구경하고 또 한 사람은 아직 흐릿해지지 않은 과거로부터 몸을 도사리고 있다. 인호는 등뒤로 팔을 뻗었다. 마치 거기 성옥이 서 있기라도 하듯이.

언젠가 술이 취해서였던가? 성옥이 투정하듯 말했다. 선생님, 제가 살아온 삶도 인정해주세요. 그렇게 살았다고요. 그걸 송두리째 부정하라고 강요하지 마세요. 그렇게 살았는데 그걸 어떡해요.

바위 벼랑에 씨앗이 붙은 소나무는 저렇게 살고 여기 씨앗이 붙은 관목은 이렇게 산다…… 이념을 위해 살지 않고 사는 것을 위해 산다. 인호는 불현듯 뒤를 돌아보았다. 정물처럼 바로 선 성옥이 보였다. 나무에 몸을 반쯤 숨긴 채, 인호 쪽을 바라보았다. 이제 돌아가야 하나, 인호가 마음을 결정하지 못한 채 우두커니 서 있을 때 성옥이 손을 흔들었다. 순간 인호는 눈에 물기가 감도는 걸 느꼈다. 마법이 풀린 어린 목숨 하나가 자기에게 손을 흔드는 환영을 본 기분이었다.

그는 성옥의 곁에 가서도 입술을 떨면서 말은 하지 못했다. 아무래도 성옥은 저 폭이 좁은 강을 건너야 할 것 같았다. 건너가서 어머니를 만나고 아버지 산소에 가서 절을 하고 술잔을 올리고……

"수영선수였지?"

택시가 두 사람의 앞으로 다가올 때, 느닷없이 인호가 물었다. 그리고 아찔했다. 무슨 말을 한 거야? 자기 자신의 혼미한 정신을 확인하는 건 공포고 슬픔이었다.

두 사람은 택시가 혜산의 세관다리 앞에서 멈출 때까지 아무 말도 하지 못했다.

"많이 변했네."

성옥이 중얼거렸다. 맨몸으로 건너와 세 번 잡혀서 트럭으로 건넜던 다리를 성옥은 무덤덤한 듯 바라보았다.

"성옥이 이 다리 밑으로 건너왔다고 했지?"

다리 아래엔 벌써 조명이 들어와 강물을 비추고 있었다. 성옥은 생각에 잠긴 표정이었다. 입을 굳게 다물고 그냥 서서 강을 바라보았다. 인호는 몇 발짝씩 앞으로 나갔다가 뒤로 돌아오길 되풀이했다. 자전거를 탄 조선족 청년들이 그들의 앞을 지나갔다.

"지금 같으면 돈을 준대도 여길 못 건널 것 같아요."

성옥이 모처럼 흐릿한 미소를 지으며 말했다.

"그전에도 저렇게 다리 아래로 불이 비췄나?"

인호가 물었다. 성옥이 피식 웃다가 깔깔 웃었다. 혼자서 자꾸 웃었다.

"등잔 밑이 어둡단 말이 생각났어요. 불빛을 믿고 감시를 하지 않

252

을 것 같더라고요."

성옥은 이렇게 말하고 다시 웃었다. 인호는 웃지 않았다. 그는 팔장을 긴 채 여전히 걸음을 이리저리 떼어놓았다. 강바람이 점점 차가워졌다.

"만약 어머니가 오신다면 그때도 강을 건너야 하나?"

인호가 물었다. 순간 성옥은 아주 복잡한 표정에 울상을 지으며 그렇다고 말했다.

강에서 올라와 두 사람은 비가 갠 축축하고 차가운 거리를 느릿느릿 걸었다. 조선족 마을답게 음식점이나 상점의 간판 들은 대개 한글이었다. 인호는 저녁을 먹을 식당을 성옥이 찾기를 바랐다. 성옥은 이곳에서 음식점에 들어가본 적이 없었다. 동태찌개와 중국술을 앞에 놓고도 성옥은 딴생각에 팔린 표정인 채 술잔을 비우곤 했다. 성옥이 올 땐 허름한 집들이 있던 과원촌이 지금은 모두 개량한 집으로 바뀌었던 것, 그래서 자신이 들어가 밥을 먹어본 그 집을 찾을 수 없는 것, 산을 더듬어 올라갔던 데가 어딘지 도무지 기억나지 않는 게 답답했다. 이렇게 말없이 술만 마시는 성옥에게 인호가 선녀와 나무꾼 이야기를 했다. 성옥은 이야기가 끝나기도 전에 하하하 웃었다. 순간 인호는 성옥을 끌어안고 싶은 충동을 느꼈다.

"저긴 그리운 고향이에요. 이해하실 수 있죠? 고향이란 건 참 이상해요. 북한에서 범죄를 저지르고 남한에 피신해 온 탈북자도 있거든요. 그런데 그런 사람도 통일이 되면 제일 먼저 고향에 달려가고 싶단 말을 하더라고요. 그게 고향인가봐요. 고향은 그런 건가봐요. 저는 어머니 때문에. 어머니가 돌아가시면……"

성옥은 수줍은 표정으로 말을 했다. 인호는 왠지 개운했다. 그는 술
을 거푸 비우고 한 병 더 주문했다.

"같이 와주신 것 잊지 못할 것 같아요. 고맙습니다."

성옥이 무릎을 꿇고 허리를 굽혀 인호에게 인사했다. 인호는 깜짝
놀라 성옥을 바로 앉혔다.

"앞으론 나를 슬프게 하지 마. 성옥이가 그렇게 하면 너무 쓸쓸해
져. 난 소심하고 옹졸한 에이형이야."

인호가 말했다. 성옥이 새끼손가락을 내밀었다. 두 사람은 약속의
표시로 알고 있는 모든 것을 했다.

두 사람은 장백현에서 하루를 더 머물까, 심양으로 돌아갈까, 통화
시로 나갈까, 의논했다. 인호는 선택의 여지가 없었다. 통화시에서 하
룻밤 자는 호텔비로 택시를 대절하자는 말은 성옥이 했다.

성옥은 올 때와 달리 내내 인호의 어깨에 기댔다. 그러나 잠을 자는
것 같지는 않았다. 중국인 운전기사는 중국 노래가 끝나면 채널을 돌
리곤 했다.

"궁금해서 그러는데 북한 쪽의 구호들을 봤잖아. 기분이 어땠어?"

인호가 망설이던 끝에 물었다. 순간 성옥이 몸을 바로 했다. 인호가
실수했나? 실례인가? 생각하는 동안 성옥이 똑 부러지게 말했다.

"화가 나요."

하지만 이 말 끝에 성옥은 후회했다. 화도 나고 그립기도 하다는 말
을 해야 옳은 답변이라고 생각했다. 하지만 고쳐 말하진 않았다. 인호
는 성옥의 대답에 고무되어 질문을 이었다.

"김일성 죽었을 때 정말 모두 슬피 울었나?"

"네! 사실이에요!"

"그렇구나. 우리 감정으론 이해가 안 되는데. 하기야⋯⋯"

인호는 육영수 여사와 박정희 대통령의 장례식에서 울던 사람들을 떠올렸다. 그러나 의무적으로 그렇게 하진 않았다.

성옥은 그날을 생각했다. 언제 떠올려도 생생한 기억이었다. 학교에선 열한시 사십오분부터 시작하는 5교시를 하지 않고 학생들을 연구실로 모았다. 정오가 되자 검은 상복을 입은 여자 아나운서가 화면에 나타났다. 아무렇지 않았다. 하지만 그의 입에서 민족의 태양이시며 경애하는 최고사령관이신 김일성 대원수님께서 서거하셨습니다, 라는 말이 나오던 순간 성옥은 '왜 저런 거짓말을 하지?' 그런 생각이 들었다. '김일성 대원수님도 죽나?' 믿을 수가 없었다. '김일성 대원수님이 죽으면 안 되는데. 우린 어떻게 살지? 조선은 어떻게 되지?' 걱정도 되었다. 오후 수업은 없고 군 문화회관에 마련된 임시 분향소에서 조문이 시작되었다. 사람들은 꽃을 준비하라는 지시에 맞춰 산으로 들로 꽃을 꺾으러 다녔다. 날은 말할 수 없이 뜨거웠다. 쓰러지는 사람들이 생겼다. 성옥은 만약 눈물이 나오지 않으면 어쩌나, 혁명성이 없다고 신고당하지 않을까 걱정됐다. 아버지의 토대 때문에 더 그랬다. 그런 걱정을 하던 중에 기절했다. 땡볕이었다. 기절했다 깨어났을 때 성옥은 슬픔을 가누지 못하고 기절한 사로청원이 되어 있었다. 사실이 아니어도 좋았다.

조문을 하고 돌아온 아버지는 살아서도 인민을 고생시키더니 죽어서도 고생시키네, 딱 한마디하고 다음날부터는 참여하지 않았다. 아파서 움직일 수 없다고 했다. 할머니는 조문을 다녀와서 눈물이 나오지 않아 침을 발랐다고 말했다. 성옥은 그렇게 말하는 아버지와 할머니가 싫지도 좋지도 않았다.

심양의 도심지에 예약해둔 호텔에 도착한 건 늦은 아침이었다. 차에서 쪽잠을 자긴 했지만 두 사람 다 피로에 절어 있었다. 인호는 성옥의 허락도 없이 트윈 베드로 잡은 것을 뒤늦게 사과했다. 그러나 성옥은 싫어하지 않았다. 성옥은 씻지도 않고 침대에 들어가 이내 곯아떨어졌다. 인호는 창가에 서서 심양의 거리를 바라보았다. 누르하치의 묘지에 가볼 수 있을까. 그는 생각했다. 그러나 곧 권력자의 묘지가 무슨 의미가 있나, 생각을 지워버렸다. 사람에게 필요한 가장 이상적인 공간은 일곱 평이었다. 일곱 평의 공간을 생각하면서 인호는 성옥의 잠든 얼굴을 들여다보았다. 인생은 참 이상하다고 생각했다. 저 조그만 얼굴 어디에 자신으로선 상상도 못할 수난을 살아냈을까, 경이로웠다.

그는 샤워를 했다. 몸이 개운하고 기분좋게 나른했다. 그가 이내 잠이 들었다가 깨어났을 땐 성옥이 볼륨을 죽인 채 텔레비전을 보고 있었다. 편안했다. 이런 편안함은 예상하지 못한 것이었다. 그래서 인호는 하마터면 여보, 이렇게 성옥을 부를 뻔하다가 아슬아슬하게 참고, 혼자 웃었다.

"어때?"

인호가 물었다. 성옥은 뭐가요? 그런 얼굴로 인호를 바라보았다.

"편해?"

"행복해요."

성옥이 대답하는데 눈시울이 붉어지는 것 같았다. 인호는 입술을 옆으로 길게 밀며 성옥을 바라보았다. 두 사람은 늦은 식사를 하러 심양의 유명한 만둣집으로 갔다. 가지가지 만두를 주문해서 배불리 먹고 거리로 나와 느릿느릿 걸었다.

"선생님, 질문해도 되요?"

성옥이 인호를 쳐다보며 물었다.

"응, 말해봐."

"왜 나 같은 여자한테 잘해주세요?"

성옥이 물었다.

"지금 당장 말해야 하나?"

"아니요. 그렇지는 않아요. 그런데 늘 궁금했어요."

성옥이 궁금해한 그것을 인호는 그날 밤 침대에 걸터앉아서 이렇게 말했다.

"생각해봤는데, 이런 사람이 되어볼까 해. 성옥이를 말이야, 조국의 반역자로도 생각하지 않고…… 빨갱이로도 생각하지 않는…… 사람."

인호가 나직이 말했다. 그리고 이게 말이 되나, 그런 표정으로 성옥을 말끄러미 바라보았다. 성옥이 고개를 숙였다. 콧날이 시큰하고 눈시울이 뜨거워지는 걸, 울게 될까, 참고 참았다.

"늘 생각나는 게 있어. 성옥이 한국에 와서 처음으로 견딜 수 없었던 게 자유였다고 했지? 무엇이든지 혼자 생각하고 혼자 결정하는 자유. 그런데 난 집단주의를 못 견뎌. 남의 생각대로 행동하고 남이 정해준 대로 생각해야 하는 거. 그렇게는 못 살 것 같아. 이해할 수 있니?"

성옥은 대답하지 못했다. 그러나 이내 눈물을 흘렸다. 울다가 성옥이 중얼거렸다.

"동상 걸렸던 마음이 풀리니까 눈물만 나와요."

투정부리듯 툴툴거리는 말투로.

다음날, 서울로 돌아오는 비행기가 활주로에 내리는 요동의 순간, 성옥의 가슴에서 안도와 불안이 한꺼번에 충돌했다. 성옥은 균형을 잡으려 안간힘 쓰는 동체의 흔들림을 감지하면서 자기 내면에서 일어나는 또다른 흔들림도 함께 느끼기 시작했다. 결코 돌아가고 싶지 않지만 돌아가고 싶은 그곳과의 결별…… 그리고 깨달았다. 나는 그저 살아가는 사람이구나. 고향은 함경북도 경성군. 지금은 서울시 성북구 정릉2동에 산다……

고통과 그리움의 문

성옥아.

우선 네 인생, 그 고통과 그리움의 문을 열고 들어갈 수 있게 해줘 고마워.

내가 문을 제대로 열었는지, 그 문 안으로 들어가서 맞닥뜨린 수많은 갈래길들을 제대로 찾았는지, 아니면 길도 아닌 엉뚱한 데로 들어서서 아름다운 꽃밭이나 풍성한 논밭을 멋대로 짓밟진 않았을지, 그래서 새로운 상처를 만든 건 아닐까, 아직 의문이 든단다.

나 같은 소설가는 타인의 상처나 고통엔 민감하면서 그것을 어루만지고 함께하는 것엔 인색하니, 이해와 더불어 용서를 빈다. 소설가라는 직업이 있지도 않은 것을 더듬어대는 '눈먼 기술자'란 생각이 들 때가 있어. 실제 삶에선 한없이 미숙하고 비굴하단 걸 고백하면 부끄러움이 덜어질까?

성옥아.

네가 언젠가 말했지.

할아버지는 일제 식민지 시절 경상북도 경산에서 태어났고 아버지
는 일본 규슈의 모지항에서 태어났고, 너는 북조선의 함경북도 경성
에서 태어났다고. 그래서 조센징, 귀국자, 탈북자라는 별칭으로 따돌
려졌다고.

네가 중국에 팔려갔을 때 아이를 낳았다면 그애는 중국 길림성 유
하현이 고향일 것이고 지금 너는 대한민국의 서울에 사니 네가 결혼
해서 아이를 낳는다면 서울시가 고향일 거라고……

성옥아.

그러니 이 소설은 세대를 달리하며 고향이 달라진 네 할아버지와
아버지와 너의 이야기란다.

경상북도 경산에서 서울에 이르기까지의 한 세기를 꿰뚫는 너희 가
족의 운명이 그저 역사의 비극이란 말로 뭉뚱그려질까, 염려된다.

성옥아.

넌 사는 것을 위해 살아야 한다.

산다는 것.

그것보다 더 소중한 이념이나 가치는 없다는 거, 이제 알지?

네가 직접 써준 시와 편지가 소설의 현실감을 살리는 데 큰 도움이
됐다. 문득, 고맙다는 말이 구차하단 생각이 들었다. 그러나 고맙다.

세상으로 나간 성옥.
사랑을 주고받으며 너그럽고 힘차게 살기를 바란다.

2013년 8월
이경자

문학동네 장편소설
세번째 집
ⓒ 이경자 2013

1판 1쇄 2013년 8월 22일
1판 4쇄 2019년 9월 2일

지은이 이경자
펴낸이 염현숙
책임편집 황예인 | 편집 김내리 이경록
디자인 김현우 유현아 | 마케팅 정민호 박보람 나해진 최원석 우상욱
홍보 김희숙 김상만 오혜림
제작 강신은 김동욱 임현식 | 제작처 영신사

펴낸곳 (주)문학동네
출판등록 1993년 10월 22일 제406-2003-000045호
주소 10881 경기도 파주시 회동길 210
전자우편 editor@munhak.com | 대표전화 031) 955-8888 | 팩스 031) 955-8855
문의전화 031) 955-3576(마케팅) 031) 955-8864(편집)
문학동네카페 http://cafe.naver.com/mhdn | 트위터 @munhakdongne

ISBN 978-89-546-2221-9 03810
* 이 책의 판권은 지은이와 문학동네에 있습니다.
  이 책 내용의 전부 또는 일부를 재사용하려면 반드시 양측의 서면 동의를 받아야 합니다.
* 이 도서의 국립중앙도서관 출판예정도서목록(CIP)은 서지정보유통지원시스템 홈페이지
  (http://seoji.nl.go.kr)와 국가자료공동목록시스템(http://www.nl.go.kr/kolisnet)에서
  이용하실 수 있습니다.(CIP 제어번호 : CIP2013014602)

www.munhak.com